# 十宗罪 前传

[蜘蛛 作品]

湖南文艺出版社
博集天卷

# 目 录

前言/001

### 第一卷　监狱之子/003

　　第一章　犯罪天才/004
　　第二章　天生警察/010
　　第三章　灭门惨案/012
　　第四章　经典越狱/020

### 第二卷　惊天大盗/033

　　第五章　妓女金珠/034
　　第六章　四十大盗/042
　　第七章　盗亦有道/050
　　第八章　地下王国/058

### 第三卷　僵尸娃娃/071

　　第九章　寻人启事/072
　　第十章　人贩丐帮/080
　　第十一章　采生折割/098
　　第十二章　华城车站/104

### 第四卷　侏儒情怀/115

　　第十三章　街头斗殴/116
　　第十四章　几句对话/125
　　第十五章　一见钟情/129
　　第十六章　相思情深/136

# 目 录

**第五卷　玩命赌徒/141**

　　第十七章　江湖巫术/142

　　第十八章　刀枪炮/152

　　第十九章　公关先生/154

　　第二十章　千王之王/159

**第六卷　生死追击/169**

　　第二十一章　蝴蝶效应/170

　　第二十二章　巅峰对决/172

　　第二十三章　荒岛逃生/182

　　第二十四章　丛林冒险/196

**第七卷　终极决战/201**

　　第二十五章　传销恶魔/202

　　第二十六章　水落石出/213

　　第二十七章　风暴前夕/220

　　第二十八章　天罗地网/223

• • • 十宗罪前传

# 前 言

  这本书写了一些什么样的人呢?
  这是一群被遗忘的人。有时我们的眼睛可以看见宇宙,却看不见社会底层最悲惨的世界。
  黑暗里有黑色的火焰,只有目光敏锐的人才可以捕捉到,尝尝天堂里的苹果有什么了不起,现在我要尝尝地狱里的苹果。
  多少个无眠的夜晚,我在房间里走来走去,我抽烟,喝水,对着屋顶发呆。我写作的时候,头顶会有一个太阳。如果没有,那就创造一个。

就我所知，还没有人能够利用空气来给我们的生活指示方向，提供动机的各种元素，只有杀人狂或者一个作家似乎从生活中可以重新汲取一定量的他们早先投入生活中的东西。

任何语言都描述不了一朵花，但我们可以准确叙述一些看不见摸不着的东西，例如黑暗、幸福、爱与灵魂。蜡烛的泪滴落下来，会形成钟乳石的形状，这也恰好说明一个人的悲伤有其动人之处。水因为寒冷而坚硬，用屋檐垂下来的冰锥可以杀死一个人；瓷器因为碎了而更锋利，用一块碎片可以杀死很多人。

即使风车不在了，风依然存在。

我写作，我就是上帝，我审判一切人、一切事。

你将在下面看到一些稀奇古怪的人物，很多匪夷所思的情节，各种各样的犯罪故事。一些故事是根据真实案例改编，因为众所周知的原因，文中所有的地名、人名均为化名！

●●● 十宗罪前传

# 第一卷 监狱之子

●●● 十宗罪前传

## 第一章　犯罪天才

　　多年前的一个秋天，沂蒙山的柿子红了。正是黄昏，远处升起炊烟，弯弯曲曲的山路上走着几个小孩。小孩都脏兮兮的，背着破书包，唱着歌谣。
　　一个小孩到路边的柿子林里撒尿。一会儿，小孩出来，目光惊恐无比，他两手抓着自己的头发，嘴唇哆嗦着对同伴讲："草里……有个死人。"
　　那死者是个农妇，被脱光了衣服，砍下了头颅和四肢，扔在了草丛里，奇怪的是阴部却被凶手撒了一把泥土。这出于什么样的犯罪心理？后来经过公安侦查，凶手是她公公，这样做只是为了给她遮羞。

案情并不复杂：她是个寡妇，与邻居通奸，生了一个婴儿，公公觉得丢人，便痛下杀手。

可以想象那是个月光如水的夜晚，一个白发老头背着一具光溜溜的女尸走在柿子林里，老头用斧子将尸体肢解，临走前，他抓了把泥土将儿媳妇的阴户盖上。

柿子红了。

寡妇被杀了。

那个孩子没娘了。


加祥县城有条老街，老街早已不在。当时靠近粮局的拐角处有两间破败的房子，房子没有门，房顶摇曳着狗尾巴草，向北的窗户被砖封死了。

有个外地人曾经指着房子问：

"那是厕所？"

得到的回答出人意料：

"不是厕所，那是派出所。"

1978年12月23日，下雪了。

老街泥泞不堪，电线杆下的残雪显得牙碜，树枝上的雪好像能吃。北风呼啸，滴水成冰。一个穿破毛衣的男人在派出所门前徘徊了一会儿，走了。后来从屋里出来个民警，看看天，看看地，地上有件黑棉袄，棉袄包裹着一个婴儿。

民警叹了口气，解开怀，掏出乳房喂孩子。民警是个女的，老街的居民都认识她，都喊她周嫂。

周嫂站在路边喂奶，站在天地间喂奶。

叫声嫂子，泪如雨下。

从此，这个孩子便在派出所里长大，后来他成为了一名优秀的警察。


另外一个孩子，出生在监狱里。

他娘是个婊子，按照"文革"时期的说法，叫作破鞋。破鞋杀了人，召开宣判大会时，她高昂着头站在台上，当听到死刑，听到枪毙，她向台下围观的群众恶狠狠地吐了口酸水。这口酸水救了她的命。

她怀孕了。

一生天，二生地，三生万物。

几个月以后，当当当，孩子出生了。她得了产褥热，临死前挣扎着对一个女警说："我要知道这孩子的爹是谁，我绝不饶他，非宰了他。"

监狱长叫沈昂，公安出身，"文革"期间，因一起错案被关进了看守所。平反以后，即1978年以后，上面征求他对工作安排的意见。他选择的竟是关押自己的看守所。他对监狱有着很深的感情。当过犯人，又当警察，所以能做出双重思考。他在会上对其他狱警说："这孩子和监狱有缘，没有亲人，你说把他扔哪儿，大街上扔的孩子民政局都不管，更何况这个，让他在这先住着吧。"

犯人给孩子起名高飞。这也许代表了他们的意愿。女犯的胸部最美，因为乳房就在那里。女犯成了高飞的母亲，男犯成了高飞的父亲，监狱成了他的家。

监狱也是学校。时间是一块破表。高飞会爬了，小手摸遍高墙内每一寸土地，他在犯人的影子里爬，爬着爬着就站起来了。有一天，监狱长自言自语，我可能弄错了，这孩子生下来就是为了学习犯罪的吗？孩子沉默寡言，和犯人却很亲近，犯人教给他很多东西。他学会吃饭的时候同时学会了抽烟，学会说话的时候同时学会了骂人。童年还没过去就习惯了沉思，青春期还未到来就懂得了手淫。他了解各种黑道切口，清楚各种文身象征。他知道如何熬制鸦片，如何配制春药。形形色色的犯罪手法也渐渐记在了心里，怎样用刀片行窃，怎样用石头抢劫，怎样用瓜子诈骗，等等。

就这样，高飞在监狱里长大。

16岁那年，他对监狱长说："我想出去逛逛。"

所有的犯人抓着铁栅栏唱了一支歌。这歌是为释放的犯人送行的。

十字路口像十字架。

高飞走向了一条荒无人迹的小路。他一无所有，连脚下踩着的一小块硬邦邦的土地也不属于他。他身无分文，却很富有。他脑子里有一千只蝙蝠在飞，一千个邪念难道不是财富？可以买到捷径，买到黑色的火焰，这火焰在夜里是看不见的。

出狱时给他的那点钱已经花光，他到处流浪。流浪的另一个名字叫作堕落。在城市里流浪的人像城市里的野兽，在乡村流浪的人像乡村里的野兽。他们是乞丐、人贩子、江湖艺人、通缉犯、野鸡和无家可归的人。他们靠什么生存？没有职业，或者说职业就是犯罪。

高飞从城市走到乡村，走着走着看见了一把刀，一把杀猪刀，这条青草丛生的小路通向集市。

第二天黎明，有个赶集的老头看见了一个孩子。孩子站在路中间，手里拿着一把刀，红红的眼睛，牙齿冷得发抖，他赤着脚，穿着一件大人的衬衣。

孩子说："给我一口吃的。"

他开始了第一次犯罪：抢劫。

抢劫犯看着这个老头。

老头看着这个孩子。

风吹得路两边的玉米哗啦啦地响。老头说："娃，你从哪儿来啊？"

孩子说："从监狱里来。"

"娃，你家住哪儿？"

"监狱。"孩子不耐烦地说，"啰唆，有吃的没，篮子里装的什么？"

孩子手拿尖刀一步步逼近，老头觉得恐怖极了，扔下篮子转身就跑。

篮子里有个盛过洗衣粉的塑料袋，袋里有些零钱。

孩子拿起钱，耸了耸肩膀，向路边的村庄里走去。

隔着一条长满芦苇的水沟，高飞看见一户人家。小院寂静，篱笆上开满了牵牛花，一条吐着舌头的狗拴在小枣树上，狗的面前放着一个碗，碗里有骨头，骨头上还有一点肉。

他站在那里,饿极了,他的面前是一条臭水沟,狗的面前是一个天堂。

他敏捷地跳过水沟,翻过篱笆,到了院子里。

狗汪汪地叫起来。

这户人家有一个哑巴闺女,她听不见狗叫,她梳头时向窗外瞟了一眼,看见一个孩子坐在院里,抓着骨头,又啃又吞,眼睛不时地四处张望。

哑巴闺女推开木窗,一阵呜哩哇啦的怪叫,孩子吓得落荒而逃。

高飞跑到集市上。集市上还很冷清,东边有一排卖鱼的水泥台子,西边有一排卖肉的木案子,中间是一排杂物,依次是:一条旧麻袋、一块石头、一只破碗、一截树枝、一段绳头……这都代表着人,代表着小贩占下的摊位。

高飞从卖饭的那里买了一碗鱼汤,这鱼汤的最大特点就是没有鱼。喝完以后,集市上热闹起来。卖鸡的、卖肉的、卖青菜的吆喝起来,也有不吆喝的。

忽然听到三声鞭响,一个耍猴的用砖碴在空地上画了个圈,然后耍猴的拉着长音喊道:"妈叉,站——好。"一只小猴规规矩矩地立正,敬了个礼。上前围观的人鼓掌哄笑起来。小猴站了一会儿,累了,便坐在地上,耍猴的怒目而视,摸起鞭子,又骂了句关于猴子祖宗的脏话。

小猴吓得吱吱叫着转圈乱跑。耍猴的说:"吁,刹住!"接着发出一串命令,小猴就在这命令之下表演了齐步走、卧倒、匍匐前进、中弹装死,逗得观众哈哈大笑。最后耍猴的扔给小猴一顶破帽子,小猴便举着向围观的人要钱,谁给的钱多,小猴便跪下磕头。

"收税的来啦!"一个大盖帽让耍猴的交了十块钱,开收据时,耍猴的说:"别开了,俺不要单子。"收税的说:"哟嚩,会办事啊,那收你五块吧。"

收税的走后,一条狗挤进来,它瞪着猴子,发出呜呜的威胁声。猴子也不示弱,龇牙咧嘴,并做了几个下流的手势。

看人打架是一种乐趣。"有人打架"的另一个意思是"我得看看",看动物打架也是一种乐趣。

有时打架不需要原因，彼此觉得对方不顺眼就够了。

猴子赢了，它抓瞎了狗眼，人群为之欢呼。耍猴的打声呼哨，猴子蹿上了他的肩。

就在耍猴的挤出人群的时候，高飞将手偷偷伸进了他的褡包。

高飞坐在一堵土墙下气喘吁吁。他从集市上一口气跑到这里，偷到的不是钱，而是一张刚刚从某个电线杆子上揭下来的通缉令：

金炳山，外号山牙，男，55岁，身高1米70，山东范县金台村人，因贩毒被判刑，现在逃……

"拿过来！"耍猴的突然站在高飞面前。

高飞的手一哆嗦："山牙！"

耍猴的说："是我。"

高飞说："我……我不识字。"说完他站了起来。

"下手挺快，是个苗子，要不是小烟包看见，真让你跑了。"山牙说。那只叫小烟包的猴子冲高飞做鬼脸，并且拿小石头砸他。

高飞说："不是这小猴，你也找不着我，追不上我。"

"是啊，"山牙一屁股坐在石头上，"我的腿不行。"他卷起裤脚，卸下一截假肢，揉着膝关节说，"我是个瘸子。"

小烟包看见假肢，眼睛一亮，打了几个哈哈，眼泪和鼻涕立刻流下来。

它慢慢爬到山牙身边，吱吱叫着哀求着什么。

山牙叹了口气，从假肢里捏出一小包白粉，倒在掌心，小烟包伸着舌头舔，兴奋得尾巴都翘起来了。山牙摸摸小烟包的头，继而对高飞说："你是跟我走，还是留在这里？"

山牙阴沉着脸。

高飞说："我跟你走。"

两个人和一只小猴转过街角，消失了。谁能想到，几年以后出现了一个前所未有的特大犯罪集团，整个中国笼罩在阴影里。

## 第二章　天生警察

周兴兴就是那个被抛弃在派出所门口的婴儿。

周兴兴的母亲就是周嫂。

周兴兴有三个哥哥，所以小时候他什么都不用怕。

周兴兴学会说的第一个字是：枪！

周兴兴唯一一次流泪是他母亲死的时候。

周嫂的丈夫是个刑警，在一次擦枪时不慎走火，子弹打崩了他的大脑袋。

从此，周嫂白天变成男人，晚上变回女人。

有一次，孩子在玩耍中打碎了邻居的玻璃。周嫂二话没说按住老大就是一顿毒打。邻居后来问她为什么只打老大。她说："只有老大是亲生的。"派出所的院子里有个猪圈，周嫂的家就在派出所里，四个孩子在炕上嘻嘻哈哈，四只小猪在粪堆里哼哼唧唧。

老街西边有个菜市场，1980年4月10日，有个摊贩到派出所报案称自己的一麻袋糠被人偷走了。这次偷盗很大胆，一个破衣烂衫胡子邋遢的男人，问了问糠的价格，过了一会儿转身回来，趁摊贩不注意，将50多公斤重的糠扛在肩上，撒腿就跑。周嫂接到报案，骑上自行车迅速追去，沿路不断打听，很快找到了那男人的家。大门开着，院里榆钱落了一地。推开屋门，周嫂看见墙角架着一口锅，正热气腾腾煮着糠面糊糊，五个孩子捧着空碗咽口水，男人正用铁勺在锅里搅。周嫂咳了两声，见一屋子人都在发呆，就没有说话，她掏出口袋里所有的钱放在一个孩子的碗里。走的时候，她的泪水涌了出来。

1989年，周嫂当上了老街派出所所长。此后三年，老街辖区没有发生一起刑事案件。

1994年，城区规划，老街拆建成新街。因为分房不公，群众上访，周嫂脱下警服在县委门前破口大骂。

1998年8月27日，周嫂心脏病发逝世。

次日，大雨滂沱，送葬者三千余人。


周兴兴小时候最喜欢玩的游戏是警察抓小偷。

周兴兴上小学时，和哥哥去野外游玩，他指着草丛中的一口机井说："看，这是个抛尸的好地方。"

周兴兴的想象力很丰富。有一次在火车站，人们逮住了一个割钱包的小偷，然而翻遍小偷的全身也没有找到刀片。周兴兴大声说："刀片藏在他嘴里。"

周兴兴13岁那年对周嫂说："妈，我想当一名警察。"

周嫂说："你已经是一名警察了。"

周兴兴上中学时老是迟到，为了节省时间，他就一边拉屎一边吃饭。

周兴兴很爱干净。他的床底下有一大堆从来不洗的袜子，每天他都挑一双最干净的穿上。

周兴兴喜欢思考。有一次，他走过一个漂亮女孩身边时放了个屁。女孩皱了皱眉，周兴兴若无其事地继续往前走，当时女孩听见他自言自语："死人为什么比活人沉？"

周兴兴懂得多种语言。有几个说话可靠的走街串巷弹棉花的人，曾经看见周兴兴坐在小学校后的池塘边和一只青蛙讲话。就在前几天，从那池塘里刚刚捞上来一具童尸。

周兴兴为了抓一个抢劫犯，曾在胡同尽头的一个倒扣的筐底下埋伏了一夜，后来有人问他当时的想法是什么。

周兴兴回答："别再下雨了。"

周兴兴仅用30分钟就破获了一起强奸杀人案。有个住校的女学生，半夜起来解手，清晨，人们发现她死在了厕所里。女孩的死状惨不忍睹，她躺在地上，裙子凌乱，内裤被撕碎，头耷拉着，脖子被什么利器铲了个大口子，鲜血流了一地。全校师生感到极度恐慌，立即报案。民警在厕所旁的冬青丛里找到了一把铁锨，很显然这就是凶器。学校保卫科的同志积极配合，马上提供了一份有流氓前科的学生名单。周兴兴戴上手套，看着那把铁锨沉思了一会儿说："我知道凶手是谁了。"

"一个环卫工人，"周兴兴举起那把铁锨说，"挖粪的，这把铁锨上除了血迹还有屎，便池里有挖过的痕迹，凶手为啥要挖大便呢？只有一个答案，他就是个挖大便的。可以想象，他正在干活，都知道，这活得在半夜里干，那个女学生进来了，然后强奸，悲剧发生……"

警方立即到环卫局展开调查，经过指纹对比，很快抓住了凶手。

# 第三章　灭门惨案

淄阳郊区有一所废弃的危楼，周围很荒凉，楼前杂草丛生，楼后是一片墓地。这座小楼在白天看上去破旧不堪，到了夜晚显得阴森恐怖。

清明节前，两个民工住进了楼里。

他们的工作是修复被雨冲毁的坟地，铲除杂草。楼分两层，民工住在底层。当晚，两个民工大醉，夜里似乎听到楼上有人在哭。

到了午夜，一个民工出去解手，背后突然传来尖锐的惨叫，接着是抽搐挣扎的声音，而后万籁俱寂。他大着胆子冲进楼内，看见另一个民工直挺挺地倒在地上，眼睛暴突，口鼻流出鲜血。

楼内有鬼的说法迅速传开，再没有人敢去那里干活，墓地的管理单位不得不出重金招聘，三天过去，只有一个刚刚释放的劳改犯愿意前往。

劳改犯叫黄仁发。

黄仁发提出了两个要求："给我根棍子，给我两倍的钱。"

管理单位经过考虑答应了。

棍子是用来打鬼的。若是女鬼呢，黄仁发嘿嘿一笑。

暮色苍茫，楼内的血腥味已经很淡，几只蝙蝠飞进飞出。

黄仁发干完一天的活，收拾好地铺，在地铺周围摆放了一些塑料纸，他关紧门，并在门后放了个酒瓶。有经验的小偷都会这么做，如果有人进来，他会立刻发觉。

黄仁发抱着棍子睡着了。

他不知道他躺的地方就是那民工死的地方。

午夜，门缓缓开了。酒瓶倒地发出清脆的响声。黄仁发立刻坐起来，握紧棍子——然而没有人，只有冷风吹进屋里。黄仁发松了一口气。突然，塑料纸一阵哗啦啦的响，似乎有脚步踩在了上面。黄仁发瞪大眼睛，屋里确实没人，空荡荡的。那声音在他面前停了，房间里死一般沉寂。

他咳了一声，给自己壮胆，就在这时，他的脚被什么东西舔了一下，出于本能，他向后一退，手中的棍子也用力抡了下去。棍子触地发出闷响，肯定打中了那东西。

月光从窗户照进来，一条死蛇躺在地上。

黄仁发咽口唾沫，这才发现自己浑身都是冷汗。他用棍子将蛇挑起来，搭在窗台上。他想，明天烤烤吃。

睡下不久，他又被一种奇怪的声音惊醒，吱吱地响，半掩的窗帘动了一下，有个影子一闪而过。

他用棍去拨那窗帘，猛地看见一个毛茸茸的小脑袋。

黄仁发吓得手一哆嗦。莫非是恐惧引起的幻觉，他揉揉眼，那小脑袋不见了。黄仁发一动不动，倾听四周，楼道里隐隐约约有脚步声，那脚步上了楼，接着楼顶传来卸下重物的声音。

那肯定是装在麻袋里的死尸，魔鬼的食物。黄仁发的第一个念头是赶快离开这里，第二个念头是去看看。这时传来絮絮的低语声，可以清楚地听见有个尖细的嗓子说："味道不错。"

黄仁发当过小偷，是个胆大的人。他曾在一户人家的门后站了一夜，在另一户人家的床下躺了一夜。偷人的东西算偷，偷鬼的东西不算偷。

为什么不去拿几件鬼的东西呢，黄仁发对自己说，也许是些宝贝呢。

黄仁发脱了鞋，握紧棍子，蹑手蹑脚上了楼。楼上那间房子的门虚掩着，有轻烟飘出来，火光闪闪，从门缝里可以看见映在墙上的一些稀奇古怪的侧面像，很奇怪的影子。

黄仁发闻到了一种炒煳了芝麻的香味，他屏住呼吸，将耳朵贴在门上，下面就是那几个鬼的谈话：

"分吧，山爷。"

"只有大秤，没有天平。"

"我带了个撇海（酒盅），挖进去，正好一两。"

"他是谁？"

"寒少爷。"

"两个九斤半（头），嘿嘿。"

"北有二王，南有双丁，双丁想来拜山（结交）。"

"拉倒，小心点水（贩毒者内部叛徒），这里不是架子楼（饭馆）。"

"认识认识有好处。"

"他俩是千张（乡下人），这俩是……"

"我是华城的三文钱。"

"我是东北的炮子。"

"我姓抄巴（李）。"

"我姓匡吉（赵）。"

"山爷穿了双蛤蟆叫（皮鞋）。"

"小飞，小烟包哪去了？"

"在甩瓢（大便）。"

"唔。"

黄仁发再也不敢听下去了，只有鬼才会说这样的话。他两腿发软，只想逃走，这时楼道里走来一个少年和一只猴子，他还没弄清怎么回事，冷冰冰的枪口就顶住了他的脑袋。

这个少年就是高飞，小猴就是小烟包。

高飞将黄仁发推进屋里，说："逮住个掐灯花（偷窥）的。"

屋里有四个人。也可以说是五个人。因为其中有个怪物，怪物的脖子上长着个大瘤子，看上去他好像有两个头。

他就是寒少爷，我们以后还会谈到这个怪物。

"照老规矩办？"高飞问山牙。

"送他上路。"山牙说。

"你叫什么名字？"高飞问。

"黄仁发。"

…………

乓，枪响了。

此案始终没有侦破。警方声称，楼里没有鬼，民工是被毒蛇咬死的，黄仁发是被枪打死的。现场进行过贩毒交易，留下的有一杆大秤，一个酒杯，一颗弹壳，一根棍子，一条死蛇。楼外的草丛里有两堆大便，一堆是人的，一堆是动物的。

便纸是两张10元的钞票。


加祥县迎凤路有家卖油条的，他们一家人是逃避计划生育来到这里的。他们是被抛出来的野草，在路边搭间棚子，就此落地生根。他们的家是众多违章建筑中的一间，政府用石灰刷上了"拆"。

女的叫三妮，卖油条；男的叫王有财，修自行车。我们常常看见街角那种卖油条和修理自行车的小摊。

他们两口子感情不太好，他站在棚子前对买油条的人微笑，他老婆和三个孩子在棚子里轻声哭泣。

两个闺女，又瘦又丑，一个男孩，胖胖的，都不上学。

在夏天，很多人常常看见小胖子一口一口地咬冰激凌，两个女孩一口一口地咬自己的指甲。三个孩子，全都光着脚在街上乱跑。

一天清晨，他们全家都被杀了。

警方接到报案，迅速赶到现场。那时，周兴兴已是刑警大队的队长。五具尸体，光着身子，衣服被凶手堆在一起，所有的瓶瓶罐罐都被打开了，地上的血掺杂着酱油、豆油、碱、洗衣粉。根据法医安中明的验尸报告，死者王有财咽喉被割了三刀，他老婆三妮胸部中了两刀，三个孩子是被掐死的。经过解剖化验，他们的胃里有没被消化的猪肉、羊肉和牛肉，王有财喝过酒，三妮还吃了点瓜子，遇害时间大约在晚上11点。

谋财害命？

这么多年，他们一直穷得叮当响，常常为一毛钱吵架，为了一个碗的摔碎而大动肝火。

仇杀？

他们都是老实本分的人。

情杀？

看看他们的那两口大黄牙吧，从来没有过一把牙刷到过他们嘴里，有时高兴了他们也会洗一下脸。

对于杀人动机，周兴兴想过七种不同的解释，都被他一一否定了。

王有财家不远处就是医院，他空闲的时候常常去医院收吊针瓶子，现在他和家人的尸体躺在医院的太平间里。

那太平间处在偏僻的角落，很少有人来，一条小路长满青草，三间破旧的瓦房，阴气森森，干枯的葡萄藤攀在窗户上，铁栅栏锈迹斑斑。一间是解剖室，很多药水瓶子里泡着一些人体器官，一间停尸房，另外一间是看守人的房间。

看守太平间的是一个老头，耳有点聋，眼有点花，喜欢喝酒。王有财的尸体被送来的当晚，天下起小雨，他喝醉了。睡下的时候，他看见一只胖乎乎的手拍了一下玻璃，过了一会儿，又拍一下。他顿时感到心惊肉跳，打着手电筒出去，原来是一只癞蛤蟆，正在往窗户上跳。后来，他听到一种奇怪的声音——像是有一只手在窗上抓，指甲抓着玻璃发出一种刺耳的声音。他打着手电筒出去，外面什么都没有，雨依然在下。

老头回到房间，就在推开房门的一瞬间，发现门后站着一个人，那人穿着雨衣，低着头，看不见他的脸。老头吓得一哆嗦，手电筒掉在地上，他摸索着找到手电筒，那人已经不见了，悄无声息地溜走了。老头以为是幻觉，上床缩在被窝里，惊魂不定。

凌晨2点，雨已经停了，黑云散尽，月光照着外面的停尸房，尸体蒙着白被单，房间里静悄悄的，只有窗外的树叶滴着水。老头始终没有睡着，恍惚之中，看见一具尸体坐了起来，他认出那是王有财，咽喉被割断了，脑袋耷拉着，老头从没见过诈尸之类的事，他揉揉眼睛，看见一个穿雨衣的人背对着他，那人掏出王有财的肠子，把手伸进肚子里摸索着什么。

第二天，老头死了，死于心肌梗死，闹鬼一事在县城里流传。

一时间，人心惶惶，各种谣言四起，县城的居民一到晚上便屋门紧闭，足不出户。此案影响非常恶劣，引起了省公安厅的重视，限期一个月之内破案。刑警大队发布了悬赏令，向社会广泛征集有价值的破案线索，承诺拿出1万元重奖举报人。

那段时期，电线杆子前就有了很多人。周兴兴忙得焦头烂额，有次开会，人多，他就站着，轮到他发言的时候，人们发现他倚着墙睡着了。时间过了两个星期，有人提供了一条重要线索，他看见王有财案发当天买了一张彩票，过了几天，又有人举报说："王有财有个习惯，他每天晚上都去邻居麻子家看会儿电视。"案情到了这里，豁然开朗，麻子有重大杀人嫌疑，经审讯，他却没有作案时间，至少有十个邻居可以证明他案发当晚打了一夜麻将，不过，他交代出王有财中了200多万元大奖。

谁是凶手，彩票现在在哪里，盗尸者又是谁？

临近破案期限的前一天，周兴兴召开案情分析大会，他宣布凶手已经查明，立即逮捕卖彩票的，还有当时出警的法医安中明。

下面就是周兴兴的分析报告：

王有财买了一张彩票，晚上9点，他在麻子家看的电视上的摇奖，自己中了200多万。麻子对他说，这事你别张扬，小心有人抢。王有财说，谁抢，我就把这彩票吞到肚里。这句话是周兴兴假设的，这也是他一直想不明白为什么有人盗尸的地方。在青岛鑫鑫珠宝行盗窃案中，顾秀红将一粒红宝石吞到了肚子里；在湛江贩毒案中，李达明吞下了五个避孕套，很多人都以为肚子是个安全的地方。王有财买了些熟肉回家了，我们能想象到他们一家人是多么高兴，但那天晚上11点多他们全家就被杀了。经调查，麻子没有作案时间，那么凶手只有一个，就是知道王有财中奖的那个人，那人是谁呢，这里面有个隐藏的凶手，用刑事四重推理，我们得知就是那个卖彩票的。此人叫胡大海，整天想着发财，有过犯罪前科，他把王有财一家人杀害后，翻遍那些瓶瓶罐罐也没有找到彩票。王有财的尸体被送到医院的太平间，麻子为钱驱使，当天夜里便去盗尸，他也没有找到彩票。那么，彩票哪儿去了呢？被消化了？不翼而飞了？这就得问问解剖王有财尸体的法医了。

整个案件水落石出之后，人们发现案情和周兴兴推理分析得一模一样。

同年12月，公安部门授予周兴兴"特级优秀人民警察"荣誉称号。此后几年，这个只有初中文化水平的警察，又陆续侦破了一批大案要案，先后获得了一等功一次、二等功三次。

2000年7月13日晚，泉城市沥下区小井胡同，一只蟋蟀叫了几声，小卖部的灯光灭了，有四个人在胡同口的一棵槐树下鬼鬼祟祟地嘀咕着什么。

两名喝醉酒的巡警突发奇想，要去查查他们的身份证，因为当时发生了一件并不严重的流窜盗窃案。让我们记住巡警的名字：李平、周有顺。

"恁几个，干什么的？"周有顺问。

"卸沙子的。"

"我们都是建筑工，那边那个工地上的。"

"身份证，拿出来。"

"谁带那玩意儿啊！"

"包里是啥？"

"方便面！"

"李平，看看。"

"有一副扑克，半包烟，方便面，哟嗬，还有把刀子。"

"我有身份证。"

"不行，把这四个人都带回去，带所里去。"

"我们是五个人。"

"另一个呢？"

"在上面！"

两个巡警抬头看，一只小猴蹲在树枝上。猴子跳下来，双爪顺势抓向周有顺的脸，同时，山牙夺过刀子向李平刺了一刀。

"跑！"山牙吼一声。

四个人跑啊跑，却跑进了死胡同。周有顺掏出枪，李平掏出电警棍，两个人叫骂着立刻追过来，他们的伤口流出鲜血。

电棍刺刺啦啦地响，四个人很快哎哟着倒下了。

周有顺说："都铐上，把那小猴也铐上，靠，抓死我了。"

李平说："小猴铐不上。"

周有顺说："那就解开鞋带，绑上。"

山牙等人关押在泉城西郊监狱。警方很快查明了他的身份，另外三名是吸毒者，从方便面里找到了几包海洛因，看上去像是调料。

山牙拒不交代贩毒事实。他向预审员要了支烟，用灼热的烟头烫瞎了自己的左眼。

预审员后来对他的一个朋友说："没见过这样的，当时他要烟，我给他点上，一转身，听到惨叫，他倒地上了。赶紧送医院吧，他趁我们不注意，从窗户里跳了下去。那是五楼啊，楼下还停着一排自行车，稀里哗啦，摔得那个惨哟，倒是没死，现在还昏迷不醒呢！"

"那猴子呢？"预审员的朋友问。

"送动物园了！"

## 第四章　经典越狱

2000年7月17日，泉城东郊发生爆炸案，市区刑警消防警迅速赶到。15分钟后，西郊监狱发生了震惊全国的"劫狱"大案。看守民警与20多名武装犯罪分子枪战半小时。由于部队驻军的火速支援，劫狱者未能得逞，趁着夜色分散而逃。

山东省公安厅立即召开紧急会议，一致认为，东郊爆炸案意在声东击西，和劫狱案件是一伙人所为。他们的目的是救出山牙，显然他们并不知道山牙自残坠楼的事。

当晚，国家公安部将"7·17劫狱案"上升为"新世纪一号大案"，副部长白景玉亲自前往听取汇报。白景玉在会议上发言，不能再把对方简单地称为犯罪分子，他们就是敌人，这是一场战争，背后肯定隐藏着一个巨大的黑社会犯罪集团。我们在明处，他们在暗处。这是新中国成立以来发生的第一起劫狱案件，面对新型犯罪我们必须具备谋略意识，必须将这伙人一网打尽，否则将造成严重后果。

"一网打尽，谈何容易，"泉城市公安局副局长孙立杰站起来说，"山牙是个在逃十多年的通缉犯，我们对他所知甚少。这些年来，他除了贩毒，还做了什么，认识了什么人，那些人为什么要劫狱救他出来，我们都不清楚。目前他处于昏迷状态，另外三名吸毒人员我们已经审讯过多次，根本提供不了有价值的线索。"

"不，"局长李常水反驳道，"山牙和那三个人是我们手中唯一的线索，必须充分利用，应该想想怎样利用。"

省厅刑侦处处长吴绍明大胆提出："只有一个办法，打入他们内部，卧底侦查，查清该集团大小头目，统一抓捕，一网打尽。"

白景玉沉思了一会儿，说："这让我想起了1992年平县那场缉毒战役。"

1992年8月30日，1300名武警官兵合围云南平县。平县号称"中国的金三角"，仅因心、磨龙、松毛坡三个村子就有武装贩毒团伙16个，全县涉毒人员数以千计，这里是境外贩毒分子向中国内地运输毒品的中转站。为了不伤及无辜群众，以武警云南总队前线指挥部参谋长唐尚林为首的卧底小组，成功地潜入贩毒家族内部，提供了准确的军事打击目标。

那是新中国成立以来最大的一次缉毒战役，也是唯一一次动用军队对犯罪分子进行的打击，白景玉说，现在，很可能是第二次。这次，我们将联合中央军委、国防部，我们要动用一切手段将这伙人擒拿，将这个犯罪集团一网打尽。

当晚白景玉亲自挂帅成立了一号大案指挥部，由国家公安部亲自督办，各省公安厅无条件予以配合。指挥部制订了"欲擒则放，一网打尽"的卧底作战方案。关于如何潜入这个犯罪集团，指挥部连续召开几次会议，反复研究，制定了总的工作原则和具体的作战方针。

白景玉说，立即从全国公安系统里找几名最优秀的警察成立卧底小组，天亮之前用直升机把他们带来。

清晨6点钟，李常水向白景玉报告说："人找到了。"
"谁？"
"周兴兴、画龙、寒冰遇。"
"哦，这三位是？"
"周兴兴是刑警，画龙是武警，寒冰遇是特警。"
"让他们进来。"

"是不是很危险？"
"九死一生。"
"为什么选中我们？"
"运气吧！"

周兴兴我们已经很熟悉了，下面简单介绍一下寒冰遇和画龙。

寒冰遇，特种兵出身，参加过南方战争，他熟悉各种枪支，会扔飞刀，有着极强的野外生存经验，退役后一直隐姓埋名，担任当地烈士陵园的看守人，1997年之后担任当地特警大队的名誉教官。关于他的其他资料属于国家机密，即使是周围的邻居以及亲朋对他也是所知甚少。

画龙，武警教官，1970年生于河南，1989年全国武术冠军，1991年国际警察自由搏击大赛第一名，1994年三亚散打王，1995年泰王杯60公斤级金腰带获得者，1997年私自去日本参加K-1国际格斗大赛（日本举办的站立综合格斗赛事），被领导勒令叫回，未取得名次。

早晨，画龙喜欢戴上墨镜去跑步；晚上，他喜欢光着膀子去夜市喝啤酒。

在河南以南，湖北以北，两省交界的一个小城路口，有一天中午，几辆车像幽灵般悄悄驶来，靠路边停下。突然有人大喊一声"城管来啦"，于是街道上乱作一团。小贩们争先恐后向各个角落躲藏，有的骑着三轮摩托车风驰电掣般地逃窜，有的推着独轮小车在狂奔，还有的手挽盛满各种水果的筐子篓子向居民大院和小巷中躲避。一个卖菜的妇女领着孩子，挑着担子，气喘吁吁，跑得鞋都丢了，城管追上去，抢过筐里的秤折成两段，另一个长得较胖的城管使劲踩地上的菜，孩子吓得哇哇直叫。其他没来得及跑的小贩，摊子被掀翻，有个卖糖炒栗子的去和城管理论，结果遭到一顿暴打。就在城管没收了小商贩的东西准备往车上装的时候，一个戴着墨镜光着膀子的青年说道："住手！"

"你是干吗的？"城管问。

"打人的。"那青年叼着一根烟回答。

大概是有史以来，城管第一次听到这样的话，顿时，十几个城管怒气冲冲地围了上来。周围的群众谁也没有看清楚怎么回事，其中一个城管闷哼一声，就倒在了路边的冬青丛里。紧接着，那青年一脚踢飞一个，就像踢草包一样，十几个城管身体横飞着摔在了地上。

..........

周兴兴、画龙、寒冰遇，中国160万警察中挑选出来的佼佼者，警界中的三位精英，现在他们要走进一个洞穴，打起火把，照亮那黑暗角落。我们将在下面看到很多难以想象的事情，很多稀奇古怪的人。

那些人本来在洞穴里，现在要将他们置身于阳光之下了。


坏人应该先进监狱，再进地狱。

沧州监狱关押着1000多名犯人，其中有最惨无人道的凶手、最臭名昭著的恶棍、最下流无耻的淫魔、最心狠手辣的劫匪。

杀人碎尸案案犯程鹏、法庭炸杀丈夫案案犯朱立荣、奸淫亲女案案犯何中海、禽兽教师唐进、蛇蝎翻译李立君，他们都曾经被关押在沧州监狱。

他们现在在哪里？

在地狱里。

越狱是一种奇迹。

沧州监狱扩建于1977年，四周的墙高7米，电网密布，中间有一座探照灯塔，可以照到每一个角落。囚房外有走廊，24小时都有狱警巡逻，囚房是石砌的，地面是混凝土，屋顶嵌有铁皮。

一个领导倒背着手视察完之后说："没人能从这里逃走。"

然而第二年，有个外号叫油锤的犯人像空气似的消失了。

囚房的墙壁上留有他刻的一句话：

死在哪里都是死！

18年后，一个年轻的犯人对着这面墙沉思不语，他就是油锤的儿子。

有天中午，送饭的狱警告诉他："小油锤，你爹找到了。"

"在哪儿？"

"在下水道里！"

1998年，那场特大洪水来临之前，沧州监狱翻修下水道的时候发现了一具白骨。白骨的手里握着一根锈得不成样子的铁钉。

那根钉子也许意味着自由。

犯人们谈论油锤时都露出一脸的鄙夷，而谈论小油锤时都表现出尊敬。

一个犯人说:"大油锤应该向小油锤学着点,小油锤多精,大油锤太笨,他不知道臭气也能把人熏死。"

犯人们亲切地称呼小油锤为"那个机灵鬼"。

没几天,小油锤也越狱了。

确切地说是开小差了。

那场洪水使沧州监狱的一部分犯人不得不转移到另一个监狱。暴雨冲毁了道路,18辆军用卡车全陷进了泥浆里,车上的犯人都是重刑犯,是在睡梦中紧急集合的,所以都保持着真实完整的模样。

18辆大车,十八层地狱!

天亮了,这地狱展现在人们面前。混乱的车队占据了整条泥泞的街。犯人们铐在一起,全都是死尸般苍白的面孔,湿透的破衣烂衫粘在身上,大多数都在打哈欠,其余的低声说着什么。有几个用麻绳捆着,是病人,蔫了吧唧地低着头,身上的烂疮正在发炎流脓。

围观的居民越来越多。

有几个兴致好的犯人开始向观众挥手致意,咧着嘴笑,一名高个儿犯人搂着一名矮个儿犯人向人群里的小姑娘乱抛飞吻,矮个儿犯人正说着下流话。

领头车上的犯人唱起了一支在狱中广为流传的歌,后面车上的人得意扬扬吹着口哨伴奏。场面越来越热闹了。押解的警察忙着修复道路,根本无暇顾及犯人的事。有两辆车上的犯人开始互相谩骂,另外一辆车上的犯人在威胁观众。

第五辆车上的犯人在洗澡,因为老天正在下雨。人们可以看见毛茸茸的胸脯,各种各样的文身,鹰、虎、龙、蝎子、带火焰的心、缠绕着蛇的剑、烟烫的疤、忍字和恨字。有个犯人搓着脖子抬头说,多好的莲蓬头啊!

第九辆车上的犯人就不要说了。一整车人都乱屙乱尿,臭气熏天,有个坏家伙笑呵呵地把大便甩向观众。

第十一辆车上是女犯。一个女人抓着自己的头发自言自语:"我好像看见我丈夫了。"

第十五辆车上的犯人在乞讨,向围观的群众要烟抽。有个老犯人对着路边卖油条的娘儿们高声喊:"大妹子,炸的那是油条吧,我都闻见了。油条好吃,我最后吃这东西,我想想,噢,得是十年前了,我判了无期徒刑。他舅舅的,我得死在监狱,给我一根吧,让我尝尝那滋味。对对,大妹子,扔上来,捡根粗的,我接住了,咱兄妹俩,我就不客气了。"

最后一辆车上是小油锤在演讲,他打着手势,唾沫四溅。他讲得很深刻,仿佛从嘴里能吐出石子来,人们不断地给他起哄叫好。下面是那段话:

"我爹和我娘,一个在牢里,一个在土里。都不是啥好鸟,全是王八蛋。我认识我娘,没见过我爹,不对,见过一次。前几天,我看见一具骷髅,有人说,瞧,那就是你爹。你们说说这叫啥事啊,我第一次见到我爹,我爹却死了,成了那个模样。啥,你问我咋进来的。我偷东西呗,一不留神儿把人家的肝给捅了。那不是故意的,我割他钱包,他逮住我非要送公安局,没法子啊。不能赖我。割钱包,干;割喉咙,不干。我精着哩。什么?找份工作?我要是挣的比我偷的多,还愿意当小偷啊?我的胳膊也想干活,我的脑袋却不答应,我娘从未教过我什么叫工作。你知道我娘教过我什么吗?她什么都没教。干坏事还是我自学的,我干完坏事还想干更坏的事。当小偷最没出息,老挨揍,我要出去得琢磨着抢点银行啥的。"

场面越来越混乱了。

押解队长向其他警察命令道:"去,让婊子养的安静点。"

于是每辆车上都发出一阵惊心动魄的棍棒声,橡胶警棍砰砰地响,闹得最欢的犯人也都屈服了

押解队长又说:"路是修不好了,最后一辆车上的犯人下来,到前面推车去。"

二十多个犯人排成队,小油锤走在最后面,在一个街角,他本该跟着队伍向左转,可是他却向右一转,像个屁似的消失了。谁也没有注意到他,旁边那个押解队长竟然也没看见。

是那队长故意放走的吗?

不是!

队长后来在报告中回忆说,我当时就打了个喷嚏,他就不见了。

有些事情是不该详细描写的，越狱就是其中之一。

好吧，让我们闭上眼睛，去看看黑暗中的越狱。

邬庚庆用风筝越狱，姚元松用头发打开手铐越狱，麻英用牙刷挖洞越狱，魏振海利用粪坑越狱，康升平纵火越狱，宋海洼劫持人质越狱。

北京第一监狱有处墙角，曾有个犯人不借助任何工具，全凭自己手和脚的力量，同时用肩、膝、背、臀，以及壁虎般的意志，从那里逃了出去。此后，第一监狱的犯人多了项爱好，放风的时候全都仰着头啧啧称奇。为了纪念那墙角，犯人们给它起名叫"日天"。"日天"在黑话里的意思是"不可能发生的奇迹"。

东三省监狱的围墙高五米，曾有个犯人玩了个撑竿跳，跳过围墙逃跑了。

大西北监狱有个犯人杀死一名警察，然后换上警察的衣服，大模大样地从门里走了出去。

最经典的一次越狱发生在沧州。越狱者有五个人，周兴兴、山牙、铁嘴、丘八、屠老野。这是越狱史上人数最多的一次，也是难度最大的一次。活人逃出去已经很不容易，山牙奄奄一息，和死人没什么区别，周兴兴他们究竟怎样把山牙"运"出去的呢？

我们先来研究研究沧州监狱的结构。

和其他监狱一样，沧州监狱也有三重岗哨。从门里出去，是不可能的。

囚房已经讲过，石砌的，中午稍微有一线阳光照进来，其余时间都是黑暗。曾有个贪污入狱的家伙这样嘟囔："夏天闷热，冬天很冷，没有空调，没有暖气。"

囚房里的木板床有两种作用：睡觉和取火。

取火干什么？

抽烟！

犯人都有咀嚼烟草的习惯，他们弄不到火机或者火柴，最原始的钻木取火在监狱里得到广泛应用。犯人把洗衣粉撒在木板上，用棉絮使劲搓，很快冒出青烟，一吹就着了。

木板床也为越狱者提供重要的工具。

油锤在那里找到了一根钉子。

周兴兴在那里想好了一个计划。

囚房外的走廊上新安了监控系统。院中间的探照灯塔被1998年的那场洪水泡得裂了一条缝，1999年终于拆除了，取而代之的是一根大烟囱。烟囱下面是厨房，厨房里锅大得像池子，靠墙放着几把铁锨就是炒菜的铲子。锅大并不意味着没有饥饿。鲁西南及河北地区至今仍把进监狱称为"吃八大两"。

有的犯人抱怨："八大两连我肚里的蛔虫都喂不饱。"

油锤利用了下水道，周兴兴是否利用了那烟囱呢？

大厨房旁边有个小厨房，常有狱警端着鱼出来，沧州监狱保持着让死刑犯枪毙前吃鱼的好传统。

沧州监狱有自己的刑场，刑场就是几根柱子，以往枪毙犯人多在河滩、山脚、野地、树林。

刑场附近的囚房里关押着的是重刑犯和死刑犯。他们隔着铁栅看见同类被打死，他们的眼神更富有悲伤色彩。

男人的第七根肋骨是女人，第八根是幻想。

被判无期徒刑的犯人就住在幻想里，住在海市蜃楼里。慢慢苍老，直到死亡，蛆虫饿着，张着嘴，等着他们的尸体。

手淫和同性恋在他们的囚房里是公开的，男犯强奸男犯的事时有发生。有个强奸犯刚进监狱就"病"倒了，同号的犯人向狱警报告说：我们"揍"了他一顿。

在监狱外面，他强奸了别人；在监狱里面，别人强奸了他。

死刑犯囚房的旁边有两间黑屋子。一间是禁闭室，常有呻吟声传出来，在那黑屋子里面挨揍是正常的，不挨揍才是不正常的。另一间是医疗室，山牙就躺在里面，丘八负责给他喂水喂饭，端屎端尿。让犯人管理犯人是监狱的文明之处。

山牙和丘八在医疗室，周兴兴、铁嘴、屠老野关押在43号囚房。在越狱之前，他们究竟是用什么方式取得联系的呢？

2000年7月29日，星期六，阴。

中午，丘八排队打饭的时候，真倒霉，一个硬邦邦的东西砸中了他的头，然而他又高兴起来，那是一个馒头。他并没有吃，掰开之后，里面有张叠得很小的5毛钞票。

这钞票上写着一行字。

晚上11点，43号囚房里蹲着三个黑影，有只小黑老鼠偷听了他们的谈话。

铁嘴："从哪里走？"

周兴兴："那烟囱看见了吗？"

铁嘴："看见了，像个鸡巴！"

周兴兴："爬上去。"

铁嘴："忒粗，爬不上去。"

屠老野："又不是一棵树。"

周兴兴："说得对，老野，那不是树，那是一个被窝。"

屠老野："被窝？"

铁嘴："娘的，你说明白点。"

周兴兴："我已经把这监狱筛了一遍，钻烟囱出去是唯一的路。"

铁嘴："爬到烟囱顶上怎么办，下面可是电网。"

周兴兴："爬上去，再爬下来，踩在电网上，走到围墙那儿。"

屠老野："我日，那不电死啦。"

铁嘴："奶奶个熊，你这熊孩子。"

周兴兴："用木板做几双特制的鞋。"

屠老野："电网下面有站岗的。"

铁嘴："警察会发现咱，子弹会像苍蝇一样跟着咱。"

周兴兴："所以要小心加小心。"

屠老野："围墙高，跳下去还不摔成稀屎？"

周兴兴："所以要有根绳子。"

屠老野："没有绳子。"

周兴兴："撕床单，撕衣服，搓绳子。"

屠老野："光屁股啊，嘿嘿。"

铁嘴："干吧，老天爷都在帮咱，又打雷又刮风，多好的开小差的夜晚。"

周兴兴："千万不能下雨。"

铁嘴："对了，山爷怎么办？"

铁嘴："他不能爬烟囱，也不能跳墙。"

周兴兴："我有办法，非得带他走吗？"

铁嘴："是的，这是条件。"

周兴兴："啥？"

铁嘴："把他带出去，会有很多的钱、伙计。"

周兴兴："钱归钱，伙计归伙计。"

屠老野："你一个人干不成。"

屠老野："你得让我俩帮你。"

周兴兴："好吧，他要是来不及呢？"

铁嘴："那是他的事。"

周兴兴："那个丘八能行吗？他不懂干这活的窍门。"

铁嘴："你说他什么没干过吧，盗窃、抢劫、强奸、杀人、贩毒、诈骗、绑架。"

屠老野："现在又多了一项罪名，越狱。"

屠老野："还有一件事，这扇门怎么打开。"

周兴兴："铁嘴可是开锁的行家。"

铁嘴："我只需要一根钉子。"

周兴兴："我们需要三种东西，钉子、绳子、木板。"

屠老野："木板做什么用？"

周兴兴："现在，一个人拆床，一个人搓绳子，一个人找钉子。"

铁嘴："得用多长时间？"

周兴兴："三个小时多一点或者少一点。"

周兴兴："现在在笼子里，三小时后在笼子外。"

屠老野："哟嗬，有只老鼠。"

屠老野："好家伙，扎了我一下，这有钉子。"

铁嘴："走廊上的巡警怎么办？"

周兴兴："容易得很，扔块石头引开他。"

周兴兴："绳子搓好了。"

周兴兴："木板够了吗，得用八块。"

铁嘴："够了。"

周兴兴："钉子找到了？"

屠老野："找到了。"

周兴兴："一、二、三，干吧！"

走廊里静极了。周兴兴拖着绳子，好像牵着一条随时都可能叫唤的狗。他每走一步，就觉得大地颤抖一下。铁嘴、屠老野在后面跟着，藏在周兴兴的影子里，就这样他们溜出了走廊。

他们在小厨房处遇见了丘八和山牙。山牙躺在墙角像只死狗，丘八拍着屁股低声吼道："怎么才来？"

周兴兴说："遇到了一点小麻烦。"

丘八问："你是谁？"

周兴兴说："我就是扔给你馒头的那个人。"

铁嘴说："他叫周兴兴，刚进来，想带我们出去。"

丘八问："干啥子进来的？"

周兴兴说："什么都没干，我是无辜的。"

屠老野说："和我们一样，嘿嘿。"

有个站岗的狱警似乎听到说话声便向这边走过来，人们始终没有查明当时这五个人躲在了哪里。

想象力丰富的人可以"看到"烟囱里有几个"太"字在上升，几个有罪的灵魂想自由。那根绳子把山牙拉了上去，然后他们在鞋底绑上木板，抬着山牙从电网上走过。闪电大概一直在帮助他们，但是并没有下雨，他们克服了很多意想不到的困难，终于到了围墙边。

围墙外边，就是自由。

凌晨3点，沧州监狱附近的一户人家遭到了抢劫，三个光屁股的男人抢走了几身衣服，还有半包香烟。第二天，女主人对男主人说："昨晚，不会是场噩梦吧？"

男主人说："不是梦，咱的衣服没了。"

● ● ● 十宗罪前传

第二卷　惊天大盗

●●● 十宗罪前传

第五章　　妓女金珠

　　沧州垃圾场附近有一座桥，桥下的河水深得可以淹死一个有钱的人。曾有个大款从这里失足而坠，很多人立刻来救，然而只捞到了一顶帽子。
　　这条河流向大海，一个有钱的人算得了什么呢？
　　2000年7月31日，有个女人抱着一个婴儿从桥上跳了下去。
　　女人叫金珠，是个妓女。
　　河堤上有一排杂乱的房子，房子是用三合板、石棉瓦搭建而成的，用上流社会的说法这里叫作贫民窟，其中最破最烂的一间就是金珠的家。

春天，小草在她桌下生长；夏天，雨水从她床下流过；秋天，落叶多么美丽；冬天，冬天就不要写了，它给一些人只带来了寒冷。

有两个穷人这样谈论冬天：

"去年冬天，真冷，我的手冻了，脚冻了，耳朵也冻了。"

"是啊，我的手也冻了，脚也冻了，耳朵却没冻。"

"你有帽子？"

"我没有耳朵！"

在墙角蹲着哆嗦的不是你，所以你无法体会那种寒冷。

住在河岸上那些破房子里的人也有自己的生活，自己的盆盆罐罐，他们的职业是捡垃圾。河西是垃圾场，河东是废品回收站。

他们从河西捡些东西卖到河东，就这样简单地维持生命。

他们比城市的野狗起得还早，黎明时就走街串巷，蓬头垢面，手里拿着铁钩子，腋下夹着有补丁的空袋子，看见垃圾箱就上去乱翻一气。

捡垃圾也需要经验。一个老头对一个新手说："伢子，我告诉你，工商局、国税局、计生委、公安局、招生办、医院、城市信用社、县委宾馆、交通局，这些地方的垃圾箱最肥！"

金沙江里有块石头叫作"那公"，有个船夫在上面捡到了一个贝壳，贝壳里有颗大珍珠。沧州烟草公司家属院西南角有个垃圾箱，曾有个幸运的家伙捡到了一条香烟，拆开之后，里面装的是一叠一叠的百元钞票。

捡垃圾的有时也收破烂，我们常常听到胡同里有人这样吆喝：

"收酒瓶子的又来啦！"

"谁卖破铜烂铁！"

"谁卖废书废报纸！"

"收酒瓶子的又来啦！"

"谁卖纸箱子！"

"谁卖易拉罐！"

"收酒瓶子的又来啦！"

他们很穷吗？

不，垃圾箱就是他们的财富！

他们曾有幸捡到你我舍弃的东西。

他们是人吗？

也许是。

看看那些男女老少拿着铁钩子在垃圾山上爬，只能说他们是爬行动物。

他们的家在哪儿？

在河堤上。

各式各样的苦难彼此为邻。被家族抛弃的寡妇，失去了土地的庄稼汉，生了六个女儿的一家子，没有儿女的孤苦老人，无家可归的流浪者，沦为赤贫的赌徒，有手却没有工作的哑巴，改邪归正的江湖骗子……他们聚集在一起，组成一个临时的村落，除了捡垃圾再也找不到别的活儿干。

犯罪分子也常隐藏在这一类的巢穴里。上面提到的那个没有耳朵的人，他就是曾杀死一家四口潜逃多年的大盗朱铜嘉。

朱铜嘉被捕后交代出一个人：车老板。车老板在桥下开着一家旅店，那旅店又是饭店，同时也为过往的拉废品的司机提供汽油。

警方怀疑车老板和几起案子有关，但一直找不到证据。捡垃圾的常常私下议论：

"车老板认识黑道上的人。"

"车老板的老婆失踪了。"

"车老板那里有妓女。"

某年某月某日，一朵花开；某年某月某日，一朵花落。

记不起是什么时候，有个女人走进车老板的旅店。在那天夜里，她上半夜是处女，下半夜是妓女。

第二天，车老板将一块写着"内有雅室"的牌子挂在了店门口。

从此生意兴隆！

那女人就是金珠。人一生下来就有贫富差别。金珠出生在一个叫金台的小山村，很久以前，当地出产金矿，现在只有石头。金珠对母亲的印象很模糊，只记得母亲铁青着脸，咬牙切齿，跺着脚，恨不得把地球跺碎。父亲对她很好，给她买烧饼，给她买头绳。

金珠10岁那年，在村口的水井旁，父亲对她说："妮，大马上回来。"

从此却杳无音信，一走就是很多年。

直到18岁，她母亲去世以后，有人告诉她："金珠，你爹可能也死了。"

金珠被邻居拐卖到沧州。

除了卖淫，她还有没有别的路，肯定有的话，那就是死。

她曾经反抗，试图逃跑。她的左眼比右眼更含情脉脉，因为她的右眼被车老板砸瞎了。这并不影响她的美丽，哪一个女人不是天使呢？

她曾经青春过，曾经幻想过，曾经用翅膀飞翔过。

她容忍了一切，放弃了一切，失去了一切，开始任凭命运摆布。在某一个夜晚，她恶狠狠地向窗外吐了口痰，说："做一个坏女人算了！"

从此以后，金珠不再害怕什么，谁对她温存，谁对她粗野，谁对她怜悯，谁对她蔑视，都无所谓。

金珠渐渐体会到做坏女人的乐趣，丑态百出，到了夜晚，她的屁股像荷叶似的荡漾。

没有客人的时候，车老板便折磨她。有一天，她问车老板："你老婆呢？"

车老板拍拍自己的肚子，嘿嘿笑着说："在这里。"

金珠有时会想起父亲，她忘不了父亲离去时的那张脸。

有时，她感到羞耻的时候，也常常想，如果她父亲在坟墓里知道她当了妓女，肯定会再死一次。

美德是一个规规矩矩的盒子，里面包装着邪念。附近住着的那些捡垃圾的老光棍，还有年轻人，也厚着脸皮来找金珠，和她讨价还价："你要得太贵，闺女，咱也是邻居，照顾照顾，便宜点。捡垃圾的换两个钱不容易，风里来雨里去，你也知道……"

金珠学会了撒谎。她将男人挑逗得欲火焚身，然后噘着小嘴说："今天不行，我月经来啦。"

她知道勾引，然后离开，寻找一个更有利的位置抬高身价。她如此冷漠、美丽，仿佛头戴花冠，拖着长裙。她走到哪里，哪里就有危险。她让男人们喝酒，喝醉，让他们争风吃醋，打架。

她是闪亮，却照不到自己的陈旧。

有些捡垃圾的妇女，好心的大嫂，常常劝告金珠："闺女，别干这行了，到老落不下好身子，趁年轻，找个相好的过日子吧！"

她喜欢上了一个司机。

那个小青年吹着口哨，关上车门，走过她的窗前。她看到他的胡子，他的眼睛，他的肩膀和手。是的，有些男人只需要看他一眼就会爱上他。

有了爱，就有了天堂，即使是在地狱，在困苦的日子里。爱使地球转动，使太阳发光，使万物生长。

对她来说，爱的最高境界就是做爱。

金珠对车老板说："告诉那小青年，晚上我去他的房间。"

夜色来临。

笑容是一个妖精，乳房是两个妖精。她上身赤裸，有些羞涩地站在那小青年面前。

她闭上眼。

高潮之后，金珠像一只猫伏在小青年怀里。她用手指在他胸膛上画圈。

"你叫什么名字？"她问。

"我叫下次再来，嘿嘿。"

小青年说完，将一张百元钞票"啪"贴在金珠屁股上。

金珠的脸立刻红了，她噘了噘嘴，说："我不要你的钱。"

一个星期以后，小青年吹着口哨又来了。金珠将他的驾驶证藏在自己的胸罩里，闹了一会儿，金珠对小青年说："你带我走吧！"

小青年说："这，可不行。"

两个月以后，金珠对那小青年说："你得带我走，我这月没来，我怀孕了。"

小青年说："不能赖我啊，谁知道你怀得谁的孩子。"

金珠说："就是你下的种。"

小青年说:"我不管。"

金珠说:"这辈子我就跟着你了,我肚子都快大了。"

小青年说:"你吃饱撑的吧!"

金珠说:"求你了。"

小青年说:"你这婊子。"

金珠说:"我……我爱你。"

小青年说:"滚……我揍你。"

"我爱你"这三个字换来的是"我揍你"。他是这么坏,又是那么好,金珠想。她赤身裸体躺在床上,等待着隔壁房间那个心爱的男人。窗外的月光照进来,敲门声却始终没有响起。半夜,金珠听到汽车引擎发动的声音,她立刻披上毯子冲出去,一屁股坐在驾驶室的副座上。

"想跑,没那么容易,哼。"金珠对小青年说。

"你回去穿好衣服,我带你走。"小青年说。

"我傻啊,一下车,穿好衣服,你早没影了。"

"那好吧。"小青年恶狠狠地说。他踩离合,挂挡,加油门,车猛地一蹿开上了公路。

第二天清晨,有个浑身赤裸的女人走在127国道上,她进入市区,立刻引起了喧闹。

早晨的太阳照着她的屁股、背、脚后跟。她捂着脸,长发遮不住乳房,乳头冻得发黑,她的小腹平坦,黑色草丛下是生命的源泉。

我们也是从那里出生。

这是天地间多么奇特的景观。一个女人散发着原始的气息,在清晨走在自己的影子里。街上的人都惊愕得大张着嘴。

各种各样的目光像箭似的射在她身上,惊喜的,惊讶的,淫荡的,下流的,鄙夷的,怜悯的。变幻不定的心态,很多围观者也在那一刻学会了疑问。

她是谁?

她是一个女人,也就是说她是我们的母亲、姐妹和女儿。

这好像是一个什么仪式。她走在无限的时间中，无限的空间里。每走一步都震撼着人的心，震撼着这个世界。

泪水一路滑落，起风了，这个风尘女子一尘不染。

金珠捂着脸，穿过整个城市，回到车老板的旅店。她的屁股上有个清晰的鞋印，肚子里有个模糊的孩子，这都是那小青年留下的。她爱他，甚至不知道他的名字。金珠蒙上被子睡了两天两夜，从此她不再笑了，也就是说不再漂亮了。一个女人不再漂亮，就由春天直接到了冬天。金珠完全堕落了，给钱就让干，大声地毫无顾忌地呻吟浪叫，她的身价由200慢慢降到了20块钱。

猫三狗四，猪五羊六，七个月过去后，金珠生下了一个早产婴儿。

有了孩子，金珠的腰变粗了，乳房耷拉，屁股下坠，身材臃肿。她的客人越来越少，车老板越来越讨厌她。有一天，车老板对金珠说，你怎么这么能吃，你这个饭桶。

第二天，车老板将她和她的"那小玩意儿"赶出了旅店。

金珠在河堤上搭了间房子，以捡垃圾为生。她对邻居说，我要把孩子养大，我要让他上学，我要让他当大官。在1999年那个漫长的雨季，假如有人打着伞站在沧州郊区的桥上，会看到一个破房子里有位妇人用塑料盆接漏到屋里的雨，她的孩子在床上啼哭。

金珠有时还会到那旅店里卖淫。

2000年7月30日晚，下着大雨。车老板的旅店里来了五个客人，其中的一个躺在担架上奄奄一息，另外四个衣着奇特。

他们要了一桌子菜，大吃大喝，酒足饭饱之后，来了一个女人。那女人很胖，脸上写着卖淫，手上写着失业，左边屁股写着贫困，右边写着无知，张开嘴就可以看见肚里的饥饿。

她就是金珠。

金珠在一张油腻腻的凳子上坐下，毫不客气地撕开一只鸡腿："哎哟，馋死俺了，很久没开荤了，没生意。"

一个黄牙齿的男人将金珠搂在怀里，揉着她的乳房嘿嘿笑着说："这回让你吃个够。"

　　这个男人就是丘八，旁边坐着的依次是周兴兴、铁嘴、屠老野，墙角的破沙发上躺着山牙。

　　丘八说："闲着也是闲着，我们来耍个游戏。这个游戏有个文绉绉的名字叫坐怀不乱，黑话叫打波。就是让一个妓女坐在客人怀里，百般挑逗，谁家伙硬了，谁罚酒三杯。"

　　游戏开始。

　　金珠的小嘴油嘟嘟，金珠的大腿肥嘟嘟。

　　她坐在周兴兴怀里，慢慢扭动屁股，眼神迷蒙，风情万种。很快，她说："硬了，喝酒。"

　　她坐在铁嘴怀里，吞吐着蛇的芯子，身体上下地动，轻轻喘息。一会儿，她说："这个，也喝酒吧！"

　　她坐在屠老野怀里，慢慢掀开自己的衬衣，把屠老野的手按在那两朵莲花上，她闭上眼睛，很陶醉的样子。过了不久，她嘻嘻一笑，说："老家伙，快硌死我了！"

　　一轮下来，只有丘八没硬。金珠用鸡骨头敲着丘八的脑袋说："今晚，我和你睡，他们三个都是大坏蛋。"

　　丘八哈哈大笑。

　　"怎么还有个喝醉的，"金珠看见墙角躺着的山牙，她站起来，啃着鸡骨头，扭着屁股走过去，说，"这个也不能放过。"

　　走着走着，她的脚步放慢，停住了。

　　山牙半睁着眼，努力地抬起右手。

　　他的眼中流出泪水。

　　金珠双手抓着自己的头发，愣愣地站在那里，许久，她发出一声撕心裂肺的喊叫——大！

　　山牙是金珠的父亲！

　　20多年前的一个傍晚，山牙在那个叫金台村的村口对自己的女儿说，我马上回来。

20多年过去了，他目睹了一个妓女的皮肉生涯，这个妓女就是他的女儿。

这个临死的人说话很吃力，断断续续的，我们实在没有心情真实地叙述那种上气不接下气的遗言，在这里就完整地转述一下。他死前对周兴兴、屠老野他们交代了一件事：你们去洪安县，在城西有片桑树林，你们把一条红色的丝巾系在最粗的那棵树上，那树下有我埋的东西，一些钱，你们分一半给金珠。第二天，你们去城东小井胡同，就是那条死胡同，有个人会从地底下钻上来，他会带你们去找高飞。

我们以后不再有机会谈论车老板了。大概在山牙死后的第二天，有个穿一身白色孝服的女人在半夜进了旅店，出来之后，车老板赤裸裸地躺在床上，咽喉处有个大口子。

## 第六章　四十大盗

时间：一个雨天。地点：动物园。

人物：父亲和他的胖儿子，一个少年，一对恋人，一个脏兮兮的小孩。

用枯树枝在地上画个圈，这个圈就叫动物园。

潮湿的木椅上坐着一个少年，他神情忧郁，头发滴着水，爱情正啃噬着他的心，他盼望着一个女孩，步履轻盈，走在草地上，走到他身边。

亭子里的恋人相拥。花朵湿漉漉的，金鱼在水草间游来游去，水面泛起阵阵涟漪。

那一排铁笼子里关着老虎、狮子、狗熊、鸵鸟、狼、豹、猴子。

笼子真的很有诗意。

现在，笼子前站着一位父亲和他的胖儿子。父亲说："儿子，要爱护动物，它们和人一样，瞧，那只大老虎正在给小老虎逮虱子。"

胖儿子的嘴里塞满香蕉，突然哭了。

父亲说："怎么了？"

胖儿子望着父亲说："我不饿。"

父亲笑着说："那就喂猴子吧！"

这时一个浑身脏兮兮的小孩翻墙进来了，他的头发像鸡窝，脖子灰不溜秋，穿着一身烂衣裳，他笑嘻嘻地对着狗熊做鬼脸，将笼子拍得震天响。

城市里常有这样流浪的快乐的小精灵。

胖儿子抬头对父亲说："爸，我害怕他打我。"

父亲说："别理他，走，去喂猴子。"

他们来到关着猴子的铁笼前。胖儿子剥了根香蕉，父亲将地上的香蕉皮捡起来，郑重地对儿子说："要爱护环境。"

胖儿子说："怎么只有一只猴子啊？"

父亲点燃支烟："可能是珍稀品种，是金丝猴吧。哦，不像，它病了，可怜的小家伙。"

笼子里躺着一只小猴，眼神哀伤，毛脏兮兮的。

它就是小烟包。

胖儿子将香蕉扔进笼子里，说："吃吧，小猴。"

小烟包坐起来，打个哈欠，眼泪和鼻涕直流。它看到抽着烟的父亲，便哀叫着爬过来，伸出手。

父亲说："再给它根香蕉。"

胖儿子将所有的香蕉都扔进去，小烟包却不理会。它开始在地上打滚，两手抱着头，眼睛红红的，吱吱乱叫。

儿子拍手笑着说："疯了，疯了，真好玩。"

父亲说："这小猴，到底怎么了？"

小烟包试图抢夺父亲手中的烟。

父亲愣了愣，说："要这个啊。"便将烟扔进笼子里。小烟包立刻捡起来猛吸几口，它蹲着，哆嗦着。

那个小孩不知何时也趴在笼子前，说："看什么呢，我看看。"

小孩咽了口唾沫，他看见了笼子里的香蕉。

胖儿子说："爸，走吧，他身上真难闻。"

父亲说："走吧，回家洗个澡，这雨淋得脖子黏糊糊的。"

胖儿子边走边说："洗澡也行，除非你晚上别让我吃鸡腿，我不喜欢吃，我都吃腻了。"

小孩看看他们，用树枝将笼子里的香蕉挑出来，抱在怀里，飞快地跑了。

儿子对父亲说："爸，快看，那是一个小偷。"

我们来做个小测试。

你不可能用舌头舔到你的胳膊肘。

你不可能空手抓住一只苍蝇。

你不可能用两根手指夹起一块砖。

如果你做到了，那么你就具备了做一个小偷的能力。

在很多地方，我们常常看到总有一群可疑的人聚集在那里，抽烟，交头接耳。他们打量行人，尾随跟踪，几人掩护，一人以极快的手法打开你的背包，将里面的钱和值钱的东西一扫而光。整个过程也就几秒钟，并且是在光天化日之下进行的。他们很大胆，盗窃时即使被人发现，也只是悻悻地走开，然后盯上下一个目标。行人大多是敢怒不敢言，警察逮住他们也很难做出处罚，因为他们大多是一些未成年的孩子，而操纵这些孩子盗窃的头目都是幕后指挥，很难抓到。

公安部近年来发布的关于盗窃的通缉令，也可以看成是一份中国大盗的排行榜。其中，库班名列第二。

库班，一个手艺人，一群小偷的老师。22岁那年，他就带着一把雕刻有山羊头的刀子，到处流浪，他走到哪儿，哪儿就留下羊肉的膻味。但他不卖羊肉串，也不卖葡萄干。第一次盗窃是在温城街头，他看见一个算卦的老太婆，有一只黄色小鸟叼出一张纸牌，那上面的大概意思是他最近要破点小财，但会有贵人相助，一切事情逢凶化吉，从此财源滚滚。

老太婆说了一句文绉绉的话："命是天生注定的，运是可以改变的。"

临走时，他给了老太婆两元钱，却顺手偷走了老太婆的钱包。

从那天开始，他的命运走向了一条死胡同。

在一起盗窃案中，一个小偷对另一个小偷说："你躲在门后面，有人进来你就拿棒子打他的头。"

没人进来，是盗窃；有人进来，是抢劫。

一个盗窃犯会因为偶然的因素成为一个抢劫犯，棒子打得重了，或者遇到反抗，抢劫犯又很容易升级为一个杀人犯。

库班先是盗窃，然后抢劫，有段时间，这个大胡子男人每天要做的事就是花钱，拿一张百元的假币，去买东西。他买苹果、香烟、袜子，买萝卜与白菜，他的钱一次次被目光敏锐的小贩退回来，那段时间，他怀揣着三千多块钱流浪在街头。

库班没有饭吃的时候，使他感到饥饿的不是肚子，而是空虚。他吃饱的时候，心里却有一个地方空着，那里应该有一个女人。

他年轻的时候，喜欢跟踪街上的漂亮女人。有一次，他没能克制住自己的双手，因为强奸未遂被关进了监狱。

过了几年，库班回到家乡，和村里最漂亮的小寡妇古丽结了婚，他摆了一百多桌酒席，宴请全村的乡亲，甚至招待过路的人。他修路，打井，搭建葡萄架，全村的人都感激他，都知道他在外面发了财。

古丽有个私生的孩子，她曾经想把这孩子淹死在脸盆里，后来她喝水的时候呛着了，也就失去了勇气。有一天，在一棵开满了槐花的树下，这个孩子对库班说："阿达，我要成为天下最厉害的小偷，和你一样。"

"那我考考你，"库班问他，"你看见一个骑自行车的人，车筐里有个钱包，你应该怎么把钱包搞到手？"

"我故意往车子上撞。"孩子回答。

"呵呵，小巴郎，这样可不行。我教你，你呢，手里拿一团毛线，捆啤酒的绳子也可以，红的，白的，那样的，往后车轮里一扔，缠住了，那倒霉蛋下车，转身去拽毛线，你就趁他转身的那一会儿，动作要快，把包搞到手。有的女人，喜欢把包缠到车把上，那时，你就得需要一个小刀片了。"

"我明白了，主要是让骑车的人停下。"

"聪明。再问你个难点的问题，要是那人不骑自行车，他走路，你怎么想办法让他停下呢？"

巴郎摸了摸头皮，说："我不知道。"

库班把一嘟噜槐花放在嘴里，说："过段时间，我带你出去见识见识。"

临行的时候，村里的人把自己的孩子送到库班的家门口，他们是这样说的："让孩子也跟着你发财去吧！"

1999年8月19日，济州华联大厦门前，一个小孩突然晕倒在路口，四肢抽搐，口吐白沫。很多人围观，水泄不通，另外几个小孩挤在人群里伺机盗窃。到手后，他们向地上的小孩使个眼色，他就站起来，抹抹嘴边的白沫，大摇大摆地走了。

我们知道，这羊角风是假装的，吐出的白沫是因为嘴里嚼着肥皂。

这些孩子，最大的18岁，最小的只有10岁，他们一律称呼库班为阿达。

昨天他们还在捡棉花、摘枸杞，今天跟着库班和古丽盗窃，闯荡天下。

1999年10月至12月，这四十个大盗租住在济州市西门大街金家大院里。

古丽用半块砖头在墙上算了一笔账，她对库班说："我们，四十个人，一天要吃五十元钱的馒头，六十元的菜。即使是咸菜吧，也要吃下去二十斤。我们都一个月没吃到肉了，加上抽烟，就连巴郎都学会了抽烟，加上房租、水电费，算一百吧。这还是少的，我们每天的花销就得二百元，一个月就是六千多元，天哪，这样下去可不行啊。"

库班正在睡觉，他用被子蒙上头，拿手指堵住耳朵，免得听见古丽的唠叨。

古丽那特有的深邃眼神开始变得忧虑，她继续说："昨天，生瓜和白扇被人揍得鼻青脸肿地回来了，他俩什么也没偷到。让这些废物回家去吧，回到棉花地里去吧。还有，巴郎用偷来的钱买了一把玩具手枪，他还是个孩子，贪玩，巴郎，巴郎。"

古丽向窗外喊，一个正在院子里吃香蕉的小孩跑进来："什么事？"

库班的手从被窝里伸出来，用手背狠狠地扇了巴郎一下，巴郎的嘴就流出了血。

这是一个黄昏，此后就发生了一件震惊全国甚至名扬海外的盗窃案。

金家大院向东走六分钟就是西门储蓄所，几天来，生瓜和白扇就在储蓄所门口盯着取钱的人，他们一无所获。

有一天，库班从黄昏时就站在路边，看着储蓄所，他站了一整夜，脑子里产生了一个大胆的想法。

天亮时，他用脚踩灭最后一个烟蒂，回家了。

古丽正在院里洗衣服，库班把孩子们喊到一起。"我们要干一件大事，"他说，"这件事就是，挖——地——道，把那个银行里的钱全部偷出来，全部，连毛票也不给他们剩下。"

孩子们听完后，欢呼雀跃，高兴得把帽子扔向了天空。

当天晚上，他用绳子测量了从金家大院到储蓄所的准确距离。第二天，他买了电钻、铁锹、十字镐、矿灯。

上午10点，库班用脚在院子里的泥地上画了个圈，把一桶水倒进圈子里，对孩子们说："挖吧，就从这里开始。"

院门紧闭，十几个年龄大点的孩子开始挖地道，另外二十个孩子在晚上把挖出来的土悄悄运到郊外的一个池塘里。三个月后，那池塘被填平了，地道却迷失了方向。他们穿过了一条街、几间房屋，甚至从一棵树下挖了过去，然而并没有到达储蓄所的下面。库班一筹莫展，想到了在狱中认识的一个朋友，此人叫刘朝阳，外号"耗子"，是个真正的挖洞高手。

刘朝阳来了之后，先去了一趟银行，仔细查看了银行保险库的位置，然后查看了地道，在树根下面，他对库班说："这是一棵柳树，向右挖吧。"

他们仅仅挖了三天，刘朝阳指指头顶，说："到了。"

案发后，当地警方对前来采访的媒体声称，这批窃贼可能有精良的器材，包括环球定位系统，还有多名数学、工程和挖掘专家。我们知道，所谓精良的器材不过是一些最简单的工具，警方提到的数学、工程和挖掘专家就是刘朝阳，他只是一位普通的煤矿工人，曾经因盗墓被判刑三年。

　　警方指出，这些窃贼在储蓄所附近租了一个院子，关上门挖地道，没有引人怀疑。地道呈现的是"人"字形状，说明这群家伙曾经迷了路，那棵柳树为他们指明了正确的方向，地道墙壁钉有塑料板，地面铺着木板，沿途有电灯照明，还有一间工作室。银行职员在上午8点才赫然发现钱库地面上的一个大洞，窃贼搬走了钱库内的5个保险箱，未触动警铃，保险库的行动感应器和保安摄像机，毫无反应。警方没有透露这些窃贼盗走了多少钱。

　　当天上午8点，也就是银行职员看见那个大坑发出尖叫的那一刻，库班已经坐上了回乡的火车。

　　库班坐在靠窗的位置，车厢里臭气熏天。

　　一个妇人的腋臭和一个木匠的脚气混在一起，一个男人打哈欠呼出的大蒜味道，在半空中，和另一个男人打饱嗝喷出的韭菜味道相撞，香烟，劣质香水，晕车者的呕吐物，种种气味混合在一起，就成了臭味。

　　闹哄哄的乘客，臭烘烘的车厢，连空气都让人窒息，说明每年的春运高峰期有多么糟糕。

　　库班的旁边坐着一个长头发的年轻人，年轻人说："我第一次坐火车的时候，是在车顶上，一车厢的煤炭就在屁股下面。现在，挤得嗷嗷叫，咱俩换换位置嘛，老兄，嗯，我要方便一下。"

　　库班不情愿地和他交换了座位，他打开车窗，向外面撒了一泡尿。

　　也许是一泡尿产生的好感，库班向这个长发的年轻人举起啤酒瓶子，示意他要不要喝一杯。

　　长发青年摇摇头："我现在不能喝酒，虽然我酒量很大。"

　　他把脸转向窗外，不再说话了。

　　我们坐火车时都曾经注意过窗外的风景，一些草垛、麦田、水渠和树林。

　　当火车驶过一个村庄的时候，长发青年的头伸出车窗外，把手拢在嘴边，向一个小院大喊："红，红，红。"

在那个小院里，一个叫红的女人几乎每隔几个月都会听到这熟悉的声音，声音很遥远，但又在耳边出现。她在院子里洗衣服的时候，哄儿子玩的时候，甚至在睡梦之中，都听到丈夫的呼喊。她为此精神恍惚，以为是幻觉，侧耳倾听，但只听到火车呼啸而过。

火车穿过一条隧道，惊醒了很多蝙蝠，在这短暂的黑暗里，库班极力克制，才没有向这个长发的年轻人下手，偷走他的钱包简直比喝一勺汤还容易。他忍住，但慈悲心肠转瞬即逝了，就在火车快要穿过隧道时，库班的手完全是下意识地伸进了长发青年的衣兜，当他把钱包掏出来的一瞬间，顿时目瞪口呆——那钱包正是库班自己的。

这大概是库班盗窃以来遇见的最奇怪的一件事：长发青年可能是在交换座位的时候，偷了他的钱包，他鬼使神差又偷了回来。盗窃过程是成功的，利用了黑暗，神不知鬼不觉地就搞到了手，但盗窃结果却是——他偷了一个钱包，身上的钱并没有因此而增加一分。

"物归原主。"库班把钱包给长发青年看看，放回自己的衣兜。

"原来是同行啊，"长发青年呵呵一笑，开始说，"刚才看到没，一个小院子，那就是我家。我偷东西，不是缺钱，是为了好玩，也是一种习惯，看见别人的钱包，我就忍不住，手痒痒，我多么喜欢做一个小偷啊！我的整个性格，所受的教育和成长的环境，都注定我特别适合这一职业。我不糊弄你，我现在特别有钱，知道什么来钱更快，更容易吗——做生意。"

长发青年压低声音，对库班说："我肚子里有几个避孕套，我不能吃东西，虽然我很想和你喝酒。你想啊，明天早晨，到了乌鲁木齐，我把这些东西拉出来，就可以赚一笔钱。告诉你这些，不是因为相信你，不是信任，也不是因为你和我一样。"他伸出手指做一个夹钱包的动作，"我说话有点文绉绉的吧，靠，我不在乎。有时我就想，我迟早会再进去的，早晚的事，所以我不在乎，我留这么一头长发，也是为了吸引雷子的注意，不在乎。"

"我知道，这叫运毒。"库班说，"你为什么不自己做生意呢？自己进货，自己卖。"

"这事，我一个人不行，没有合伙的，我也没本钱。"

"我有。"

"老兄,你叫什么名字?"

"库班。"

"我叫小油锤。"

## 第七章　盗亦有道

有个叫蔡家庄的铁路小站,过往的列车在此只停留五分钟。乘客稀少,这个铁路小站的派出所只有一个警察。警察叫老罗,60多岁,笑眯眯的,他应该是中国年龄最大的警察,也是脾气最好的警察。

派出所的墙壁上挂满了锦旗以及各种奖状,这所有的荣誉都是一只狗的功劳。在某个寒冷的清晨,老罗巡视线路时发现了一只小狗,它卧在铁轨旁边,快被冻死了,老罗把它抱回来,像养孩子一样把它喂养大。这条狗不是真正意义上的缉毒犬,按照蔡家坡当地的话来说,它是一只"土狗"。但这只土狗神奇的嗅觉令人赞叹不已,它可以闻到各种各样的犯罪气息,炸药、硫酸、酒精等列车上禁止携带的违禁物品都逃不过它的鼻子,甚至淫秽光盘和管制刀具也能找到。更为神奇的是,它对毒品有着天生的敏感,海洛因、冰毒、摇头丸、可卡因、杜冷丁,它都能一一分辨出来。从1998年到2000年,在蔡家坡站落网的毒品贩子就有11个,其他犯罪分子数不胜数。

这只狗有一个光荣的名字:雷子。

2000年1月7日,老罗在出站口发现了四个形迹可疑的人,他们正是库班、小油锤、古丽、巴郎,这是他们合作以来第一次贩毒。库班和古丽把巴郎装扮成一个小学生,巴郎第一次背上书包,里面装的不是文具和课本,而是K粉和可卡因。他系着红领巾,戴着太阳帽,感到非常别扭。

雷子对他们每个人的行李都嗅了嗅,最后对着巴郎叫起来,并咬住了书包。巴郎对这只大狗感到害怕，挣脱开书包，撒腿就跑，小油锤、库班、古丽也四散而逃。老罗没有去追，他毕竟是一个古稀之年的老人了，他把书包从雷子嘴里拽出来，打开一看，叹了口气，说："这帮家伙啊。"

当天晚上，四个人在车站附近一面墙的阴影里小声议论。

小油锤说："我早说了，还是放在肚子里保险。"

古丽说："倒霉啊，第一次，就栽了。"

巴郎说："那只大狗好厉害。"

库班说："我有个办法。"

小油锤说："说说看。"

库班说："我们去把东西偷回来。"

古丽说："从派出所里偷出来？"

库班说："对。"

巴郎说："那里就一个老头，就是那个。"

小油锤说："哈哈，好，值得一干。"

库班说："我们得准备一下。"

小油锤说："让这老傻帽警察见识一下什么是身怀绝技的飞贼。"

派出所的院墙不高，很容易翻墙进入。院里的葡萄架下拴着一只狗，两间水泥小屋，门口挂着两个牌子，一个写着"蔡家坡铁路派出所"，另一个写着"货运检查站"。

老罗把截获的毒品放进了保险箱，等到第二天上午，市局的人才会把毒品带走。睡觉前，他没有忘记奖赏给雷子一根香肠，半夜里，起风了，他就把门反锁上。他一直睡到第二天上午10点，错过了检查一列班车，这是很奇怪的事，因为他有早起的习惯，他除了感到头疼之外，没有别的异样感觉。等到市局的人来了之后，他们发现毒品不见了。窗户是关着的，外面还有一层铁栅栏，门和保险箱都好好的，没有撬动的痕迹，现场没有留下任何盗窃痕迹。

究竟是怎样把毒品盗走的呢？老罗苦思不得其解。

有些窃贼瞄准警察局、派出所，不是因为胆大，而是因为这些地方防范疏松更容易得手。

让我们回到那天晚上，仔细看看整个盗窃过程。

一辆火车开过的时候，库班和小油锤翻墙而入，院里的狗叫起来，狗叫声被火车轰隆隆的声音所掩盖，火车驶过后，狗会一直狂吠，所以要让狗闭嘴。

在盗窃案中使狗闭嘴的办法不外乎几种，用枪支或者弓弩干掉它，喂它吃有毒的食物，或者使用闪光灯，例如普通相机，取掉散光玻璃，对着狗连闪几下，强光即可使狗在几分钟内不能睁眼，出现短暂的眩晕，然后将其击毙。传说湘西赶尸者会一种"哑狗术"，往狗身边扔几张画的符，狗就不叫了，其实这是一种特制的草药所致。

库班和小油锤使用的是麻醉针剂，把麻醉剂放在塑料管子一端，从另一端用力一吹，射到狗的身上，一会儿它就会昏迷。动物园里的饲养员常常这样对付猛兽，在华城也有犯罪分子利用飞针抢劫的案例。

这次盗窃成功的关键就是，先让狗昏迷，再让人昏迷。

小油锤踩在库班肩膀上，从窗户上方的缝隙中，向屋内喷入一种迷药。迷药种类繁多，现代入室盗窃常使用三唑仑、乙醚。曾经有窃贼以小型的煤气罐作为入室盗窃的工具。比较罕见的有拍肩式迷药、迷魂香烟。明清时期的窃贼多使用一种由曼陀罗花和闹阳花等草药秘制而成的迷香。小油锤使用的是一种喷雾型麻醉药，组成成分是甲氧氟烷、环丙烷、异氟醚。这种迷药一分钟内就可以让人昏迷不醒，老罗屋内门窗紧闭，药效挥发更快。

老罗昏迷之后，就要解决窗户的问题了。铁栅栏的每一根钢筋都很粗，只有巨人才能扳弯。库班和小油锤把浸了水的毛巾缠在两根钢筋上，然后用木棒用力去绞，旋转，钢筋就慢慢弯了。这是简单而有效的省力技巧。任何一个野战部队里的司机都知道如何拖出一辆陷在泥潭里的卡车，某酒店的领班用这个办法解救了十几个人，使他们幸免于火灾。拧弯钢筋，有时是特别需要的。

巴郎从窗栅栏的缝隙里钻进去，用湿毛巾捂着嘴，找到保险箱的钥匙，取出毒品，将钥匙放回原处，从窗户里爬出来。

值得一提的是库班和小油锤有意掩盖盗窃痕迹，他们将窗栅栏恢复原状，拔下狗身上的麻醉针剂，甚至清除了脚印。这样做不是出于恶作剧，而是因为他们有意识地想做得天衣无缝。黑龙江鹤岗抢劫案中犯罪分子一边开枪一边捡弹壳，白宝山在抢劫前枪杀一位无辜的放羊老头也仅仅是为了锻炼胆量和枪法。

对犯罪分子来说，犯罪即是一种艺术。


2000年2月3日，也就是春节的前一天，邢石铁路职工住宅小区6楼发生火灾。母子二人被困在阳台上，女人急得大喊救命，她还抱着个孩子，孩子4岁左右，因为惊恐，吓得哭声都变了腔，浓烟夹杂着火光从阳台上涌出来。

天还没亮，从睡梦中惊醒的邻居立刻报警，并且迅速组织救援，一部分人试图打开那户人家的防盗门但是无功而返，因为客厅已经被凶猛的火势封锁。

楼下围观的群众束手无策，有人提议从阳台上系根绳子把母子二人救下来，绳子立刻找来了，但是怎么送上去呢？

阳台上的女人头发被烤着了，她脱下衣服蒙住头，孩子的哭喊声也变得声嘶力竭，形势万分危急。救火车迟迟未来，再等片刻，估计那女人就会忍不住从楼上跳下来。

这时一个人默默地挺身而出，他拿起绳子咬在嘴里，沿着墙壁上的下水管向上攀爬，那敏捷的身手令围观的群众目瞪口呆。他爬到六楼的位置，调整姿势，踩住固定下水管的螺栓，像壁虎似的轻轻一跳，就到了阳台上。

他迅速地系好绳索，在楼下群众手电筒的照射下，他一手抱着孩子，另一只手抓着绳子缓缓地下降。下降到三楼的时候，他停顿了几秒钟，那几秒钟对下面观望的人来说，就好像是几个世纪。人们屏住了呼吸，清晰地看到他的手被绳子磨破流出了血，他皱了皱眉，接着，咬牙忍住痛，一口气滑了下来。

观众齐声喝彩，一个邻居接过孩子，有些老年人流下了眼泪，这时救火车来了，现场一片混乱。冒着生命危险救人的青年始终没有说一句话，人们甚至没有发现他是什么时候悄悄离开的。

事后，那个女人和丈夫多方寻找救命恩人，他们在电台报纸刊登消息，询问目击群众，有群众反映那个年轻人留着长头发，胳膊上刺着文身，有可能是个在附近租住房子的打工仔。夫妇二人去了当地的派出所查找暂住人口，一个富有经验的老警察听了他们的描述后说：

"能够徒手攀爬六楼的人只有两种，一种是训练有素的特警军人……"

夫妇问道："另一种呢？"

老警察犹豫了一下，回答："那人很可能是个贼。"

这个贼就是小油锤。

作恶的人也有善的一面。贪污73万元的教育局长马觉明长年资助几个贫困大学生，人贩子赵桂芹救过落水儿童，杀人犯包金龙为村里修桥，强奸犯甄洪给乡里种树。

小油锤走进一片居民区，看到一户人家发生了火灾，最初他是想看看热闹的，甚至有点幸灾乐祸的心态。后来他听清楚了阳台上的孩子喊的是什么，那孩子一声声大喊着：爸爸，爸爸……他突然想起离开家的时候，孩子才10个月大，他在外潜逃流窜了3年，自己的儿子应该3岁多了吧，也会喊爸爸了。他一阵阵心酸，准备离开，那喊声一下下敲打着他的心。转身拿起绳子的那一刻，他不再是一个小偷，不再是一个通缉犯——他是一个父亲。

救人之后，小油锤去了哪里呢？

他上了火车。

他在火车上可以看到自己的家，冀北平原上的一个小院子，门前有个池塘，栽着几棵杨树。

他对家的回忆，就是从那个池塘开始。

小时候他就常常坐在池塘边的树下看着火车驶过去。他跟着母亲偷煤，用长竹竿绑上一种自制的挠爪，这种简易的工具是当地人的发明。后来，他用这种挠爪钩旅客的行李，即使火车行驶得再快，只要车窗开着，他一伸手，旅客放在桌上的包就会不翼而飞。他在工地上当过小工，开过拖拉机，还学习过一段时间的家电维修，这些很快都被他放弃了，正如他所说"我的胳膊也想干活，我的脑袋却不答应"，他盗窃，不是因为贫穷，而是无法改变贫穷的生活。

后来，他和一个叫红的女人订婚了。

他和她坐在草垛上。

她说："邻居家小秀结婚时，男方陪送的三金一木。"

"啥三金一木？"

"金戒指、金项链、金耳环，还有木兰小摩托车。"

"我也送你三金一木，金戒指，不，"小油锤说，"我送你钻戒，一颗大钻石。"

"什么时候送我，在哪儿呢？"

"看那里。"他指指天上，一颗亮闪闪的星星。

她笑了："那摩托车呢？"

"你闭上眼睛，我给你变出来，我会魔术。"

她闭上眼睛。

他吻住了她。

结婚后，小油锤和妻子一连吃了三个月的咸菜，那咸菜叫洋姜，是一种地下的果实，在夏天会开出黄色的花。儿子出生以后，生活更加糟糕了。他开始偷自行车，转手卖掉，他的开锁技术并不高明，有时他会举着一辆自行车走在大街上。有一次，他在盗窃的时候被人逮住了，那人要把他送到派出所，他用螺丝刀狠狠地捅了那人一下，逃回了家。

那天晚上，下着大雪，他家的炉子上正咕嘟咕嘟炖着一只鸡，老婆和儿子坐在床上看电视。

他刚进家门，警察尾随而至。他拒捕，但还是被捕了。他被关进监狱，很快又越狱了。他开始在全国各地作案，盗窃、抢劫、贩毒，他在火车上认识了库班，又介绍库班认识了自己的贩毒上线。在他家附近埋伏守候的警察走了一批又来了一批，河南的走了，吉林的又来了。车站、码头、广场，甚至他家门口的电线杆上都贴上了通缉令。

小油锤有好几次都差点被抓住，例如1999年那个夏天，他藏身在打麦场上的第二十一个麦垛里。追捕他的警察，只搜索了二十个麦垛就放弃了。小油锤听着脚步声渐渐走远，他的脑海里闪现出一个可怕的念头：自首！

被通缉的这些年里，小油锤最初是在恐惧中过日子，最后是在思念中过日子。他觉得自己早晚都会被抓住，他甚至盼望着那一天快点到来。

每隔一段时间，他都会坐在火车上看一眼自己的家。他只能用这种方式接近，虽然这一刹那的接近转瞬即逝。

现在他正出神地凝视着窗外，再过半小时，他就可以看到自己家的小院子了。他想起离家的那个夜晚，雪花飘着，炉火正旺，正炖着一只鸡，老婆把儿子逗得咯咯笑。这个画面他久久不能忘怀，他在潜逃流窜的日子里深深呼吸就能闻到炖鸡的香味，那只鸡炖了很多年，家应该还是老样子，一切都没有改变吧。

小油锤的对面坐着一个穿军装的老人，老人观察他很久了。

"你的手怎么回事？"老人问道。

"没事，"小油锤的手缠着绷带，他把手举起来说，"被玻璃划了一下。"

"看来这个大年夜要在火车上过喽，我去看儿子，你呢，家里都有什么人？"

"有老婆啊，"小油锤回答，"还有个儿子，4岁了。"

也许是为了打发旅途的寂寞，老人开始喋喋不休地说起自己家乡过年的风俗，还有子女的一些琐碎的小事，我们常常遇到这类可敬而又生厌的老人。小油锤最初还愿意做一个听众，后来不耐烦了。老人丝毫没有闭嘴的意思，又闲扯起自己早年当兵时的故事，最后他问小油锤："你是做什么工作的呢？"

"我说我是一个通缉犯，你相信吗？"小油锤用那种开玩笑的语气说，"杀人放火，无恶不作。"

老人吃了一惊，态度随即变了，他打量着面前的这个长发青年说："我看你也不是什么好人，杀人犯，不像。说真的，我可以一拳把你打倒。我不怕你，我还不老，只有73岁，抓住你的领子像抓一只小鸡一样，把你扔到警察那里。可是我不会这么做，因为，我看不起你，真的，你大概是干过什么坏事吧，你应该自己去自首。当然，自首之前，可以先回家看看，毕竟快过年了嘛。看看老婆孩子。每天早晨你老婆在村里是第一个醒来，晚上是最后一个睡觉，一整天都在田里，背不动一袋玉米但是还要背。你的儿子到处游荡，没人管没人问。"

小油锤不说话了，这大概是他有生以来第一次思考。

老人继续絮絮叨叨地说："一个女人拉扯一个孩子不容易。你儿子吃得比猫好一些，比狗差一些，这是因为物价的原因，排骨比鱼要贵。你呢，我看不起你，说真的，你是一个胆小鬼。你走过一个幼儿园的时候，听到很多孩子在笑，在做游戏，那时，你的儿子在做什么呢，他在哭。小孩都是小鸟，但是你儿子从来不唱歌。别的孩子有玩具，毛毛熊或者卡通画，你儿子呢，只能用尿和泥巴，或者堆沙子，把树叶放在臭水沟里看着它们漂去。现在，别人家在吃饺子，猪肉芹菜馅的，或者羊肉胡萝卜馅的，但是你老婆呢，我和你打赌，她吃的是白菜馅的，也许会把火腿肠剁碎放进去，就是那种一块钱一根的火腿肠。你的儿子呢，在旁边吮吸着手指，馋得要命，你说你是通缉犯，不会是和我开玩笑吧？"

小油锤把头扭向窗外，他看到了他的家。小院依然安详，一个孩子在门前的杨树下玩耍，泪水立刻涌出来模糊了视线——他认出那正是他的儿子。

他迅速擦掉眼泪，站起来整理行李。

"怎么，到前面你该下车了吧？"老人问道。

"不，我现在就下去，一分钟也等不及了。"小油锤说完，爬上桌子，蹲在车窗口，因为前面有个小站，所以火车行驶得并不快。他先观察了一下地形，然后纵身一跳，他想跳到铁轨旁边的一个水塘边上，那水塘边有枯萎的芦苇与荷叶，但是他跳的时候，衣服被窗口上的挂钩钩了一下，他落在铺设铁轨的石子上，摔断了腿，在翻滚的过程中又断了几根肋骨，然后滚到了水塘里。

他向前爬着，用尽所有力气，最后死在了回家的路上。

## 第八章　地下王国

一个小雨纷飞的傍晚，本文作者在乱坟岗中散步，他不时停下脚步，观察着什么。一个小山包埋在杂草中，如果没有弄错，这就是唐朝金玉公主的墓。从附近的一个洞可以看出，这里被盗墓贼光顾过。过了一年，公安机关严打期间，一批文物贩子纷纷落网。在我所居住的这个小县城，盗窃公主墓的犯人刘朝阳和其他犯人一起站在卡车上游行示众。我在人群里看见他低垂着头，脖子上挂着牌子，车拐过街角，我与本文中的一个人物就这样擦肩而过了。

刘朝阳，外号耗子，因盗墓被判3年有期徒刑，在狱中认识了库班，后跟随他一起贩毒。

下面讲一下他的故事。

1995年12月28日，刘朝阳背着六棵白菜，走在回家的路上，他的脑子里思考着一个问题。

他卖萝卜和白菜，后来卖豆浆，骑着一辆经常掉链子的三轮车，车筐里放一个小喇叭，喊着：豆浆，热豆浆，原汁原味，健康饮品。

到了油菜花开的时候，他站在院里的一棵臭椿树下，终于想明白了，他为什么发不了财——他是一个农民。

清明节刚过，刘朝阳背起行李去了华城。

华城火车站是一个治安急剧恶化的藏污纳垢之地。有位经常穿梭于两广之间的商人经常这样告诫亲友：不要在车站打电话，不要买任何东西，不要坐出租车，不要在附近的酒店和宾馆吃饭或住宿。

刘朝阳一下火车，就被人抢去了包，只好露宿在车站广场。

广场的一个牌子上写着——请不要在这里大小便！

四周的墙面和地面上有很多手机号码，后面写着"办证"。

刘朝阳和近千个露宿于广场上的打工者在警察、武警和联防队员的押解下，到一条小街巷里拥挤着过夜。第二天，他们重新回到广场上，他们聚集的地方形成一个临时的劳务市场，每当有包工头到来，呼啦全围上去，包工头像挑牲口一样打量着这群人，刘朝阳和其他几位体格健壮的民工被选中了。

华城岩镇附近有很多私营的小煤窑，刘朝阳第一次下井的时候是一个早晨，阳光照着，他眯着眼，天上云淡风轻，他的身体缓缓下降，从那以后，他整整一年都没见过太阳。矿工们每天就睡四小时，顿顿有肉，但不让喝酒，伙食好并不是老板慈悲心肠，而是为了使矿工们工作效率更高。在井下，一个叫丁老头的老矿工告诉刘朝阳，这里已经整整三年没发工资了。如果谁胆敢去讨要工资，就会有一帮打手来揍他，甚至连拉煤的司机也跑过来踢上几脚。

"不发工钱，为什么还要给他干呢？"刘朝阳问。

"就是因为老板扣着工钱，所以还要继续干下去。"丁老头回答。

一年后，丁老头成了刘朝阳的盗墓同伙。这个山西老人一生的经历可以用一个字来概述：穷。如果用两个字来概括就是：矿工。在他还是个孩子的时候，就开始挖矿，他的母亲曾经收集河边的芦花给他做了一件棉袄，井下潮湿、闷热，一夜之间，他的棉袄竟然发芽了，长出了一棵小树苗。长大后，他的梦想就是自己开一个煤矿，也许一个男人的梦想从来都不会实现吧，所以，他穷了一辈子，从一个朝气蓬勃的年轻人，直接成为一个焦枯瘦弱的老头子。

丁老头是个有经验的矿工，这种经验在以后的盗墓生涯里得到了极大的应用。

有一次，他指着头顶问刘朝阳："知道上面是什么吗？"

"是泥。"刘朝阳回答。

"泥上面呢？"

"不知道。"

"是一条河。"

他们挖矿和盗墓的间隙，还做过一件事——他们把煤矿老板给绑架了。起因很简单，因为老板不发工资。和所有绑架案一样，丁老头和刘朝阳把老板捆上，藏在一个隐蔽的地方，然后打电话给其家人，不同的是他们索要的钱并不多，那个数目只是他们应得的工钱。尽管如此，老板的妻子还是报警了，这样做是聪明的，大多数绑架案都是相识的人干的，即使是钱财得手后也会杀害被绑架者，掩盖犯罪，毁尸灭迹。整个绑架案中，精彩之处是取钱的手法，他们要求老板的妻子把钱扔到岩镇上一个公共厕所里，警方将那周围严密布控。当天晚上，月光照着这个厕所，虽然一整夜都无人进出，但次日凌晨钱包不翼而飞了。警方分析，犯罪分子是从厕所内的下水道里翻开井盖，伸出一只手，把钱取走了。

三小时之后，在一个山洞里，刘朝阳把一个包扔到煤窑老板的面前："看看吧，这就是你老婆送来的钱。"

包里放着一卷卫生纸。

煤窑老板说："这个婊子。"

丁老头说："你老婆报警了。"

刘朝阳看了看丁老头，两人交换了一下眼色，他叹口气，拿着一把刀子向煤窑老板走去。

老板说："你不会杀了我吧？"

刘朝阳说："我放了你。"

他用刀子割断了老板身上的绳索。

日后的审讯中刘朝阳对此事只字未提，他不认为这是犯罪。老板也对警方说是有人和他开玩笑，这场绑架案最终因为煤矿老板声称自己没有被绑架而撤销了。

刘朝阳和丁老头后来去了哪里呢？

在华城郊区一带，每个稻草垛里都有一棵树，当地人喂牛的草料要储存起来，他们总是把干草堆在一棵树的周围。1997年4月3日，也就是绑架案发生的第二天，有个早晨起来喂牛的妇女看见两个人从自家草垛里钻了出来，很显然，他们在草垛里睡了一夜。其中一个中年人哈欠连天，整理着头发和衣服上的草屑，另一位老人抱着一个西瓜，有片瓜地在二十里之外。

从那以后，这两个人的足迹遍布最荒凉的地方，有些古墓是在人迹不到的荒山野岭，他们尽可以大胆地挖掘。他们为什么想到了盗墓？这种事不可能找到任何理智的理由，盗墓和挖煤，两者之间有着极其相似之处。有时，他们睡在一个静静的山冈；有时，睡在一片小树林里，夜里的露水打湿了青草和头发。刘朝阳卖菜的时候，头发还是乌黑的，盗墓之后，开始大把大把地掉头发。那不断扩大的秃顶使别人和他都忽略了他自己的真实年龄，他就戴了一顶帽子。沉默、孤僻也是从那时开始的，他有时一连几天都不和丁老头说话，只知道埋头苦干，挥舞着铁锹。最初，他们毫无经验，只挖到了石头和一些不值钱的破烂，后来他们懂得使用一些简单的工具，例如探铲和探测仪综合勘探，确认墓地的大概位置，就满怀信心一直挖下去。有些洞证明他们费尽了心机而不是耗尽了体力，一些浅度也足以说明他们灰心失望过，但总是还有些坚硬的勇气，质问脚下的花岗石和石灰岩。正如丁老头所说，他们缺少一点好运气。

他们成功盗窃的第一座墓是在一片竹林里，他们挖得很顺利，封土层是红土，这种红土黏性很好，所以不必考虑盗洞塌方的问题。封土下面是一层青石板，撬开石板，跳下去，墓穴不大，但保存完好。刘朝阳用手电筒一照，就看到了密密麻麻的白色的竹根缠绕包围着的整座棺材。

这是一座清朝的墓，他们意外发现了一些明朝的器皿，从棺材里的铜镜梳妆盒以及几样首饰可以看出，埋葬在这里的是一个女人。这个多年前的美人，现在的一具骷髅，用手一碰，就化成了尘埃。一些珍珠玉器散发着幽幽的蓝光，两人并不着急，他们盘腿坐下，喝口酒，抽支烟。

丁老头说："我们发财了。"

刘朝阳说："是啊，发财了。"

第二天清晨，刘朝阳戴上帽子，他的帽子上有一条陈旧的船和桅杆，他在墓碑上摔碎瓦罐，用手抓了几把米饭填到嘴里，一只鸟从他的头顶飞过，他忘记了咀嚼，那些米粒像蛆一样从嘴里掉下来。他和丁老头回头看一眼刚刚爬出来的洞口，怀里揣着那些金银珠宝，笑呵呵地就下山而去了。

几年后，当地文物部门对这座墓进行抢救性挖掘，人们发现了刘朝阳用涂抹了自己粪便的棍儿在棺木上留下的一句话：耗子到此一游！

在地面之下，还有另一个世界。

打起火把，从自家的马桶钻进去，便可以看到这个世界。还有一些入口，是我们每天都注意到但是被遗忘的。掀开井盖，1974年，教授马即宇从这里下去；1983年，死者陈茵从这里下去；1996年，小贩黑子还是从这里下去。

现在我们也从这里下去。

这里只有老鼠，没有苍蝇，苍蝇都在地面之上。

在这个世界里，住着两种动物，老鼠和犯罪。

瘟疫、瘴气，也是从这里分娩出来的。他们是孪生兄弟，他们共有一个母亲。

在江苏有个假币制造厂，几个农民在一个防空洞里制造一元的硬币；在湖南省娄底市也有一个假币窝点，几个下岗工人在地下室里制造百元的假钞；濮阳老汉宁运行在自家存放生姜的地窖里制造雷管，宁波人付春在猪圈下挖了一个地洞生产炸药。

犯罪是地下世界里的一朵奇葩。

在城市里有许许多多的挖掘工程，下水道和阴渠便是其中的两种。

1994年，洪安县地震，一整段下水道从地下翻出，裸露在世人面前。人们惊讶地发现阴渠下面竟然还有一道阴渠，除了那些污泥之外，我们还看到很多东西。在同一个商店卖出的烟斗和酒杯在这里重新相遇了，曾经说出过誓言的假牙又变成了假牙，引起过爱情追思的手帕又成为了手帕，一个美丽少妇睡过的床单现在裹着一只死猫在这里腐烂。

使人百思不得其解的是那阴渠下面的阴渠是做什么用的呢？

这黑暗中不为人所知的分支通向哪里呢？

每到雨季来临，洪安县城便一片汪洋。

1986年上任的一位县委书记，他在位三年，只做了一件事：翻修下水道。他命令工人把下水道挖深，加固，可以容纳更多的雨水。洪水以前是在街道上流过，现在是在下水道里流过，阴渠下面的阴渠就是那时挖掘的。

这位可敬的县委书记叫作孙兆俞，他死后，就有了一条新的街道：兆俞街。在10年前，兆俞街叫作花子街，花子街一朵鲜花都没有，却有很多乞丐。

在15年前，老百姓也称呼其为"臭街"。孙兆俞挪用公款，压缩每一笔经费，克扣公务员的工资，他像乞丐一样在企业门前低三下四，像哈巴狗一样在老婆面前苦苦哀求，他让老板拿出善心，让老婆拿出存折。有一点，需要特别声明，在他死后，人们发现他的存款几乎为零。我们知道，零是最小的一个数字，也是无限大的一个数字。

孙兆俞为老百姓做了一件好事，也为犯罪分子提供了一个有利的场所。

科学家去溶洞探险，犯罪分子去下水道探险。

洪安县城有200多条大街小巷，有400多个下水孔。1999年一个深夜，一个盗窃井盖的孩子遇到了一件匪夷所思的事情——他听到下水道里有人在说话。小孩大着胆子掀开井盖，躲藏在旁边，过了一会儿，他看到一个蓬头垢面浑身散发着臭气的老人从下水道里钻了出来。

我们认出，这个老人就是丁老头，他和刘朝阳多年的盗墓生涯并没有给自己带来多少财富。在1998年，洪安县就有了一个不为人所知的地下毒品窝点，这是山牙一手修建的，山牙死后，高飞将这个地下窝点扩建成一个大规模的毒品地下工厂，丁老头和刘朝阳便是当时扩建这地下工厂的人。他俩通过库班认识了高飞，发现贩毒远比盗墓要赚钱得多，所以很快就变成这个贩毒团伙的一员。

这些人的相识就像一股污水遇见另一股污水，同流合污，臭味相投。

地下工厂的设计是非常巧妙的，他们在一处地下室中又挖掘了一个地下室，这地下室和下水道相连，县城里下水道的每一个井口，既是入口，也是出口。

2000年8月10日深夜，有四个外地人来到了洪安县城东小井胡同，越朝前走，胡同便越窄，好像钻进了一个管子延长的漏斗。到了这条相当短的街的尽头，他们看到了一面墙，这是一条死胡同。

他们交头接耳，然后安静地等待着什么。

"继续向前走。"一个声音说道。

这声音很沉闷，但又在身边出现。

"向前走。"那声音继续说。

他们终于明白这声音来自地下,他们向前走了两步,一个人从下水道里翻开井盖,对他们招招手,他们跳了下去。

五分钟后,这四个人与另外的四个人在一个秘密的地下室会合了。

这八个人就是:高飞、丁老头、刘朝阳、库班、周兴兴、铁嘴、丘八、屠老野。

**时间:** 2000年8月10日

**地点:** 洪安县

**人物:** 高飞、丁老头、刘朝阳、库班、周兴兴、丘八、铁嘴、屠老野。

周兴兴:"这是在哪儿?"

高飞:"地下室。"

周兴兴:"上面呢?"

高飞:"上面也是一间地下室。"

周兴兴:"外面是什么声音?"

高飞:"我们的邻居。"

丁老头:"是老鼠,像小猪一样大的老鼠。"

刘朝阳:"我也是老鼠,呵呵。"

高飞:"山爷呢?"

铁嘴:"我们把他埋了。"

丘八:"是山爷让我们到这里来的。"

高飞:"嗯,我看到树上系着的红布条了。"

库班:"你们怎么从监狱跑出来的?"

屠老野:"搓绳子,钻烟囱,哈哈。"

丁老头:"谁想出来的,他的脑袋比我的脑袋还聪明。"

周兴兴:"我。"

高飞:"你一个人抵二十多个人。"

库班:"早说过,硬闯不行,炮子那帮人太野蛮了。"

高飞："正好缺人手，你们既然来了，就一起干吧。"

库班："我们是卖白狗的。"

高飞："给你们介绍下，这是库班，他挖过一条地道，挖到银行里，结果一分钱都没有捞着。"

库班："哈哈，运气不好。"

高飞："另外两位，丁大叔和耗子，挖洞高手，盗墓专家。"

刘朝阳："那都是力气活，现在我们做商人了。"

铁嘴："让我吸两口吧，受不了了。"

屠老野："我的毒瘾也快要发作了。"

高飞："好的，你杀过人没有？"

铁嘴："没有。"

高飞："你呢？"

周兴兴："我也没有。"

高飞："把那个人抬过来。"

丁老头和刘朝阳抬进来一个人，轻轻地放在了地上。那人好像睡着了，或者晕过去了，头上罩着一个黑色塑料袋，看不到他的脸。

高飞："给你刀，朝他肚子上来一下。"

周兴兴接过刀，心里非常犹豫，如果他放弃，肯定引起高飞的怀疑，为了取得他的信任只能接受考验。地上躺着的人一动不动，周兴兴走过去，蹲下，仔细观察着什么。很快，他一刀捅了下去，不出他所料，这是一个死人——周兴兴注意到他脸上罩着的塑料袋纹丝不动，这说明他没有呼吸。

高飞说："划开肚皮。"

周兴兴很利索地划开肚皮，肠子流了出来，空气里充满了难闻的气味。

高飞："把肠子掏出来，看看肚子里有什么？"

周兴兴："有包白粉！"

高飞："这尸体是从殡仪馆买来的，用尸体运货比较安全，那包粉就给你们几个享用吧！"

三天之后，上午10点。

周兴兴走进洪安县公安局，大厅里一个穿警服的人和他擦肩而过，周兴兴叫住他："你们局长在吗？"

那人警惕地看他一眼，说："局长在楼上，办公室。"

周兴兴上楼，推开局长办公室的门，局长正躺在沙发上睡觉，呼噜打得震天响。

"喂，你找谁，怎么不敲门就进来了？"局长醒了，坐起来问。

周兴兴看了他一眼，没说话，径直走到他的办公桌前，坐下。

局长说："出去，那是你坐的位置吗？"

周兴兴拿起电话，一边拨号一边对他说："你要是想保住这个位置，就闭嘴。"

周兴兴在电话中向"7·17劫狱大案"指挥部汇报了自己所侦查的情况：山牙从境外购买毒品，然后卖给华城的三文钱和东北的炮子，三文钱和炮子再向下批发，这样就形成了一个庞大的贩毒网络。山牙被捕，等于截断了毒品来源，东北的炮子纠集一批胆大包天的家伙策划了劫狱事件。山牙被捕之后，高飞成为了这个贩毒集团的骨干，他通过小油锤认识了库班，又通过库班的介绍结识了丁老头和刘朝阳，他们在洪安县秘密建造了一个地下毒品加工厂。高飞可以说是一个犯罪天才，机警过人，这几天好像觉察到了什么，随时都有可能向外地潜逃，请求指挥部向洪安县公安局下达命令立即实施抓捕……

周兴兴把电话递给局长。

局长出了一身冷汗，自己管辖的范围内有一个毒品加工厂，自己竟然一无所知。他战战兢兢地接过电话，公安部副部长白景玉在电话中简单介绍了周兴兴的卧底身份，因为这次行动极其机密，所以没有发布内部的协查通报。这个案子是公安部督办的特大案件，希望洪安县公安局高度重视，积极配合，马上实施抓捕。

局长唯唯诺诺，点头称是，挂了电话。

"你们县共有多少警力？"周兴兴问。

局长想了想说："现有在职民警376人，其中机关一线200人，派出所警力176人。"

周兴兴说："不够，把他们全部找来。警力太少，不够，还得再找一些人。"

局长问："对方有多少人？"

周兴兴说："7个。"

局长说："啊，才7个，我们300多人抓7个人，还不够吗？"

周兴兴向他详细介绍了这个地下毒品工厂的特殊性，一小时之后，两人制订了一个万无一失的抓捕计划。警方出动了近400警力，他们化装成小贩、行人、服装店老板、顾客、逛街的女人、坐在路边长椅上打电话的男人等，他们对县城大小街道的400个下水道井口严密布控，因为每一个井口都有可能是犯罪分子逃跑的出口。

2000年8月13日中午1点，洪安警方突然出击，包围了地下毒品加工厂上面的建筑，在劝降未果的情况下，警方动用了催泪瓦斯，准备强行突破。地下室里的犯罪分子在警察到来时就已经发觉，简单商议之后，决定分头而逃。

他们沿着下水道纷纷逃窜，第一个落网的是屠老野，在中心街路口，他小心翼翼翻开下水井盖，刚爬到地面上就被捕了，其他几位也是刚一露头就被抓获。

有一些抓捕细节是值得一提的，刘朝阳被捕时泪流满面，铁嘴被捕时大声喊"疼"，丁老头被捕时大小便失禁，库班被捕时挥刀自残，屠老野被捕时咬伤警察胳膊。

下午3点，五名犯罪分子落网，只有高飞和丘八尚未抓捕归案。

他俩在哪儿？

还在下水道里。

警方包围的时候，高飞的鼻子就已经嗅到了地面上的危险，所以他选择另一条逃跑的方向——下水道的尽头。确实，警察忽略了这一点，他们只对井口严密监视，并没有在下水道尽头的河滩处设置警力布控。

洪安县城的下水道通向城西的泗水河。

高飞在黑暗里弯腰行走，多次迷路，因为这下水道里也有一些死胡同，一些复杂的分支。很快，他辨别了方向，加快脚步。突然他听到了什么声音，回头一望，在他后面，很远的地方，可怕的光束划破了黑暗，几个模糊的黑影在慢慢移动。

3点10分，公安局长下令搜索下水道，四个警察和一只警犬组成了一个搜索小队，他们从小井胡同的井口进入，一路检查，和高飞一样，他们很快也迷路了，在一个岔道口他们的意见产生了分歧，一个说往这边，一个说应该往那边，最后他们听从天意，沿着狗叫的方向前进。二十分钟之后，一个队员因为受不了下水道里的恶臭而提出放弃，另外两个队员立刻同意。为了尽到警察的责任，他们向黑暗甬道的尽头胡乱开了几枪，就回到了地面上。

高飞蹲在地上，屏住呼吸，子弹打中了他头上不远处的拱顶，一块泥土掉入水中。如果那几个警察继续向前搜索，高飞就被捕了。

高飞竖起耳朵，睁大眼睛，确认危险已经消失之后，迅速地向前走，不再停留。下水道里的水流向河，他也是依靠这个指引方向。过了一会儿，他抬头一望，在地沟的尽头，在他前面很远很远的地方，他看到了亮光，这次，他看到的不是警察的手电筒发出的光束，而是白天的光线。

他看见了出口。

高飞欣喜若狂，走到出口前，很快又沮丧万分——出口有一道铁栅栏挡着，尽管锈迹斑斑，但是用双手很难将铁条扳弯扳断。

他冷静下来，思考了几分钟，很快想到了办法。他脱下衣服，浸了水，缠绕在两根铁条上，又从下水道里的杂物中找了一截粗壮的树枝，用力地去绞，铁条发出咯吱咯吱的声音，铁栅栏有了一个身子刚刚能挤过的缝隙。

高飞在河中洗了把脸，走上一座桥，忽然间，他感到好像有什么人在他身后似的。

他转过头来。

确实有一个人在后面盯着他。

周兴兴像鬼魂似的出现了。

高飞："你是警察？"

周兴兴："是的。"

高飞："我真傻，早该想到了。"

周兴兴："其实你挺聪明的。"

高飞："你怎么知道我会从这里跑出来？"

周兴兴："我想过了，如果我是你，我也会选择这里。"

高飞："放我走吧？"

周兴兴："不可能。"

"那么，好吧。"高飞索性坐在了地上，桥上路过的一些行人纷纷驻足观看，他们不明白这个人为什么坐在路中间。

"知道我为什么坐在这里吗？"

高飞的右手一直放在裤兜里，没有拿出来。周兴兴看着高飞说："你的手里有把枪，或者有一颗手雷，这周围的人都是你的人质。"

高飞："聪明，你也是我的人质，我会第一个打死你。"

周兴兴："那你开枪好了，枪声会把这附近的警察引来，你还是跑不了。"

高飞："你要知道，我17岁的时候就杀了一个人，连眉头都没有皱一下。"

周兴兴："我第一次侦破一起凶杀案的时候，也是17岁。"

高飞："现在想想，全国的警察中不会找到第二个像你这样的人了，聪明，胆大，很厉害。"

周兴兴："还有一条，你忘了说了。"

高飞："什么？"

周兴兴："我不怕死。"

高飞："我不信。"

周兴兴也坐在地上，不说话，只是看着他。

高飞将手枪从兜里掏出来，对着周兴兴说："我数三下，如果你还不走，那我就开枪了。"

高飞："一——"

高飞："二——"

周兴兴说:"三。"
高飞笑了笑,说:"有种,要是有酒就好了,可以和你喝一杯。"
乓,枪响了!

●●● 十宗罪前传

第三卷 僵尸娃娃

● ● ● 十宗罪前传

## 第九章　寻人启事

　　当时围观的人群中，有一个扶着摩托车看热闹的中年人，好奇地问起旁边的人这是怎么回事。枪响了，子弹击中了中年人的后颈，围观的人惊叫起来，抱头鼠窜，周兴兴也趴在了地上——枪响之前，他的勇气来源于侥幸心理，他是这样想的，万一那枪里没有子弹呢？

　　高飞大踏步走过去，骑上摩托车，迅速打火，轰了两下油门，向桥下的那条林荫土路疾驰而去。

　　20分钟后，洪安警方对公路要道以及车站、码头进行设卡封锁，相邻的市县也布置了两道包围圈，配合洪安的围追堵截。20名武警官兵，三条警犬，顺着高飞逃跑的方向追捕，周兴兴回到警察局后立即与技术人员画出了模拟画像，张贴于大街小巷，由各乡镇村委干部派发到群众手中。三天过去了，高飞依然是无影无踪，一星期之后，围捕宣告失败。

事后分析，警方并没有在铁路线上设卡，高飞很可能是将摩托车抛弃，沿着铁轨用步行的方式，逃出了警方的包围圈。

这期间，公安部从全国抽调35位刑侦专家，分成五个专案组，成立了新的指挥部。灯火通夜明亮，24小时不间断地工作。

各种情报线索源源不断地汇总而来，很快，指挥部部署了新的作战方案，由画龙去华城调查三文钱，寒冰遇去东北调查炮子，周兴兴继续追查高飞的下落，同时指挥部要求洪安警方全力缉捕丘八，并且加大对库班、铁嘴、刘朝阳等人的审讯力度。

丘八在哪里？

周兴兴怀疑他一直躲在下水道里。事实确实如此，丘八亲眼看到铁嘴翻开井盖刚爬出地面就被抓获了，所以他没敢贸然行动，就在下水道里躲了三天，有时，愚蠢的人会做出聪明的举动。周兴兴也曾经要求警方全面搜索下水道，但是没有一个警察愿意到那弥漫着地狱气息的阴渠里去，前面搜索过下水道的几个警察已经证明，向瘟疫和窒息性瘴气摸索前进确实是一件令人畏缩的事。究竟是什么力量让丘八在下水道里躲了三天呢？这很让人费解。他呼吸着令人作呕的浊臭，仅靠一点点污水和垃圾维持生命，没有阳光，黑暗中只有半米长的大蜈蚣和像小猪一样大的老鼠陪伴着他。下水道的墙壁上，有些地方长满了畸形的菌，渗出水泡疮似的脓水，城市的排泄物汇聚在这里。他靠墙壁坐在污泥中，抱着膝盖，手里拿着一张纸，那上面的字他已经在心里背了无数遍。

那是一则与众不同的寻人启事。

丘建设，男，外号丘八，四川新竹县南隆乡大丘村人，1969年出生，皮肤黑，嘴唇厚，眉毛较浓，下巴上有颗痣。现有急事需要此人回来处理，生命攸关。如有知情者，请与联系人联系，感激不尽！表妹春英想对你说："表哥，我后来生有一女，已满4岁，如今小女儿身患白血病，难以找到骨髓供者。你作为孩子的生父，是拯救女儿的唯一希望，如你本人见此寻人启事，念在骨肉亲情，请速与我联络。"

联系人：张春英

联系地址：四川新竹县工仿镇前海村三队

电话：0818-6100503

1994年，他是修路工人。

1995年，他是拆迁工人。

1996年，他穿着雨衣，上了一列火车。

在1994年至1996年之间，丘八顶着破褂子，扛着大锤子，淋着雨走在县城的大街上。他的嘴像猪嘴，据说嘴唇厚的人性欲强烈。他站在路边，每一个从他面前走过的女子，都是他物色的对象，他像是真正的猎人一样，很有耐心地抽着烟等待，在短短三年时间里，他强奸了八名女子。

白天，他在工地干活，筛沙子，砸石头，汗流浃背；晚上，他在县城里像幽灵一样溜达，跟踪漂亮女人，热血沸腾。没有活干的时候，他就骑着自行车尾随晚自习放学的女生，一般他是选择偏僻的小巷，看到前面有单独的女生，他就把生殖器掏出来，对女孩说："喂，看这里。"

女孩回头一看，就看到了人性中最丑陋的一幕。

有时，丘八也喜欢去挤公交车，他的下身顶着一个少妇的屁股，他的脸像岩石一样冷峻，眼神坚毅地看着窗外。随着车的颠簸，他的嘴角抽搐两下，射了。

后来丘八的胆子渐渐大了起来，第一次强奸是在一个雨夜，当时他骑着自行车感到十分沮丧，因为这个暴露狂一晚上都没有遇到合适的目标。他在公园附近停下，路旁有一片榆树林，他认为这里是一个色狼伏击的最佳场所，就点着一支烟耐心等待。雨越下越大，浇灭了香烟，淋湿了头发。他烦躁不安，正准备回去的时候，一个穿白裙子的女孩打着一把小花伞出现在视线里。

他立刻躲在树林里。少女越走越近，路灯下可以看到她的白裙子，红色凉鞋，俊美的脸庞，纤细的腰肢，纯洁更能使人产生邪念。丘八气喘如牛，心里既紧张又兴奋，女孩走过他身边的时候，他喊道：

　　"喂，你等等，看我在干啥？"

　　他的嘴角带着一丝淫笑，手上的动作不由自主地加剧起来。

　　女孩歪头一看，并没有大吃一惊，只是皱了皱眉头，继续慢悠悠地向前走。

　　"想让我操你吗？"丘八厚颜无耻地问道。

　　女孩嗤之以鼻，说了一个字："滚！"

　　这个字激怒了丘八，他从树后跳出来，女孩尖叫一声，扔掉伞就跑。他追着那个女孩，呼吸急促，血液里奔跑着一只豹子。很快，他拽着她的头发，拖进树林，女孩先是大声谩骂，而后是软弱无力地求饶。

　　女孩说："求求你，我还是一个处女。"

　　丘八恶狠狠地撕开女孩的内裤说："老子还是一个处男呢！"

　　他的下身坚硬如铁，还未插入就一泄千里。

　　在以后的很多个夜晚，丘八躺在简陋工棚的地铺上，常常回忆起那激动的时刻，他没有一丝负罪感，甚至有些遗憾。他想起少年时在一个小镇上的录像馆里看黄色影片，他小心谨慎地手淫。想起某个家属院附近的一个厕所，墙上有个小窟窿，他看见过各种各样的屁股。他无数次地幻想过性交，但是他真正性交的时候却早泄了，这使他感到羞愧。很快，他又躁动不安起来，心里有一团火焰在燃烧，他实施了第二次、第三次强奸，然而每次都是尚未插入就射精了，第四次，他把一个晨练的妇女推进厕所，那次甚至没有勃起，这使他开始怀疑自己的性能力。

　　刑事案件中强奸案的突出特点就是隐案数大，及时报案的少。安徽阜城警方曾经侦破一起案件，31名高中女生被一个深夜闯入宿舍的陌生男子摧残之后，集体选择沉默。云南一个18岁少年强奸过9个幼女，村民知道罪犯但不报案。这在很大程度上助长了犯罪气焰，丘八在多次强奸之后，并没有看到警方有什么行动，这使他更加胆大妄为，他由拦路强奸升级为入室强奸。

　　1996年7月2日晚，丘八和工友喝完酒，他吹着口哨，用手指梳了梳头。他的右手捏着一小块镜片，突然，口哨停止，他往掌心吐了口吐沫，抹在耳畔翘起的头发上，他觉得很满意，打着饱嗝就上街了。

　　有个女孩在商店俯下身去看一只玩具小狗，她说："哎呀，小狗宝宝，真可爱。"

　　突然她的屁股上挨了一脚，回头看见一个又黑又矮的男人正呵呵地笑。

　　丘八总能找到一些乐趣。

　　在一条商业街的拐角处，丘八悄悄地跟踪上了一个女人。

　　那个女人穿着旗袍，她的背影很美，发束绾起，脖子滑腻如玉。让这样一个美人尖叫、挣扎，该是多么美妙的事。丘八的脑子里装满了各种淫秽思想。

　　女人腰肢扭摆，风情款款，尾随跟踪的过程很值得品味。晚上他吃了一些花生米，咸菜炒鸡蛋，炸鱼。他想象着把带有咸菜味道的舌头强行伸到她的嘴里时，那应该是怎样一种痛快淋漓的快感啊！

　　在路边的垃圾箱里，丘八捡到了一团捆啤酒用的绳子，绳子是红色的，很结实。丘八想，我要把她绑上。他的脑子里出现了一个绑在椅子上的女人。要用什么东西堵住她的嘴呢？如果不叫，就算了，丘八对自己说。

　　坏人在穷凶极恶中体会到快乐。我们无法准确得阐述丘八这一路上的思想。如果将耳朵靠近他的臭嘴，便会听到他在自言自语："美人，长得可真俊哪……啧啧……隔着衣服摸……嘿嘿……把手从底下伸进去……"

　　穿旗袍的女人像蜜桃一样成熟，前挺后翘的风韵身材，勾起丘八无限的性欲，她每走一步都使他强暴的思绪加剧。他深呼吸，似乎嗅到了前面两股间飘来的玫瑰花瓣的温香。

　　女人走进花园小区里的一幢两层楼的小别墅。丘八想，这真是个干坏事的好地方。他蹲着耐心地抽了几支烟，仔细观察，女人走进房间，窗口的灯就亮了，这说明只有她一个人。

　　骗人开门的方法千奇百怪，犯罪分子一般采取抄水表、修理电器、擦洗油烟机、找人、推销商品等方式骗房主开门。也有冒充送快递的，手里拿个EMS

的文件袋，让主人出来签名；或者自称是物业管理人员，说房主家的卫生间漏水，把楼下住户给淹了，要进去维修。大连的两个抢劫犯，张成健和李明松，骗人开门的手法极其低级：敲门，说自己渴了，要点水喝。其实，防范这些非常简单——不要随便给陌生人开门！

丘八采取的是将安装在屋外的电闸拉掉，躲在一边，女人看到窗户外别人家里都有电，就出门查看自家电表箱，打开门就被丘八用一把电工刀顶住了腰部。

丘八捂住她的嘴，推进房间。

客厅的摆设非常豪华，柔和的月光照进房间，地板一尘不染。丘八觉得自己像个乡巴佬到阔亲戚家里做客，然而带来的礼物是一把刀子和一根绳子。

"不许叫，不许乱动。"丘八威胁她，从兜里掏出绳子。

"你想干什么呢？"女人惊恐地问。

丘八趴在她耳边说了两个字："日你。"

他闻到令人陶醉的发香，同时为自己的无耻感到兴奋。他的尘根瞬间勃起。

女人说："行，你别绑我，也别伤害我，我答应你就是。"

"嘿嘿，你配合就更好，我不捆上你了。"丘八的手轻轻地在女人的屁股上捏了一下。

"我想洗个澡，刚才出门，一身汗，可以吗？"女人聪明地说，并且对丘八妩媚地一笑。

丘八抱着她说："一起洗吧，一起洗。"

浴室的门打开，又关上了。

女人站在丘八面前，慢慢拉开背后的拉链，绸质的旗袍像流水般滑落。

丘八咽了口吐沫，粗鲁地抱住她。

女人说："别急。"她轻轻地推开丘八，解开了自己的胸罩，一对圆润如玉的乳房跳了出来。

丘八心跳得厉害，那里硬得难受，仿佛快要爆炸。他迫不及待地脱掉自己衣服，赤条条地站着，雄性的棍子怒气冲冲。

女人主动抱住丘八，怀里的温香软玉让丘八意乱神迷，女人极其销魂地对他说："闭上眼睛！"

鲜红的唇，像两片柔软的玫瑰花瓣绽开，吻住了耳垂。挑逗的舌尖从胸膛一路向下，到达终点的时候，丘八一阵哆嗦，他感到自己的整个生命被含住了、融化了。任何男人都无法拒绝这样的天堂。他正享受着这无与伦比的美妙，突然下身一阵剧痛——那女人狠狠地咬住了他的阳具。丘八惨叫一声，完全是下意识地向后一缩，用力地挣脱开。

女人把他使劲一推，跑出了浴室，跑出了家门，一边跑一边大喊："救命啊，抓坏人！"

丘八疼得蜷缩在地上，好一会儿他才龇牙咧嘴地站起来。他明白自己的危险处境，忍着痛抱着衣服跑了出去。

因为下身被咬了一口，所以这个光屁股的男人跑动的姿势非常怪异。

回到住处之后，丘八想起那把电工刀遗留在了现场，这让他忐忑不安，他意识到那女人肯定报案了，所以第二天就结算了工钱，收拾行李跑回了老家乡下。

一连几天，丘八都躺在床上，他的下身肿得像萝卜那样大。

他的父亲去世了，父亲生前只有两个爱好，一个是喝酒，一个是喝完酒打孩子。

他的老母亲叫来了他的表妹——这个做过乡村医生的女人看上去怎么都不像一个医生。她扎两条麻花辫子，嘴里喷出的口臭使得丘八扭过头去，解开裤子褪掉裤衩之后，表妹惊叫起来："娘咧，这，咋弄的啊？"

"砸的，拆房子，被石头砸了一下。"丘八支支吾吾地说——这个强奸犯多少还有那么一点害羞。

表妹把牙膏抹在丘八的下身，临走前，留下了一些消炎药片。第二天，她又不辞辛苦去挖草药，杜鹃花叶、野棉花根、虎耳草、苇根，这些东西都有消肿的作用。丘八在床上躺了十几天，他的下身一次次裸露在表妹面前，这种暴露和他故意给女学生看是不同的，一种是感动，一种是下流。那些天，窗外一直下着雨，几根圆木堆在葡萄架下，葡萄滴着水。他赤条条地在床上躺着，表妹帮着他的母亲洗衣服、做饭、扫地。

　　有一次，他握住了表妹的手，他想说谢谢你，但是始终没有说出口。

　　表妹羞红了脸，手被他握着也不挣脱。

　　两个星期之后，表妹帮他小心翼翼地揭开纱布，换药，他一下把她揽进怀里，说："我好了。"

　　表妹说："别这样。"然后跑进了厨房，丘八追上去，他们弄翻了一筐土豆，拥抱着倒在了灶前的麦秸垛里。这一次，他没有阳痿早泄。

　　从此，他们开始在各种地方做爱，废窑洞、小树林、芦苇丛中、玉米地里。一个月之后，表妹春英怀孕了，丘八建议她堕胎。春英说："我想生下来，我想养个娃。"

　　丘八说："那你以后怎么嫁人，咱俩又不能结婚。"

　　春英说："我嫁不出去的，我有白血病，没人肯要我。"

　　玉米成熟的时候，阴雨绵绵，有一天，丘八穿着雨衣在地里掰棒子，表妹慌里慌张地跑来，对他说："快跑，公安抓你来了。"

　　1996年8月20日，丘八穿着雨衣，上了一列火车。

　　他知道他从哪里来，但不知道要到哪里去。昏昏沉沉地睡了一觉，下了车，雨已经停了，他看了看站牌——甘肃省惠宁。这是个一年到头下不了几滴雨的城市，他依旧穿着雨衣，漫无目的地在街头游荡。

　　丘八在车站干装卸，右肩扛着大米，左肩扛着上帝。在甘肃惠宁，他认识了铁嘴，在山东泉城又认识了屠老野，他生平第一次和人握手，屠老野握着他的手说，咱该做一些大买卖。当天晚上他们撬开了一家小卖部，隔了三天，又洗劫了一个加油站。从1997年到2000年，这三人疯狂作案18起，盗窃、抢劫、诈骗、绑架、强奸。在一次入室抢劫中，他们把女主人捆绑上，还在房间里睡了一觉，第二天早上还给自己做了早饭，这说明他们不仅胆大妄为，对生活也多少充满热爱。这三年间，他们学会了吸毒，钱财挥霍一空。吸粉的人性欲消退，溜冰的人性欲强烈。丘八自从吸毒之后，就再也没碰过女人，那种飘的感觉比射精要爽得多。

　　2000年7月1日，丘八悄悄回了一趟老家，他在县东关菜市场附近的电线杆子上看到了一则关于他的寻人启事，那上面简单描述了一个他不敢相信的事实：表妹生下了一个小女儿，在他逃亡的这四年里，孩子静悄悄地成长，如今躺在了病床上，随时都面临着生命危险。这个父亲，或者说这个懦夫，并没有选择挺身而出拯救自己生命垂危的女儿，而是撕下了寻人启事，迅速逃离了这个县城。

7月13日，丘八、铁嘴、屠老野被捕。

7月29日，越狱。

8月13日至15日，丘八躲避在洪安县城的阴渠里。

8月17日，丘八再次返回大竹县，警方早已在车站布下了天罗地网，丘八一下火车就意识到了危险，他拼命地逃跑，在鸣枪示警无效的情况下，警方将其击毙。

## 第十章　人贩丐帮

武陵市青年路中心有一棵树，一棵百岁高龄的桃树。

2000年10月2日，一个少妇把一个4岁的小男孩从自行车后座上抱下来，她对小男孩说："旺旺，你在这棵树下等妈妈，妈妈去厕所，马上回来。"

小男孩坐在树下的石头护栏上说："好的。"

10分钟后，少妇回来了，小男孩却不见了。少妇脸色煞白，站在树下询问过路的人，半小时后，惊慌失措的家人纷纷赶到，他们报了警，拿着孩子的照片去附近的路口以及车站和码头询问。警察在调查中得知小男孩被一个女人带走了，少妇听到这消息就瘫软在地上，围观的群众把她扶起，有的好心人建议她去写寻人启事贴在街头。过了一会儿，少妇在众目睽睽之下脱掉衬衣，咬破手指，用自己的血在衣服上写下一份寻人启事，挂了树上。

围观的人越来越多，这个只戴着乳罩的女人，终于号啕大哭起来。她像疯子一样坐在地上攥着拳头，发出声嘶力竭的呼喊，一阵阵撕心裂肺的痛使她的声音变调，她说出的话更加凄惨骇人，那段话足以让每一个母亲落泪：

"我的儿子丢了，哎呀，我该怎么说呢，老天爷，没了，是个女人拐走的，人家说看见了。我给人家磕头，磕一百个、一千个、一万个，求求你了呀。哎呀，刮大风啦，天冷了，我的儿子还只穿着一件小夹克。旺旺，你到底在哪儿啊，我能听见你的声音，你哭，你笑，喊我妈妈。我的儿子呀，被人贩子抱走了。人贩子，我吐唾沫，该千刀万剐下地狱的人贩子。一个女人，偷人家孩子，我剥你的皮，抽你的筋，喝你的血，剁你的手指头，你真该死！该死！该死！那是我身上掉下的肉呀，他只有4岁。不不不，我说错话了，你大慈大悲，把我的孩子还给我，好不好？没有他，我活不下去。你也是个女人啊，抱人家小孩子，还有良心吗？你要把孩子卖钱，我愿意出十倍的钱，一百倍的钱，把我的孩子买回来。告诉我，我的旺旺在哪儿，我愿意在地上爬，我要爬到孩子身边。我愿意卖房子，贷款，钱全部给你，只求你别伤害孩子，别要孩子身上的器官。求求你了，你这万恶的女人，你会下地狱，下地狱……"

第二天，她又站在树下，神情呆滞，仿佛一夜之间老了十岁。一连几天，路过的人都看到一个女人对着树自言自语，她像一个苍白、呆滞、阴森的幽灵。有时，推着平板车卖核桃糕的人从她面前走过，她就会发出一连串恶毒的咒骂，但是因为嗓子嘶哑，谁也听不清楚她在说什么——她已经疯了。

半个月以后，在华城火车站广场，一个老乞丐用铁链牵着一个小男孩乞讨，小男孩卷着裤脚，腿上有三个触目惊心的烂疮，苍蝇绕着他嗡嗡乱飞。

半个月前，这个小男孩还在幼儿园，他所有的本事就是唱几首歌，背几个数字，讲一个简单的故事。他和所有孩子一样，有着像苹果一样的小脸和像小鸟一样的嗓音，用小铲子在地上挖一个坑，发现一只蚯蚓就会高兴地跑去告诉妈妈，喋喋不休，对着妈妈的耳朵兴奋地说一些谁也听不懂的话，然后他所做的就是抱着玩具熊在沙发上睡着。醒了，却不想吃饭，尽管他只有4岁，但是他会抬着小脸很认真地说，妈妈，我都十几年没有吃过冰激凌了。他有他的小火车，有飞机和军队，他统治着天上所有的星星以及地上所有的花朵，也就是说，统治着幸福和快乐。

当一个孩子和一只狗融为一体，同时在你面前活动，本应该戴着项链的脖子却系着铁链，眼窝深陷，他的目光已经由惊恐变成了呆滞，他不说话，不再笑，甚至不敢哭，他就那样跪着乞讨；当这个面黄肌瘦、骨瘦如柴、满身尘土、衣服破烂、蓬头垢面的孩子，就这样猝不及防出现在你的视线里——即使是在阳光之下，这个孩子告诉我们的是：黑暗是存在的。

一个儿童跪在地上，陈述的是全人类的罪恶。

根据公安部报告，2004年，共破获拐卖儿童案1975起，解救拐卖儿童3488人。这仅仅是破案的数据，是冰山一角，在海水之下还有更多不为人所知的内容。天下没有什么事情，比一个妈妈失去自己的孩子更加残酷。人贩子拐卖一个孩子，就等于毁灭了三四个家庭，多少失去孩子的父母从此精神失常，多少爷爷奶奶外公外婆从此一病不起？

我国对于拐卖妇女儿童罪处以五年以上十年以下有期徒刑，刑侦一号大案主犯白宝山因为盗窃几件衣服就被判了四年徒刑；马清秀犯巨额财产来源不明罪判处有期徒刑三年缓刑五年，马清秀涉案金额达931万元（巨额财产来源不明罪最高量刑是五年）。

我们不禁要提出疑问，现行法律的天平是否倾斜了呢？

天平的两端，有时是否过轻有时是否过重呢？

不仅如此，我们还要对每一双光着的脚提出疑问，为什么没有鞋子？只需要从衣衫褴褛的洞里深入细察一下，就会发现一个苦难的世界。

我们应该正视这些，因为这正是我们自己制造出来的。


那个人贩子，那个女人就是古丽。

库班锒铛入狱之后，古丽就带着巴郎四处流浪。她想过工作，可是没有找到工作，她想去监狱看看库班，但是又打消了这个念头，因为她也参与了贩毒和盗窃银行。在颠沛流离的日子里，她怀念家乡的葡萄架和棉花地，想念从前的平淡生活。最终她觉得自己走投无路了,这个心如蛇蝎的女人把自己的儿子卖给了山西的一户农民。

当时,古丽拿着钱,走到村口的老槐树下的时候,放了个屁,她咯咯地笑了,笑着笑着又哭了。

她返回那户人家,老实巴交的买主——那个家徒四壁的农民——问她怎么又回来了。她说:"舍不得孩子,我再和孩子说几句话。"她把巴郎搂在怀里,在他耳边悄悄说:"十天之后,你从他家偷偷跑出来,我在村口的那大槐树下等你,我再把你接走,记住了吗?"

巴郎若有所悟地点点头。

这种使人人财两空的把戏她只玩过三次。第二次,她把巴郎卖到了贵州,几天后她带着巴郎逃跑的时候,一整个村子的人都打着火把在后面追她。第三次,她把巴郎卖给了华城的一个老汉,老汉叫阿帕尔,乞讨为生。

这里要简单说明一下,在华城、深圳等发达城市,都有一大批职业乞丐,以深圳、上海宾馆公共汽车站附近的乞丐为例,几位来自河南的叫花子只要看到交通灯变成红灯,就会喊一声:"灯红啦,快上!狠要,灯一绿就没有啦!"他们向等候红灯的车辆不停作揖讨钱,他们每个人一天的收入在70元左右,一月2000元。这个数字对农民来说是很诱人的,所以不断地有人加入这个群体,有的一家几口人共同出来乞讨,甚至有一整个村子的村民结队乞讨。

阿帕尔就是一个职业乞丐。

最初他挂着一根木棍,端着破茶缸,走街串巷,收入甚微。后来他从家乡带来一个残疾儿童,一个嘴歪眼斜流口水的女婴,每天就是坐在幼儿园门口。幼儿园门口确实是最佳乞讨的所在,接送孩子的家长很容易将对自己孩子的爱转化成对这"爷孙俩"的同情。

1999年,也就是菊花一元硬币发行的那一年,阿帕尔每个月都要去银行兑换两箱子硬币。一箱子一元的,崭新锃亮,每一枚硬币上都有一朵菊花;一箱子五毛的,黄灿灿的,散发着金子似的光芒。

2000年4月,他的摇钱树——病婴死掉了。9月下旬,古丽将巴郎以4000元价格卖给了他，他对巴郎感到失望，因为巴郎太健康了，年龄也有点大，他向古丽表示愿意出高价买一个4岁以下的孩子。10月6日，古丽将一个哭哭啼啼的孩子带来了。

在阿帕尔的住所，华城天河区的一个出租屋里，他和古丽有过这样一段对话：

阿帕尔摇着头说："这孩子我不能收。"

古丽问："为什么？"

阿帕尔说："他穿得太干净了，你看看，这衣服，这鞋子，这胳膊和手都太嫩了，你从哪儿偷来的？孩子父母还不找疯了，他们会找上来的，会打死我。"

古丽两手做一个掰东西的手势："你可以弄残他。"

阿帕尔说："丧天良的事，不能干。"

古丽说："你心眼不坏。"

阿帕尔说："除非你贱卖。"

古丽说："你说个价。"

阿帕尔说："4000，看在老乡的面子上。"

古丽说："成交，给钱。"

阿帕尔说："给啥钱啊，咱俩扯平，你把巴郎领走，这孩子留下。你的小巴郎，他不跟我上街讨饭，嫌丢人，还拿把小刀子，捅我，一天到晚在外面玩，饿了就回来吃饭，你还是领走吧。"

古丽骂道："阿囊死给（脏话），过几天我把巴郎带走。"

当天晚上，下起小雨，阿帕尔坐在小圆桌前喝酒，他教孩子喊爷爷，孩子不喊，他就用拐棍敲着地面说，"以后我就是你爷爷。"

巴郎哼着歌曲回来了，抓起桌上的煮羊蹄就啃，他看到床腿上拴着一个小男孩，问道："这是谁？"

阿帕尔说："买的，明天就带他上街。"

巴郎说："那我先给他化化妆。"

巴郎把手上的油抹到小男孩的衣服上，又把烟灰倒在小男孩头上，小男孩哇的一声哭了。

"这样才像个小叫花子，不许哭。"巴郎拿出一把蝴蝶小刀威胁着。

小男孩惊恐地向后退。

"你叫什么？"巴郎用小刀捅了捅小男孩的肚子。

"旺旺。"小男孩回答，他吓得几乎要哭出来，却又不敢。

"旺旺。"巴郎重复着这个名字，哈哈笑起来，"你是一只小狗，以后我就喊你小狗。"

"小狗，你从哪儿来？"

小男孩摇了摇头。

巴郎拍拍额头，换了一种提问的方法："你家在哪儿？"

小男孩想了想："武陵青年路光华小区四号楼。"他说得很熟练，看来平时妈妈没少教他。

阿帕尔道："再敢说武陵——"

老乞丐举起拐棍做个要打的姿势："就抽得你乱蹦乱跳。"

"你妈不要你了。"巴郎说。

小男孩用手背揉着眼睛，呜呜地哭起来。

"那又有什么。"巴郎耸耸肩膀说，"我阿达进了号子，阿妈把我卖了三次，三次。"他向旺旺伸出三根手指，然后他把一个羊蹄塞到旺旺手里。

"啃。"巴郎命令道。

每天，阿帕尔都带着旺旺上街乞讨，旺旺已经彻底沦为一个脏兮兮的小乞丐。阿帕尔还用白胶、红墨水、棉棒在旺旺腿上制作了几个伤口，这些假的烂疮做得非常逼真，如果放上蛆，抹上一点臭腐乳吸引苍蝇，对乞讨更能起到事半功倍的效果。因为经常哭，旺旺的眼睛深深隐在一层阴影里，已经失去光彩。最初跪在街头，神色仓皇，对每个人都有着无法克制的恐惧，然后这个4岁的小孩习惯了、麻木了。巴郎有时也跟着阿帕尔乞讨，但是更多的时候他喜欢在街上四处游逛。孩子是很容易混熟的，正如两颗星星的光芒是一样的。巴郎有时欺负旺旺，有时亲切地称呼他"小狗弟弟"。

有一天，淅淅沥沥地下起小雨，这样的天气没法出去讨钱，阿帕尔就躺在床上睡觉，老年人总是睡得很沉。旺旺从床底下拉出一个小盒子，里面有一些卡片，两块磁铁，几个掉了轱辘的小车，他拿出一个很漂亮的塑料小人，对巴郎说："给你。"

"垃圾箱里捡的。"巴郎不屑一顾。

"给你玩。"

"这有什么好玩的，"巴郎说，"有很多好玩的事，你不知道。我带你去冰窖，天热，那里也有冰。再去游泳馆，我们可以溜进去，从台子上跳到水里。我带你去三元里，看那个骨头女人，她还没死，还要去火车站看人打架。"

"我想妈妈了。"旺旺说，他抬起一双大眼睛，忍着满眶的眼泪。他并没有哭出声音，只是任由泪水涌出来，唉，这个小小的孩子已经学会了坚强和忍耐。

巴郎说："哦。"

过了一会儿，巴郎打个响指，似乎做出了一个重要的决定，他说："这还不简单吗，我带你回家。"

两个孩子手拉手走在雨中，雨把他们的头发淋湿，他们不说话，就那样一直走，一直走，走出那个藏污纳垢的城中村，走过那些破败的堆满垃圾的小巷，走到大街上。旺旺紧紧抓着巴郎的手，我们无法得知这个4岁的孩子一路上在想些什么，在他长大以后，能否记起是谁带他走出这场噩梦，能否记得此刻他紧紧抓着的这只手？在一个菜市场附近，巴郎从身上摸出一张皱巴巴的钱，他对卖羊肉夹饼的摊主说："来两个夹饼，我要请客。"他对旺旺说："吃吧，塞到肚子里。"吃完之后，他们继续向前走，巴郎把旺旺领到天河区棠下街派出所的门口，巴郎问旺旺："你还记得你家在哪儿吧？"旺旺点点头。巴郎说："进去吧，让条子帮你擦屁股，他们会送你回家的。"

巴郎推了他一下，说："去吧，小狗弟弟。"

说完，巴郎就迅速地跑开了。他藏在街角，偷偷地看到旺旺站在派出所门口放声大哭，一个女民警走出来，蹲下身询问着什么，然后拉着旺旺的小手走进了派出所。

巴郎放心地离开了,他用口哨吹着一首歌曲:

你有了花苑要栽果树,

你有了儿子把书念,

要教育孩子爱劳动,

做一个刚强的好男儿。

古丽在一次偷盗婴儿的时候被人发现,她被打得奄奄一息,事主怕她死掉,所以没有送到公安局,而是将她扔在了医院门口。

很多天以后,华城三元里世康大街出现了一个妓女,她是那条街上最老最丑的娼妓。她坐在发廊的玻璃门之内,像是安静的空气,静悄悄地培养着下身的金针菇。她不笑,因为门牙掉了两颗,即使是白天,她也给人带来夜晚的气息。这个尚未染上梅毒的女人对每一个路过的人招手,她特别钟情老年人,她钩手指,抛媚眼,甚至掀起裙子,然而生意还是惨淡。没过多久,她交不起房租和当地小痞子收的保护费,只好浓妆艳抹走上街头。这个站在路灯下打哈欠的女人,在夜晚她可以作为城市的夜景,正如乌云也是天空的一部分。

在华城的车站、码头、广场、地铁通道、人行天桥,有那么一群人,不管夏天还是冬天,老是躺在水泥地上,身上盖着一条破毯子,自己的胳膊就是枕头。站起来时,头从一个窟窿里钻出来,那毯子也就成了衣服。

他们还有一顶帽子或者一个破茶缸用来乞讨。

曾有个过路的小女孩在一个冬天对此产生疑问,她问妈妈:"这些人不冷吗?"

妈妈说:"他们是乞丐。"

小女孩说:"乞丐是什么?"

妈妈说:"就是要饭的,要钱的,叫花子。"

小女孩说:"他们为什么当叫花子啊?"

妈妈说:"因为他们穷,没钱。"

小女孩说:"他们为什么穷啊?"

妈妈不说话了,不知道该怎么回答。

小女孩又说:"他们的家在哪儿?"

沉默……

没有任何一个城市会禁止乞讨。

一个下夜班的纺织女工曾经看见过一个惊恐的画面:在她回家的路口,出现了二十多个黑衣人,他们姿态怪异,有的躺着睡觉,有的坐在地上不停地摇头,有的站着看着天空发呆,有的念念有词,有的大喊大叫,全都是破衣烂衫,臭不可闻。

在文明下面,在社会的土壤下面,还有另外一个世界。

有位76岁的老人扮为乞丐,卧底行乞两月,自费万余元,揭开残害胁迫流浪儿童行乞的重重黑幕,他撰写的调查笔记,被国家领导人长篇批示。这位值得尊敬的老人是在深圳居住的北京离休老干部曹大澄。

在他的调查笔记中可以看到乞丐已经职业化、组织化、集团化,带有黑社会色彩,他们按籍贯聚集在一起,划地为界,如果有人侵犯了自己的地盘,那么就会爆发群殴事件。

每个城市都有着城中村,低矮的房屋,破败的街道,到处是垃圾,走进去,会看到几个又瘦又脏的小孩子用树枝敲打着一个瓦罐,离开的时候,那些孩子还在敲着。

华城粤溪新村,棠下村,租住着大量的乞丐。

这是一个唾弃不到的角落,污秽在这里汇集,渣滓在这里沉淀,让我们跳进这个粪池,走进这些人的灵魂深处。各种臭味混合在一起,眼前恍惚,只能看见光怪陆离的黑暗景象,有的像人,有的不成人形。他们群体性地蠕动,汇聚成一个怪物:丐帮。

他们也是社会秩序上的一环。

当乞讨不再是因为贫穷而是因为懒惰,当乞讨成为一种职业,任何逻辑到了这里也就成了乱麻,自尊在这里没有立足之地。他们聚在一起也有些光,在两次欺骗之间的间歇,这么多从未流过泪的眼珠子,闪烁着贪婪也闪烁着对生活的向往。白天敷上自做的烂疮去要钱,晚上摇身变成劫匪去抢钱。污水流进流出,这些四肢健全的寄生虫从阴暗的巢穴走向城市的大街小巷。蛔虫也可以变成蟒蛇,它所吞噬掉的东西比我们想象的还要多。不断地有人堕落到这群体里来,以别人的同情和怜悯为生活来源,以懒惰为起点,以愚昧为终点。

当然,也有一些真正的乞丐,他们不是为了生活而是为了生存,例如,残疾人。

下面这段莲花落是一个老乞丐唱的,也就是说,这些话来自一个乞丐的内心世界。

他下肢瘫痪,两手划着一辆自制的小车,仿佛他的周围是海。

他每天都打着快板沿街行乞。

(白)来啦来啦又来啦!
太阳出来照西墙,
照着俺的破衣裳。
叫花衣,叫花帽。
还是去年的那一套。
竹板一打震街头,
拜拜三教与九流。
竹板打,进街来,
一街两路的好买卖。
金招牌,银招牌,
这几天,俺没来,
各行各业都发财。
要拜俺就挨家拜,

拜拜财神人不怪。
家有规，行有道，
现在街头不好要，
俺先到菜市去瞧瞧。
走又走，行又行，
遇见个老头卖大葱。
老大哥，卖大葱，
你年轻时候立过功。
大哥你，不简单，
俺把你来夸一番。
老大哥，耳不聋，眼不花，
能活二九一百八。
说大葱，道大葱，
一头白来一头青，
下面胡子乱哄哄，
就像老蒋离南京。
带来的多，卖里个快，
三沟两垄不够卖，
一天能卖几万块。
卖里个钱，盖上了屋，
好给大儿娶媳妇。
盖东屋，又一厅，
要把香台立当中。
高门楼，矮阳沟，
梧桐栽在墙外头，
孙子求学路好走，
定是清官把名留。
（白）老大哥，你给我几毛？

（白）中，刚卖了八块多，给你五毛。
弯腰接钱去就走，
旁边大姐在卖藕。
（白）大兄弟，别唱啦，俺带着孩子来得晚，还没开市哩。
俺出门的人，多照应，
大姐领着个大学生。
没卖钱，也别烦，
兄弟广告做宣传。
北京的，上海的，
哈尔滨，烟台的，
还有澳门回归的，
不买别人买你的。
藕又白，多好卖，
带得少了不够卖，
卖得干，卖得净，
卖得一两都不剩，
卖的钱呀背不动，
你租个三轮往家送。
（白）这个大兄弟，我说不给你吧，你唱得好，哎，先给你一毛，走吧！
走过一家又一家，
碰见大哥夸一夸。
这大哥，人不赖，
骑着洋车卖芹菜。
这个自行车，两头轻，
你不骑两头骑当中。
说芹菜，道芹菜，
炒肉丝，炒肉片，
来人来客好招待，

吃到肚里多愉快，
芹菜呀一盘好菜。
（白）我老叫花子几个月没吃过肉喽！
（白）别唱啦，我为啥给你，芹菜又贱，啊，走走走！
叫声老哥你别急，
听你兄弟唱下去。
这个担待担待多担待，
你在家门我在外，
出门就有出门的难，
还请大哥多包涵。
人比人，气死人，
老叫花子我，
两腿瘫痪残疾人，
没儿没女咋生存？
（白）你唱得再可怜我也不给你。
大哥不给俺不烦，
听你兄弟我唱完。
我弯着腰，头向北，
一恼我能唱到黑。
这老大，你别烦，
我打起竹板唱二年，
你的生意被包围，
卖不了一分和一文。
不给俺也不生气，
小菜贩，不容易，
辛辛苦苦干一年，
是这要钱，那要钱，
要的百姓人人烦。

（白）我里个娘来。

那个九八年，

大水来啦，

淹了八省十九县，

灾区人民有困难，

四面八方都支援，

当兵的人，是好汉，

为了抗洪把命献。

（白）大哥，我看你穿着迷彩服，肯定也当过兵，多壮实。

（白）呵呵，俺没有，唱得俺高兴，给你五毛吧。

大哥啊，心眼直，心眼好，

路上拾个金元宝。

走得快，走得慢，

转眼来到白菜摊。

这白菜，嫩又嫩，

多加尿素多上粪。

人家的白菜耷拉着头，

大娘的白菜亮油油。

这白菜，真不赖，

价钱便宜卖得快。

这个老大娘，老寿星，

老寿星，岁数高，

七个儿郎在当朝。

上管君，下斩臣，

征战沙场为人民。

（白）您呀，就是这当代的佘老太君。

越活越精神。

打起竹板我祝您，

寿比南山不老松，
四世同堂，一门孝忠。
（白）乖乖，俺可不敢当，求个儿孙平安就行啦，给你几毛钱，再赶个门，我也挺可怜的。
谢谢大娘你好意，
谢谢给我的人民币。
打起竹板响呱呱，
看见大哥卖豆芽。
（白）别唱啦，没钱。
（白）大哥，光拜人家不拜你，隔山隔海不合理啊。
（白）你胡唱个啥，我揍你。
这老板，脾气发，
发着脾气卖豆芽。
犯法的事，我也不干，
我宣传国家的好文件。
我一不偷，二不抢，
永远都跟咱们党，
你能把我怎么样。
你想给，你就给，
现在的世道谁怕谁，
黑道白道咱有人。
（白）嘿，你还不简单，围这一大圈子人，我要不讲理我真不给你，走。
弯腰把钱捡起来，
旁边老板卖菠菜。
你卖菠菜公道秤，
给我几毛中不中？
（白）给你一毛行不？
这个大哥啦，

人家五毛你一毛,

一毛也多,一毛也少,

物资涨价你知道。

公厕屙屎也得两毛,

你说,你给一毛少不少?

(白)奶奶的,这要饭的也讲价钱。

走又走,观又观,

听到有人把我喊。

(白)最近跑哪去了,老乡,早没见你在这集上唱了?

(白)哟,能在地球看见你,我的心里真高兴,你忙,你忙。

竹板一打呱哒哒,

这个卖豆腐,好人家。

种黄豆,磨豆浆,

一年四季天天忙,

人吃豆腐猪吃渣,

半年就能把财发。

姓张的,姓王的,

饭店都来买你的。

(白)滚,再唱我揍你个小舅子,我给你钱,我给你个驴屎。

这掌柜,真会闹,

不给银钱要给屎。

你给屎,我也不烦,

屎给多了也卖钱。

说的老板发了火,

给我了一拳一家伙。

我迈起老腿跑得快,

一跑跑到鱼市台。

白鲢白,甲鱼黑,

小虾红，草鱼青，
正好拜拜姜太公。
要拜我就拜到底，
太公的鱼竿传给你。
（白）日，给你五毛，再加一毛。
这个走又走，行又行，
杀猪杀羊也英雄。
刀子白来刀子红，
太平盛世你最能。
手里拿着公道秤，
买肉的人，请放心，
买肉回家孝母亲。
你看咱，中国申奥都成功，
你给我几毛中不中？
（白）他有钱，给卖羊肉的要。
（白）卖羊肉的行行好，明年就能生个小。
（白）给我磕个头，我就给你。
（白）呸！
上跪天，下跪地，
中跪父母高堂里，
要饭也要有骨气！
（白）给你闹着玩哩，还当真了，你这么大岁数，接住。
（白）要饭的，过来，唱唱我这酒，我的店刚开业，唱得好了给一块。
叫我唱，我答应。
这段小曲叫酒经。
（白）各位乡亲听好了。
酒场就是战场，
酒量就是胆量，

酒风就是作风,
酒瓶就是水平。
感情深,一口闷,
感情浅,舔一舔,
感情薄,喝不着,
感情厚,喝不够,
感情铁,喝鸡血。
酒逢知己千杯少,
能喝多少喝多少,
喝了多少都正好,
会喝不喝就不好。
(白)说说某些领导干部。
一次一口见了底,
这样的干部爱集体。
一次一口喝一半,
这样的干部得锻炼。
能喝八两喝一斤,
这样的干部咱放心。
能喝一斤喝八两,
对不起人民对不起党。
能喝白酒喝啤酒,
这样的干部得调走。
能喝啤酒喝饮料,
这样的干部不能要。
(白)说说古人。
杜康造酒今人卖,
李白留下酒招牌。
几人醉酒岳阳楼,

张飞醉酒献人头。

关公醉酒红瞪瞪，

诸葛亮醉酒借东风。

曹雪芹举杯叹红楼，

蒲松龄聊斋交朋友。

（白）老板，给俺倒杯酒。

（白）唱完，唱完。

（白）俺买你的还不行，倒。

## 第十一章　采生折割

采生折割就是利用残疾或畸形来进行乞讨。

旧时也指残害人命，折割肢体，采其耳目脏腑之类，用来合药，以欺病人达到骗钱的目的。

据《清稗类抄》载：乾隆时，长沙市中有二人，牵一犬，较常犬稍大，前两足趾较犬趾爪长，后足如熊，有尾而小，耳鼻皆如人……遍体则犬毛也。能作人言，唱各种小曲，无不按节。观者如堵，争施钱以求一曲。

《清稗类抄》记载了扬州城中的五位畸形乞丐：一男子上体如常人，而两腿皆软，若有筋无骨者，有人抱其上体而旋转之，如绞索然。一男子胸间伏一婴儿，皮肉合而为一，五官四体悉具，能运动言语。一男子右臂仅五六寸，右手小如钱，而左臂长过膝，手大如蒲葵扇。一男子脐大于杯，能吸淡巴菰（烟草外来语音译名称），以管入脐中，则烟从口出。一女子双足纤小，两乳高耸，而颔下虬髯如戟。于是观者甚众。

《兰舫笔记》也记有同类情况：余昔在都中，每见有以怪人赚钱者……种种奇形……震泽城中市桥一女子，年十五，貌美而无足，长跪乞钱。

两个在火车上萍水相逢的旅客谈论过这样一段话：

一个说："我那个地方，有个小孩是白头发，全身都是白的，所有的人都说他是被父母遗弃的，从他5岁左右就看到他在到处流浪，现在已经长好高了，还在流浪，我常想恐怕他这一辈子就是这么流浪了，从来没有人管过他，尽管我们这个城市几乎所有的人都认识他。"

另一个说："去年我们那里，街上见过一个怪人，他的脚已经肿得不成样了，水肿得脚都成透明的了，估计是正常脚的四倍，更奇怪的是他的屁股长在前面，他打着滚要钱，好多人围着看。"

1983年4月26日，华城黄博区人民医院妇产科旁边的垃圾箱里不知被谁扔了个怪胎。胎儿有两个头，一个头大，一个头小。

这个怪物很可能是乱伦的产物。

当时那婴儿还活着，有数以千计的人围观，次日凌晨，人们再去看的时候却发现——怪胎不见了。

大概过了十几年，那垃圾箱早就不在，人们已经淡忘了这件事。在华城繁华的火车站出现了一个老年乞丐和一个少年乞丐。少年乞丐的脖子上长着个大瘤子，瘤子很像一个头，五官依稀可见。

他叫寒少杰，很多人称呼他为寒少爷，他就是那个垃圾箱里的怪胎。

民间隐藏着很多奇人异士。云南有个种蛊者能在握手时下毒，北京石景山有个中医能让男人变成女人，武当山一个道长可以在墙上跑六步，气功大师吴传顺的掌心纹是个"王"字。

寒少爷肯定经过一种特殊的手术处理，他能活下来是一个奇迹。

我们将在下面看到一个鬼。

1996年10月21日早晨，一个男人背着一个大包袱来到华城。在火车站东北角，当时那里还有道铁栅栏没有拆除，他把包袱放在地上，包袱里什么东西都有，被褥、衣服、暖壶、半袋面粉、一只大公鸡，还有个孩子从包袱里慢慢爬出来。

那个秋天，环卫工人把树叶扫到角落里，那孩子就坐在一堆树叶上，望着遥远天边的几朵白云。他的父亲在旁边蹲着，捧着个茶缸，喝白开水。一会儿，孩子的身体开始抽搐，双目紧闭，继而突然睁开，龇牙咧嘴。他的牙齿是黑色的，皮肤也泛起紫色，两只手有力地伸直，先是五指并拢，然后伸开手，两根指头用力地比画着。

孩子脸上的表情异常愤怒，黑色的牙齿龇开，并发出低吼声。路过的行人驻足围观，父亲把那只鸡递到孩子面前，孩子一把抓住，咬住了鸡脖子，观众惊呼一声。孩子开始贪婪地吮吸鸡血，鸡翅膀扑腾着，一会儿，软绵绵地耷拉了下来。孩子喝完鸡血之后，茫然地看着周围的人。

"这是个吸血鬼。"一个观众喊道。

"他有病。"孩子的父亲回答，说完就把刚才喝水的破茶缸子伸向观众，"帮几个钱吧，给孩子看病，家里房子和地都卖了。"

"狂犬病。"一个走南闯北见多识广的司机说，然而很快又被别人否定了，因为狂犬病怕光怕风怕水，还咬人。

"他也咬人，"父亲解释道，"不是狂犬病，大医院都去了，谁也看不好。这是癔症，鬼附身，发病时爱吸血。"

父亲告诉周围的人他来自陕西金塔县万沟乡长坳村，他的裤脚卷着，还带着家乡的泥巴，他是跨越五个省来到这里的。

孩子母亲早亡，从小跟着奶奶生活，奶奶性格孤僻，屋子里长年放着一具棺材。有一次，孩子在睡梦中迷迷糊糊觉得有什么东西在头上拂来拂去的，他用手挥了一下，竟然觉得摸到的是一只人手。孩子看到披头散发的奶奶坐在床边，正瞪着眼睛看着他，还伸长了两只手来慢慢地抚摸他的脸。孩子不禁吓得张大了嘴，一点声音都发不出来。第二天，孩子问起奶奶，奶奶对此浑然不知。从那以后，奶奶做出很多诡异的事情，例如在半夜里不停地拉着电灯的开关线，或者在凌晨两点用刀在菜板上当当地剁，菜板上却什么东西都没有。

有一天深夜，孩子半夜醒来，看到了恐怖的一幕：奶奶正站在院里的花椒树下，背对着他，低着头，头发垂下来。孩子喊了一声奶奶，奶奶慢慢转过头来，看着他，然后开始哭——那哭声太瘆人了，简直就是鬼哭狼嚎。一只黑猫吓得从角落里蹿出来，平时奶奶行动迟缓，这时却异常敏捷，她一弯腰就捉住了黑猫，猫抓了她一下，她愤怒地咬住了猫的脖子，大口地喝血。

过了一会儿，奶奶胳膊伸直，像僵尸似的一跳一跳地回到屋里，她并不上床，而是掀开棺材，直挺挺地躺在了里面。

这些怪异的行为都是梦游时产生的，这个梦游的老太太逝世之后，孩子开始变得神情恍惚，一整天也不说一句话。孩子每次发病时都手足僵硬，龇牙咧嘴，嚷着要血喝，一旦看到血之后，他都贪婪地舔。孩子在儿童医院检查时，病情更加恶化。他从床上跳下来，双脚并立，双手向前水平伸直，然后如真正的僵尸般跳跃，还见人就咬。

几年来，父亲带着儿子开始了求医之路，最终家财散尽，流落街头。

吸血鬼实际上是一种怪病——卟啉症的患者。这种怪病并不多，全世界也不过100例左右。在俄罗斯加里宁格勒州的一个村落抓到过一个年轻人，他用刀砍伤一个妇女后便吸她的血，英国有个名叫哈德门的17岁的犯罪分子杀死女邻居，吸干了她的血。英国医生李·伊利斯在一篇题为《论卟啉症和吸血鬼的病源》的论文中详细地论述了卟啉症的特点，这是一种遗传病症，由于患者体内亚铁血红素生成机制紊乱，从而导致皮肤变白，或变黑，牙齿变成黑褐色，卟啉症患者都伴有严重的贫血，经过输血后，病情会得到缓解。

1993年，华城火车站出现过一个人妖乞丐，一个穿衬衣的胖女人，说话是男人的腔调，有胡子，赏钱的人多了之后，她会脱掉裤子给观众看。

1996年，寒少爷成为火车站的宠儿，人们争相观看他和他脖子上的那个大瘤子，几乎所有的人都认为那瘤子是一个头，也就是说，他有两个头。

这不是简单的乞讨，而是一种演出，周围拥挤骚动的观众并不吝啬，这也是老百姓所能享受到的娱乐之一。人们给那个吸血的孩子起了个绰号，叫作僵尸娃娃。僵尸娃娃的父亲在铁栅栏处用塑料布、几根细竹竿搭建了一个简易的住所，一个遮挡风雨的巢。当时城市管理综合执法局还未成立，也就是说市容整洁还未建立在谋生权利之上。如果在1996年有人去过华城火车站，就会在附近违章建筑的窝棚中看到一个佝偻的孩子，一个母亲可能会说这孩子6岁左右，事实上他已经10岁了。

大街上永远都不缺少看热闹的人。这个孩子发病没什么规律，只要他变成僵尸，跳几下，咬住鸡脖子喝血，那么就会吸引一大批人观看，有的人甚至是从别处专门跑来看他的，这也使他父亲每日的收入颇丰。

自从僵尸娃娃来到华城火车站之后，寒少爷乞讨到的钱越来越少。寒少爷没少挨打，打他的是一个老头，那老头把他从垃圾箱里捡到，养大，原本指望着能利用这个畸形的孩子发笔小财，这一切都被僵尸娃娃打乱了，观众全跑了，来自地狱的小孩战胜了双头妖蛇。

我们应该记住这老头的名字：三文钱。

他看上去像个杀人犯，一双小眼睛差不多被蓬乱的眉毛掩盖住，总是露着凶巴巴的眼神，宽背，罗圈腿，肌肉结实，老茧百结的大手说明他吃过不少苦。这个老头早年跟随着一个马戏团闯荡过江湖，他懂得各种各样的捆绑人和东西的方法，鸳鸯结、穷人结、跳蚤结、水手结、龟甲缚、后手缚。他给别人讲起过很多奇闻逸事，长白山的石头漂在水面，木头沉在水底，乌鸦喜欢抽烟，黄鳝会变性。

大概是从1990年开始，三文钱就在华城火车站乞讨为生。

1996年11月19日，下雨了，三文钱来到僵尸娃娃的窝棚前。僵尸娃娃的父亲正煮着一锅沸腾的粥，三文钱上去一脚踢翻，怒气冲冲地说："这里是我的地盘。"

"我不知道。"父亲回答。

"你滚吧，随便你去哪儿。"三文钱说。

"我哪儿也不去。"父亲将一根棍子拿在手里，棍子足有手臂那么粗，他"咔嚓"一声在膝盖上将棍子掰成两截，"我可以揍烂你的脸，"他扔了棍子继续说，"空手也行。"

三文钱歪了歪头说："好，你等着。"

第二天晚上，三文钱带来了两个叫花子，寒少爷带来了一把锈迹斑斑的大砍刀。他们站在窝棚前，不说话，僵尸娃娃的父亲很快看清楚了面前的形势，这个农民，在麦收时节，每块地里都会有这样一个农民——他扑通跪下了："求你啊，别打我的娃，他有病。"

"打我吧。"他抱着头说。

三文钱冷漠地站在一边袖手旁观，寒少爷手里的大砍刀并没有派上什么用场，砍了几下就弯了。两个壮年乞丐雨点般的拳头落在那父亲的身上，其中一个抓着父亲的头发往地上撞，撞得砰砰响，不一会儿，父亲倒在地上不动弹了。

"停。"三文钱拉开那个壮年乞丐。

"他死了？"乞丐担心地问道。

"没死，"三文钱探了探那父亲的鼻息说，"他昏过去了。"

这时，从窝棚里冲出来一个孩子，这个10岁的孩子站在父亲面前，他的身体是佝偻着的，但从气势上看更像一个巨人。他龇牙咧嘴，露出黑色的牙龈，吓得一个乞丐后退两步。寒少爷拿着那把不中用的刀走上前，孩子对着寒少爷的大瘤子就是一拳，打得寒少爷嗷嗷直叫。另一个乞丐把这孩子推倒在地，孩子咆哮一声，像疯狗一样咬住了乞丐的小腿，三文钱上去使劲拽，用脚使劲蹬，才把那乞丐从孩子嘴里解救出来。

"我们走。"三文钱说。

那孩子站在那里，两手攥着拳头，发出一声声低吼。

一个月之后，父亲攒够了一笔钱送孩子住院就医，但医生对此病束手无策，在CT、核磁共振和生化检查中，没发现任何异常，只是脑电波的检查中发现了问题。他们采取了换血疗法，这种冒险的治疗方式使孩子病情恶化，最终死亡。

快过年的时候，华城火车站的进站口出现了一个中年乞丐，他穿件黑棉袄，腰部扎一根电话线，左手揣进右袖筒，右手塞进左袖筒。他蹲在地上，脸庞深埋在双臂里，面前有一个破碗。

两个人在他面前停下，其中一个人用手拨拉着破碗里的硬币："就这点？"

他抬头看到了三文钱和寒少爷。

"你娃呢？"三文钱问道。

"他死了。"

"你叫啥名？"

"大怪。"

"唉，天够冷的，大怪，请你喝酒，去不去？"三文钱问他。

大怪看了看三文钱，默默地收拾起东西，三个人走进了一家大排档餐馆。当天晚上，他们都喝醉了，互相说了很多话，也就是从那天开始，这里出现了一个以乞丐为主要成员的黑恶势力团伙。

# 第十二章　华城车站

1998年8月12日，清晨，大雾。

华城鹤洞桥附近发生车祸，一个腿脚不好的乞丐过马路时被车撞死，交警从乞丐的贴身口袋里发现了几袋冰毒。

1999年10月22日，晚上9点，华城海珠广场人流穿梭，一个乞丐跪在霓虹灯下，他的面前有个鞋盒子，别人给他钱，他就磕个头，不说话，他可能是个哑巴。哑巴的两个孩子也都跪着，其中一个大点的孩子正撅着屁股向旁边一个卖花的女孩挤眉弄眼。

有个穿西装戴帽子的罗圈腿老人，也许是喝醉了，走过乞丐身边时，像扔一张废纸那样随手就扔到帽子里一百块钱。老人走出很远，听到一声尖叫，回头一看，那哑巴乞丐正拿着钱对着灯照呢。

乞丐的两个孩子蹦跳着说："让我看看，让我看看上面的毛主席。"

他们听说过有这么一种新版的红色百元大钞，现在，他们亲眼看见了。

哑巴乞丐兴奋地开口说话了，他说："哎呀，老天爷，都摸一下吧，别抢烂了。"

旁边那个卖花的女孩立刻追上去，对老人说："等一下，您买花吧。"

老人打个饱嗝，眯着小眼说："怎么卖啊？"

女孩说："八块一束，不贵，花多好看。"

老人掏出一百块钱说："我全要了。"

"一共十二朵，九十六块钱。"卖花女孩接过钱，厚着脸皮说，"别找了，我也没零钱。"

老人说："那不行，你得找钱，那个人是乞丐；你，你是一个商人。"

卖花女孩愣了愣，很快反应过来说："我就是个卖花的，你等着，我到那边换零钱。"

老人看着女孩拐过街角，不见了。

老人叹息一声，将花扔进了垃圾箱。

这个老人就是三文钱。

几天后，三文钱又出现在海珠广场，他对"哑巴"乞丐说："给你一百块钱，你帮我把这包东西送到环江路的赛迪娱乐城，回来，再给你一百块。"

"有这好事？"乞丐问。

三文钱将一张百元钞票放到乞丐面前的鞋盒子里。

"你咋不送？"乞丐问。

"我有事。"三文钱回答。

"到了那里，把东西给谁？"乞丐问。

"找霍老板。"三文钱说。

"包里是啥子东西？"乞丐说着，打开了帆布包，里面有两块砖头，用报纸包着。

"就这个，"乞丐问，"两块红砖？"

"是的。"三文钱回答。

犯罪分子运毒的方式一般采取人货分离，找个傻瓜当替死鬼，即使被警方抓住也说不出上线是谁，在运送过程中，会有马仔暗中跟随，以防不测。毒贩藏毒的方式更是千奇百怪，香港张伟艺将毒品藏在西瓜里，海南解风平将毒品藏在椰子里，上海人周某将摇头丸藏在蜡烛里，云南人李某将海洛因伪装成糯米藏在几麻袋糯米里。

三文钱的那两块砖头就是巧妙伪装过的黄砒，黄砒只要进行再加工就成为4号海洛因。

在1999年春节严打期间，一个叫蒋卫东的实习民警在报告中写道：华城市登记在册的吸毒人员有3万多人，实际吸毒人数至少在5万以上，甚至更多。华城火车站附近肯定有毒贩子的秘密窝点，他们利用乞丐、流浪儿童进行贩毒，据线人举报说这个贩毒团伙的头目是一个外号叫三文钱的人……

当局领导向蒋卫东了解情况的时候，蒋卫东却失踪了，像空气一样从人间消失了。这份报告后来引起了大案指挥部的重视。

距华城火车站仅数步之遥有一条街，叫作登峰街，密布着大量出租屋，很多外来人口就聚居在这里。

登峰街有一家富贵菜馆，厅堂简陋，不事装修，然而却天天爆满，食客云集。

华城人好吃，天上飞的地上爬的水里游的，都能做成盘中美味。他们把赚钱叫作"揾食"，由此可见一斑。很多旧街陋巷都有美食所在，惠福东路有一家卖云吞面的小吃店是在地下室里，潮州巷有个卖卤水鹅的把店开在了居民楼的楼顶，环市路上南海渔村的一条铁壳船上有家海鲜餐馆，若不是有人指引，这样的店很容易就错过了。

在20世纪80年代，华城还可以看到一种黑脖子的丹顶鹤，它们从黑龙江流域迁徙到南方过冬，因为华城人的捕食，这种鸟已经很罕见了。

富贵餐馆最初经营一种蛇羹，这道名菜是用眼镜蛇、银环蛇、金环蛇、水蛇、锦蛇做成的"五蛇羹"，被野生动物保护部门勒令禁止之后，开始推出了新的招牌菜：叫花鸡。

将黄嘴、黄脚、黄皮的三黄土鸡剖洗干净，用酱油、绍酒、精盐腌制，多种香料碾末擦抹鸡身，鸡腹内雪藏炒好的辅料，两腋各放一颗丁香夹住，然后用荷叶包裹，再裹上酒坛黄泥。地下挖一坑，不可太深，覆土，上面点明火烤一个多钟头，炭火烤半小时，叫花鸡就做成了。

敲开泥巴，荷叶上油水汪汪，仍旧泛着淡淡的绿色，荷叶的清香扑鼻而来，鸡肉肥嫩酥烂，膏腴嫩滑。趁着热气袅袅，香气四溢，撕下一只色泽黄灿灿的鸡腿，大快朵颐。若有三杯两盏烈酒，定会豪气干云，无论富贵贫贱，淋漓尽致，嚼得出虎狼滋味。

我们不得不说这叫花鸡是最正宗的，因为老板以前就是一个乞丐，他就是大怪。

尽管菜馆内店堂狭窄，又脏又差，但是每天都人头攒动，生意奇好。店堂之后是一个院子，院内有一株馒头柳，两间厢房就是大怪和店伙计的住处。树下摆放着几条长凳，数张矮桌，宾客爆满之后，就会坐在这里，甚至连菜馆门前也摆了几张桌子。

门前原先有一个铜做的招牌，后来被街上流浪的孩子偷走，吸引路人目光的是墙上贴着的四个歪歪斜斜的大字：乞丐免费。

这大概是唯一一家对乞丐免费的饭店，如果非要找出一个原因，那就是——老板就是个乞丐。大怪从来不掩饰自己做过叫花子的经历，他给很多顾客都讲过他那个吸血的儿子，他说："我觉得自己是狗，现在我才是人。"人们对他的苦难经历表示同情，对他的慈悲心肠表示赞赏。曾经有报纸电视台来采访这个好人，他拒绝了。他替政府发扬人道主义，替有钱的人施舍，他把善良向外敞开，把恶关闭起来。很多时候，美德只是一个盒子，包装着罪恶。

这种慈悲只是一种表面现象，那些蓬头垢面的乞丐出入餐馆并不影响大怪的生意，因为他经营的不是饭店，而是贩毒。只有真正"要饭的"乞丐才会到这里来接受施舍，最初大怪、三文钱、寒少爷只是将这些缺胳膊少腿的叫花子组织起来，给他们划分好地盘，每月收取保护费。1997年，三文钱不满足做一个乞丐头子，开始利用这些乞丐进行贩卖毒品，给他们一些残羹剩饭，然后让他们运毒、出货。这个菜馆成为了一个隐蔽的毒品窝点。

1999年2月，那个叫蒋卫东的实习民警曾经来这里进行过两次调查，第一次他买了一只叫花鸡，什么话都没有说；第二次，他又买了一只鸡，走进厨房直接对大怪说："老板，我想向你打听一个人。"

"谁？"大怪问。

"三文钱。"

"不认识。"

"直说吧，我是警察，我怀疑你贩毒，你最好识相点。虽然现在还没掌握证据，我这也不是正式讯问，就是私下里和你聊聊。下次再来，我会穿警服来，你要聪明的话，就给自己留条后路，以后也算是立功表现。再问你一遍，三文钱在哪儿？"

"在你背后。"

蒋卫东回头一看，却什么都没有看到。

艺术的眼光应该无处不在，并不是只有蚂蚁和蚯蚓才可以看见地下的事情。一年后，登峰街旧房拆迁，从院内的树下挖出了一具骸骨，从一个生锈的腰带卡可以判断出，死者是一个警察。

大怪站在院里那棵树下的时候，会有异样的感觉，他的脚下埋着一个死人。他用杀鸡的手杀了一个人，他将那警察打晕，勒个半死，像杀鸡那样在脖子上割一刀，将血放入木桶，那木桶里本来有半桶鸡血，慢慢地就注满了。

事实上，他一边杀人一边呕吐，直到他把死者埋到树下，他感到一种虚脱，心里还有一种恨意，他觉得自己刚刚消灭了全世界。

从那天开始，大怪常常做一个奇怪的梦，梦见自己的胳膊上脸上有很多密密麻麻蜂窝状的小孔，从小孔里爬出肉嘟嘟的白虫子。他并没有感到恐惧，但也不是像以前那样泰然自若，恐惧和坦然，他既不选这个，也不选那个，这便是他杀人后的选择。

2000年8月21日，晚上11点，一个脸色苍白的年轻人走进富贵菜馆，他找张桌子坐下，大怪说："打烊了。"

年轻人说："我找人。"

"找谁？"

"三文钱。"

大怪看着年轻人，摇了摇头说："不认识。"

年轻人慢慢地拿起桌上的茶壶与一茶碗放置茶盘中，另一碗置于盘外。大怪看了看，表情有点诧异。年轻人又从邻桌拿了两个茶碗，将四个茶碗横放于壶的左边，第三杯倒满水，端起来，递向大怪。端的姿势很奇特，右手拇指放在茶碗边上，食指放在碗底，左手伸三指尖附着茶杯，大怪以同样的姿势接过茶碗，一饮而尽。

这是一套江湖茶阵暗语，由明末清初的洪门开创，现代的特警作战手势中也有不少是根据黑帮手势改编的。例如垂下手来，手掌置于腰间高度，掌心向上，手指分开成抓状，这代表"狗"。山西一些农村出殡时至今也有老年人行规范的洪门礼。

那个脸色苍白的年轻人就是高飞。

他摆的茶阵的第一个意思是：自己人。

第二个意思是：求救。

大怪喝下那碗茶表示认可了他，应允了其请求。

我们的眼泪应该从1983年流起。

潮汕人最先来到火车站周边，他们经营小生意，集聚一些资本后，就开始炒票。火车票、汽车票，成为黄牛党在市场上呼风唤雨的盈利资源。面对市场竞争，老乡聚合在一起，"潮汕帮"出现了。这是一个以生活地域和方言为划分特征的松散团体，除了倒票之外，还从事拉客。

两年后，私人运输的车辆越来越多，一个以华城本地人为主的拉客仔群体出现了。原本互不干涉的"华城帮"和"潮汕帮"开始出现摩擦，爆发了几次大规模的械斗之后，"东北帮"和"湖南帮"悄然崛起。"潮汕帮"失去霸权地位转而向旅客兜售假发票，他们找了一群臭烘烘的老娘们在出站口卖地图和列车时刻表，老娘儿们装成发传单的样子，如果有人顺手一接，那么一大群人马上围了过来，无奈之下，只得花高价买下才安全走掉。

在1990年上半年，操东北口音的在火车站无人敢惹，下半年换成了湖南人称霸一方。华城人也开始雇用外省的无业游民，发展壮大自己的力量，华城火车站形成了三足鼎立的形势。

1991年，春节前后的"民工潮"超出了人们的预计。客流高峰迅速出现，大批外来务工人员滞留在华城火车站，几千人流浪街头。华城火车站及其周边地区的治安状况迅速恶化。从事非法营运的黑车越来越多，数以百计的拉客仔将人哄骗上车然后将旅客在半路甩下。

"踩脚帮"和"丢钱帮"就是那时兴起的。

"喂，小子，你踩我脚了。"一个人故意往你的拉杆箱上踢一下，然后对你这么说。在这一刻，你的机智和应变能力会受到考验。

你有三种选择：一、若无其事的继续往前走；二、大吼一声滚蛋；三、低三下四地道歉。任何一种选择都有可能导致一大群痞子把你包围，包围之后就是敲诈和勒索。

"丢钱帮"属于一种低劣的骗术，利用人贪财的心理，很容易被识破。值得一提的是，华城火车站附近的骗子在恼羞成怒之后会实施抢劫，也就是说，这是一群伪装成骗子的劫匪。

随着警方的打击，不少犯罪团伙不得不另辟蹊径，"湖南帮"在逃避警方打击的过程中改变了作案方式，利用孕妇儿童、病人和老人来卖假钞和假车票。以四川人张凯为首的犯罪团伙，开始拐卖和强迫妇女卖淫，他们在华城火车站四处寻找那些从外地来打工的年轻女子，以介绍工作为由，骗上车将其拐卖。广东陆丰县一个以手淫度日的老光棍，花8000元买了一个媳妇，多年后，当地警方将那女子从一个封闭的石头屋子里解救出来时发现，女子已经精神失常。

1991年，内地的"发廊"还被称为"理发店"，而在华城就出现了不洗头的"洗头房"，还有很多小旅馆。旅馆设施非常简单，多数房间内只有一张由两条凳子架起的床板，那床不是提供睡觉的，而是提供卖淫的。

1992年，东北人周伟，纠集46名老乡，也开始介入拐卖妇女的犯罪中来，不仅如此，他们还联合华城当地烂仔，结伙在华城车站以冒充旅客亲戚、朋友或朋友的司机等接站的方式，对旅客实施诈骗和抢劫。

从此，各种新型犯罪现象不断滋生。

1993年，王井记专门物色一些流浪街头的少年，负责他们吃、住，并对这些孩子进行犯罪技巧培训，一帮职业小偷出现了。

广东中山大学的傅未明教授一下火车就被偷走了包，警察在多方调查未果的情况下不得不使用特殊手段才找回来，在一个出租屋里有过这样一段对话：

"我来找你，我现在的身份不是警察，就是你的朋友。"

"直说吧，你丢了什么？"

"一个包。"

"包里有多少钱？"

"一分钱也没有。"

"那……"

"就有几张破纸，是一份学术论文。"

"好，你等我二十分钟。"

"嗯，请你喝酒。"

1995年，有一伙喜欢穿黑衣服的人长期在火车站抢夺旅客财物，被称为"黑衣党"。他们大多在晚上活动，如果是在白天，他们就蒙面抢劫。

1997年，以三文钱为首的"丐帮"悄然兴起。

1998年，迷药抢劫频发，帮派内称这种手段为"杀猪"，以"河南帮"居多。而后演化成飞车抢劫，又以"砍手帮"臭名昭著。

1999年，手持据称有艾滋病毒的注射器威胁索要旅客钱财的"扎针党"也出现了。

面对严峻的治安形势，从1983年以来，各级政府年年组织多方力量，开展"严打"行动，大量犯罪团伙被摧毁，然而，"严打"的效果并不能持续很久，整顿过后，故态复萌。犯罪团伙重新洗牌，通过暴力分割势力范围。例如"拉客帮"被打掉之后，分裂成五大帮派："郑老五帮"，湖南人，负责站西路一带；"汕头帮"，负责走马岗一带；"潮州帮"，负责沙涌南一带；"刘老四帮"，四川人，负责草暖公园一带；"老杨帮"，也同在站西路。当时五个帮派中，"郑老五"和"刘老四"稍大，相互之间经常发生摩擦，但都不能吃掉任何一方。

在各帮派之间争抢地盘的过程中，"东北帮"逐渐控制了华城火车站的拉客市场，来自黑龙江省的邹光龙成为了野鸡车市场的老大，他拉拢腐蚀国家机关工作人员，很快控制了站东广场的拉客市场，又控制了"野鸡车"的客源。

2000年，以邹光龙为首的华城"背包党"出现。

"背包党"最初只是为野鸡车和旅馆拉客，后来他们的包里装上假发票、假车票、酒店介绍和假证件，整日游荡在华城火车站、省汽车站、市汽车站和流花车站之间，主要瞄准外地来穗人员，偷抢首饰、手机、背包，卖假发票，调换假钞。

随着队伍的壮大，"背包党"甚至敢与执法人员对抗。在华城火车站，曾经有多次群殴事件，几百"背包党"成员与保安数次发生冲突，警察鸣枪才得以制止。

邹光龙名声渐响，成为华城火车站的黑帮老大，多个帮派都想拉其作为靠山。他开始招集马仔一两百人为打手，向各帮派收取保护费，甚至一个水果摊、一个电话亭都不放过。

直到一年以后，广东省委领导三度微服探访华城火车站，要求"重典治乱"，华城火车站进驻大批荷枪实弹的武警，开展了最大规模的一次"严打"行动，邹光龙黑社会性质犯罪组织在这次"严打"中被摧毁，邹光龙被判死缓。

2000年10月19日，邹光龙的两个马仔率领几十名打手向火车站周边的店铺收取保护费，众多店铺对黑恶势力往往委曲求全，甚至有店铺老板主动寻求保护。

在登峰街有一家卖叫花鸡的富贵菜馆拒绝交保护费，马仔令手下将桌椅板凳及门窗等砸得稀烂后扬长而去，临走前威胁说如果晚上不交钱就再砸一次。

当天晚上，四个人在一片狼藉的店内点着蜡烛商议对策，他们是三文钱、大怪、寒少爷、高飞。

三文钱说："这事，忍了吧。"

大怪说："挣那么多钱有啥用，还被人欺负。"

寒少爷说："咽不下这口气。"

三文钱说："咱们斗不过，人少。"

寒少爷说："去东北，叫上炮子那帮人，都拿上枪，不信制不了他们。"

三文钱说："离得太远了。"

大怪说："是啊，咱就是人少。"

高飞说："咱的人不少。"

寒少爷说："人呢，都在哪儿？"

高飞说："火车站。"

房子里很快挤满了各式各样的陌生人，挤满了全国各地来的不可救药的二流子，这一切即将使用砖头、匕首和木棍的人都是从火车站广场找来的。

高飞对他们说："一会儿，我们要和人打架，每人发100块钱，不愿意的就滚蛋。"

"150，"人群里一个人喊道，"100太少了。"

"现在就给钱还是打完再给钱？"

"打谁？"另一个人问。

"邹光龙的人。"大怪回答。

"不干。"房间里的这帮乌合之众听到邹光龙的名字就纷纷而逃，只剩下一个戴墨镜的人站在墙角。

"你怎么不走，你不怕邹光龙吗？"寒少爷问。

"刚才有50人吧。"戴墨镜的人说。

寒少爷说："差不多。"

"给我5000元，"戴墨镜的人说，"我干。"

"你一个人？"大怪问，"你很能打架吗？"

"打我。"戴墨镜的人指了指自己的脸。

大怪的右拳还是非常有威力的，他用尽全力，猛击那个人的下颌。然后，他的手痛得像断裂了一样，而那个人则面不改色，微笑着站在那里。

"能挨打，"高飞说，"不代表你能打。"

"那好吧，看着啊。"戴墨镜的人先是一个垫步，然后飞身一记漂亮的侧踹，轰隆一声，他把墙踹出了一个窟窿。

"天，你叫什么名字？"三文钱问道。

戴墨镜的人回答："我叫画龙。"

●●● 十宗罪前传

第四卷　侏儒情怀

十宗罪前传

## 第十三章　街头斗殴

　　一场大雨下起来了,画龙拿着一根木棍站在门口,他对前来收保护费的那帮痞子说:"我,操你们所有人的妈。"

　　然后,画龙拖着那根长棍向街头疾奔,一群人手拿砍刀、钢管、链子锁杀气腾腾地在后面追,他们喊着"找死""砍死他"。

　　画龙将他们引到空旷的广场上,站在大雨中岿然不动,他上身只穿了一件背心,雨水浇淋得肌肉光溜溜的。一个痞子将手中的酒瓶用力掷向画龙,瓶子在空中翻转着,画龙眼疾手快,侧身一棒将瓶子打碎。另一个痞子气势汹汹率先冲到了面前，画龙举起棍子，斜刺天空，然后棍子挟着风雷划出一道弧线将其打倒在地，这一招是南派龙虎棍中的大劈杀，与日本剑道有异曲同工之妙。后面的痞子蜂拥而至，画龙转身一记劲道凌厉的横扫棍，扫翻几个，而后，痞子们散开，画龙开始反击。

他以一种诡异的步法奔跑，飘忽不定，进退自如，这是截拳道中的蝴蝶步和八卦蹚泥步结合而成的，目的是快速接近敌人又能防御自己，在实战棍法中尤其重要。

画龙曾经在树林里练习移动棍法，在跑动中，接近任何一棵树，用刺、点、扫、拨、抢、撞、捣、杵等棍法攻击，一攻即走，绝不停留！奔跑时切忌跑直线，应该曲线跑，拐弯跑，不要正对着树木，要从树的侧面出其不意地一击，这一点非常重要，是街头实战的秘诀。

画龙出手极快，或刺敌小腹，或挑敌下颌，或扫敌胫骨，均是一击成功。棍法看似杂乱无章，其实包含了少林风火棍、武当玄武棍、五郎八卦棍等诸多棍法中实用的招数。那棍子只是一根普通的棍子，春天不会开花，秋天不会结果，多年前是一棵树的一部分，多年后成为锄头的一部分。它经历过田间的劳作生活，见证过大怪的乞讨生涯，而后，被遗忘在房间角落，蒙尘，染垢。画龙使其光芒四射，闪棍连击，划空而出，刹那间卷絮随风，风平浪静，只用了不到五分钟的时间，画龙就将一群人打倒在地。

当天夜里，三文钱宴请画龙，他对画龙说："我酒量一斤，我和你喝两斤。"

画龙："好，刚才打得痛快，现在喝得痛快。"

大怪："你以前是做什么的？"

画龙："武术教练。"

高飞："你好像很缺钱？"

画龙："是啊，我在我们那边犯了事，跑出来的，警察到处找我呢。"

寒少爷："你犯的什么事，杀人啦？"

画龙："这你别管。"

大怪："也不瞒你了，我们干的也是杀头的营生。"

画龙："什么？"

大怪，"贩白面的，也卖冰。"

三文钱："你入伙吧。"

画龙考虑了一会儿，说："行。"

街头那场斗殴带来的后果是更大的报复，邹光龙纠集大批人马，甚至准备了猎枪，要为自己的兄弟报仇雪恨。三文钱也从东北紧急搬来了救兵——三个带枪的年轻人连夜赶到华城，其中一个年轻人非常嚣张，声称要把邹光龙的眼珠子打出来然后吞到肚子里。另外，三文钱联合了华城各大娱乐场所的老板，这也是他的贩毒下线。华城的两大黑恶势力矛盾激化，双方火并一触即发。

10月21日，邹光龙亲自带领数百人来到富贵菜馆，大怪被打成重伤，他的脸肿得像脸盆那样大。

10月22日，画龙率领五十多名壮年乞丐将邹光龙的流花车站和走马岗车站砸掉，几十辆非法营运的野鸡车被砸烂。

10月25日，华城的几家涉嫌贩毒的迪厅、夜总会，被一伙拿枪的痞子黑吃黑端掉。

10月26日，三文钱找了一个赌场老板做中间人，要求和邹光龙谈判。当天中午，在那个赌场的大厅里，黑压压的全是邹光龙的人，三文钱只带着画龙一个人前往。人群闪开一条道，邹光龙坐在一把大椅子上，端着一个紫砂壶吸溜溜地喝茶。

邹光龙说："自己送上门的啊。"

三文钱说："敢来，就不怕你。"

邹光龙说："信不信，现在就砍死你。"

三文钱说："我已经打听清楚了，你是黑龙江鸡西人，上面有个哥哥，下面有个卖假烟的妹妹，你媳妇和你离婚了，带着孩子住在远华路16号。你从小跟着你哥哥长大，10岁时来的华城……"

邹光龙摔了手里的紫砂壶："你在威胁我？"

三文钱说："我已经老了，就想做点小生意，咱俩斗下去，都没什么好果子。"

邹光龙说:"小生意？华城有一半以上的毒品都是你卖的,你这老家伙,打个110就能把你弄进去。"

三文钱说:"警察也得讲证据。"

邹光龙歪着头想了一会儿,他并不惧怕三文钱,使他感到担心的是那三个从东北来的年轻人。他也意识到双方无休止地拼杀下去,最后肯定是两败俱伤。

邹光龙看着画龙说:"听说你很能打？"

画龙不说话,也看着他。

邹光龙说:"我有个朋友,叫黑皮,也很能打,这样吧,你俩打一架。"

画龙问:"怎么打？"

邹光龙说:"找个地方,不用武器,什么刀子啊、棍子啊,都别用,脱光衣服打,也不讲什么规则,敢不敢打？"

三文钱说:"赢了,咋讲？"

邹光龙说:"你们赢了,这事就到此为止,以后咱井水不犯河水。"

三文钱说:"要是输了呢？"

邹光龙说:"输了,你们滚出华城。"

三文钱冷笑一声。

画龙说:"黑皮是谁？"

邹光龙说:"打黑市拳的。"

画龙说:"哦,我打。"

所谓黑市拳,不是专指一种拳赛,而是泛指那些未经过批准许可的非法地下格斗比赛。

在内蒙古,有集市的地方就有摔跤比赛,只要胆子大不怕死,任何人都可以上场,输的人通常会摔断脖子,扭断胳膊,被担架抬着下场。

在陕西蔚县,有两个村子,民风强悍,为了争夺煤矿,爆发过多次大规模的械斗。他们从1989年打到1992年，后来经过商议，两个村子各推荐出一个能打架的人，生死自负，胜方拥有一年的煤矿开采权。比赛时，邻近村子的人都跑来观看，就连白发苍苍的老奶奶也会振臂加油。有时他们去外地聘请高手，高手被打死就扔进河里，在河的下游，有个割草的农民去河边洗脸，曾经看到一个人在河底对着他笑。

在抱佛寺，每隔两年，少林、武当、峨眉三大门派都会派人举行比赛，这种比赛是不公开的。抱佛寺的月季花名闻天下，人们在月季花丛之上搭起了一个高台，从1995年开始，民间各种高手也来此切磋武艺，谭腿传人金过夫蝉联三届擂主，台湾咏春拳门人被人打成残废。1998年，一只蜜蜂蜇了一个和尚的头，由于比赛并未结束，他捂着头弯腰时，被对手用膝盖顶到面门，当场死亡。

中国是徒手格斗技术的大国，中国武术源远流长。

雍正四年（1726年），清廷下了一道"禁武令"圣旨，禁止民间人士佩带刀剑行走，禁止百姓拳斗，禁止擂台竞技，违者按律重处，擂台死亡以杀人论罪，甚至连街头角抵之戏耍都被禁绝。

也就是从那时开始，中国可以说被迫打了几百年的"黑市拳"。

从20世纪90年代中期开始，有一些港澳、东南亚的赌场老板开始介入黑市拳赌博，在此之前的黑市拳基本上全是游击队类型和私人俱乐部类型。他们开始组织更大型的比赛，吸纳更多的赌注，一些拳手也被他们带到国外打拳。

黑市拳的特点是没有规则，没有裁判。这也是世界上KO率最高的格斗比赛，负者不死也是残废，最轻的也是被击昏，失去抵抗能力。

黑市拳是真正的"无限制格斗"，除了不能使用武器，参赛者可以用任意方式击打对手。越是残忍的方式越受到鼓励，正因为这样，黑市拳才能吊起并满足人们渴望刺激的欲望。

在黑市拳赛中伤亡情况极为普遍。顶级比赛中，几乎每场比赛都有人受重伤，死亡率也很高。一旦走上了拳台，就只有两种选择：将对手打死打残，或被对手打死打残。比赛没有时间限制，没有中途休息，这种比赛相当残忍血腥，用一种最极端的方式展示着他们惊人的能量和潜力。

　　国内的一些散打高手，他们一登上领奖台时，就被黑白两道盯住。国家希望他们为社会出力，于是他们中间出现了像杨建芳这样的优秀警察；黑社会也想利用他们，于是出现了徐化昂这样的杀手。世界散打冠军乔立夫绑架谋杀香港富豪，这也说明正规的散打比赛并没有多少奖金，而黑市拳赛巨额的报酬是很多人愿意参加的原因。

　　黑市拳手都有着赌徒的心理。

　　虽然很多人对黑市拳手极度凶狠的攻击和对生命的蔑视感到反感，但更多的人对此热血沸腾。格斗的刺激程度远远高于其他竞技。无限制格斗带来的刺激超过散打、摔跤、柔道甚至K-1、UFC（终极格斗大赛）的刺激。黑市拳的观众大多是有钱人，狂热赌徒都是富豪商贾，他们下注赌拳手的输赢，常常是一掷千金。买足彩的人看着球滚来滚去都觉得刺激，更何况是看两个一身肌肉的男人进行殊死搏杀。

　　画龙和黑皮的决战在一处废弃的建筑工地展开，工地上有一个干涸的游泳池，四十多辆助威的轿车将游泳池围成一个大圈，在强烈的车灯照射下，夜晚如同白昼。

　　赌场老板从几天前就开盘坐庄，吸纳赌金，大多数人将赌注押在了黑皮身上，因为黑皮参加过多次黑市拳赛，他的格斗纯粹是要把人置于死地，也就是说，他的格斗技术等于杀人技术。

　　画龙和黑皮站在游泳池的两端，两个人都赤裸着身子，一丝不挂的原因是为了防止他们携带武器。这是个有趣的画面，他们并不是来游泳的，因为那游泳池没有水。

　　观众的情绪都非常激动，开始大吼大叫，"黑皮踢死他""打爆他""把他的屎打出来"。

　　高飞对画龙说："你有把握吗？"

　　画龙摇摇头。

三文钱给画龙点着一支烟，说："好好打，你会赢的。"

画龙点点头。

赌场老板吹响了一个哨子，尖厉的声音划破夜空，比赛开始了。

这场比赛，有两个裁判：上帝和死神！

黑皮一个漂亮的侧空翻跳下游泳池，稳稳地落在水泥地上，获得观众的喝彩。他握着拳头，像疯子一样大吼了一声，脖子上的青筋暴起，气势十分骇人。其实这也是一种心理战术，借此来震慑对方，让对手感到紧张，在气势上先声夺人。

画龙叼着一根烟，慢吞吞地从台阶上走下来。

双方越走越近，周围的观众屏住呼吸，画龙已经看到了黑皮眼中的杀气，很多格斗者认为杀气可有可无，其实不然。杀气可以加强意念。同样一拳，滞留意念和穿透意念的伤害是完全不同的。

在众人的目光中，两个人已经走到游泳池的中间位置。

画龙先出手了，他将手中的香烟向黑皮一弹，黑皮躲过，画龙一记迅猛凌厉的低鞭腿踢向黑皮，黑皮提膝护裆，对脚时发出啪的一声脆响，听得人头皮发麻。提膝护裆是泰拳的基本动作，提膝可以挡住大部分的下盘攻击，前提是腿骨够硬。这是双方的第一次试探性较量，两人都意识到对方比自己想象的还要强大，画龙已经判断出黑皮所练习的是泰拳，黑皮也感觉到了画龙鞭腿的威力。

两个人的脚背上都有一层厚厚的茧子。

黑皮也使用了一招低鞭腿，画龙躲过，一旦被踢中裆部，那么也就意味着比赛结束。

在正规比赛中，很多人喜欢用高鞭腿，高鞭速度慢，距离长，容易被对手躲过。在实战中，低鞭腿是最理想的，距离短，速度快，既隐蔽又能造成伤害，踢人裤裆也许不是什么光彩的事，但都是最实用的。

双方处于胶着状态。

画龙左臂自然下垂，放松，自由摆动，右手作绞肘式防御，这也是散手技的防守式。黑皮发动了一轮进攻，他的进攻是立体式的，拳、脚、肘、膝，以惊人的速度挥舞，一点也不吝惜体力，泰拳以凶狠著称，进攻即防守。画龙一边后退一边以咏春拳的勾离手防御黑皮的直拳和勾拳，大臂平举小臂划弧，配以水人桩功力，弧线化解对方的攻击。腿法是泰拳最主要的重击武器，训练方法也非常独特，踢树干就是其中最著名的一项，例如泰拳王亚披勒每天踢树干两千次。面对黑皮威力极大的腿法，画龙硬碰硬时显得略占下风，只好腾挪躲闪。在近身贴打中，画龙用太极散手闪开一个空当，太极的原理是撑不住就把力的方向改变让对方过去。他所擅长的散打中的近身摔，比如抱腿摔，根本用不上，因为任何一种摔法都可能导致对方冲膝击脸，肘击后脑。泰拳的膝法和肘击并不丰富，但绝对是杀伤力最大的，泰拳王迪希兰曾连续用膝法KO了九位缅甸拳王，K-1冠军瑞米·本加斯基号称"铁膝王"，他的重膝力量达到1700磅。

一轮攻击过后，画龙由守为攻，使出了他的绝招——侧身垫步腾空侧踹。在他从事武警教官的十年中，这一招他每天都反复练习，他自信中国能抵挡住他侧踹的不超过五个人。惊人的爆发力排山倒海般击中黑皮胸部，然而黑皮只是踉跄后退了几步，并没有摔倒在地，黑皮惊人的抗击打能力让画龙感到吃惊。画龙抢步上前，瞬间踢出两脚，黑皮使出一招旋风肘，逼退画龙。

双方又转为防守阶段，借此恢复体力。

画龙意识到站立式格斗自己很难取胜，所以想转变成地面格斗，他冒险使用了一招极真空手道中的舍身踢，也叫光速回蹴或大回环踢，这招和跆拳道中的腾空后旋腿很像，其实这样具有观赏性的招数，在实战中往往是送死。果然，黑皮轻易地躲开了，画龙踢空摔在了地上。

黑皮一个侧扑，扑在画龙身上。画龙迅速旋转做翻身动作，使用擒拿技法，抓住对方脚腕，拧住，反其关节，同时右腿后蹬使对方失去重心，两手抱牢，完成转身，形成十字固锁，这也是地面终极技。巴西人格雷西多次获得世界终极格斗大赛UFC冠军，他使用的就是关节技、绞技等地面格斗技术。

画龙基本上控制了局势，他锁住黑皮的脚腕，以自己的腿为支点，用力地向下一扳，黑皮惨痛一声，感到自己的腿要断了。黑皮已经失去了战斗力，用手连连拍地求饶。画龙紧紧拧住黑皮的脚腕关节，侧身，一手从胯下抱住对方，扛在肩上，他对黑皮悄悄地说：

"你要是不想死，你就装死。"

然后画龙使用美式摔跤中的背后过肩摔，身体后翻，凌空而起，摔的过程中身体向地面旋转，使对方的头部栽向地面，借助坚硬的地面和自身的力量给对手重创，这也是摔法中的必杀技。

画龙并不想杀死黑皮，有心放他一马，所以在摔的过程中，他没有使黑皮的头部撞击地面而是背部触地。

观众看到画龙将黑皮重重地摔在了地上，发出一声闷响，三文钱、高飞等人欢呼起来。

画龙站起来，黑皮躺在了地上，如果黑皮装死或者装昏，比赛也就结束了，但是这个卑鄙的家伙并不领情，他用另一只没有受伤的脚用力揣向画龙的脚踝。画龙毫无防备，失去重心，一倒地就被黑皮勒住了脖子。

画龙立刻感到呼吸困难，他用拳击打黑皮的头，越挣扎黑皮勒得越紧。

医学已经证明，一个上吊的人，只需要1分半钟，就会手脚不听使唤，慢慢失去知觉。上吊而死的人不仅舌头会吐出来，有的还会大便失禁拉一裤裆，有的下身勃起瞬间射精。

画龙此刻的意识就有些不清晰了，有种想大便的感觉。他的眼球暴突却视线模糊，他觉得自己快要坚持不住了。

这时，他隐约看到身边的地上有一个红点，原来是他扔的那个烟头。烟头快要燃尽了，并未熄灭，在风里一亮一亮的。画龙用手捏起来，将灼热的烟头按在黑皮的腋窝里，黑皮痛得松开了手。

人的命运有时会因为一些细小的事物而发生转折，例如一句话、一个眼神、一面墙、一个烟头。

画龙摆脱控制，站了起来，黑皮的脚刚才被画龙扭伤了，这使他非常被动，在后面的对抗中完全失去了反击的能力，画龙很快就结束了战斗，以一记右摆拳重重地击在黑皮的太阳穴上。

黑皮昏倒在地上，一动不动，也许死了。

## 第十四章　几句对话

每一幢破旧的楼都发生过很多故事。

在松花江的河道狭窄处，紫藤在岸边乱窜，往往越过河流，架起一座座花桥。在云南有一条公路，野蔷薇在路两边爬上树的枝头，在道路上空形成很多个漂亮的拱顶和拱门。在华城三元里有两幢楼，楼下各有一个垃圾堆，垃圾堆里疯长的爬山虎攀缘上墙壁，沿着两幢楼之间的电线握手相交，成为一道绿色的瀑布，瀑布中还有牵牛花和葡萄，行人走过时往往要用手拨开垂下来的枝蔓。

一个走亲戚的外地人对此啧啧称奇，他说："太漂亮了！"

亲戚说："你不知道。"

外地人问："不知道什么？"

亲戚指指左边的那幢楼说："楼里闹鬼！"

1992年，常常有蛇从楼道里爬出来，当时这里住着一个贩蛇的人。

1994年，如果有人在深夜路过，会听到楼里传来咳嗽声以及婴儿的哭声还有嘘嘘的声音，那是刺猬、猫、穿山甲发出来的，这些也是用来贩卖的，华城人喜欢吃一些稀奇古怪的东西。

楼道很窄很黑，即使在白天，给人的感觉也是阴森恐怖的，居住在这里的大多是外地来的出租户。1998年，有两个人租了六楼东边的房子，但是细心的邻居只看到了其中一个人，另一个人自从进了房子后就没走出来过。

只过了半个月，那个人就退房了，又搬进来两个男学生。

搬进来的当天夜里，很黑，周围都很安静，一个学生做噩梦，醒了，睁开眼看见在离床不远的椅子上坐了一个黑影，仔细看竟然是个人。他吓坏了，急忙起身打开灯，黑影不见了。另一个学生也醒了，揉揉眼睛问干吗不睡觉，学生就说看见了一个人坐在椅子上。另一个学生骂他神经病，哪有什么人，连个鬼影都没有。这个学生也怀疑是自己看错了，于是关了灯继续睡。然而他睡不着，闭上眼睛老是想着那个黑影，最后实在忍不住睁开眼睛往那椅子上望了一眼，那黑影又坐在了那里，似乎还在动。他壮了壮胆，坐起来看，终于看清了，离自己不远的椅子上坐着一个人，但是看不清那人的脸，只能分辨出是个男的。这时候他觉得自己头皮发麻，直觉告诉他，这个黑影不是人，应该是鬼！他大力地推醒同伴，同伴十分生气，准备破口大骂，但是看到他那张因惊恐而扭曲的脸的时候，同伴也意识到了什么，拉亮灯之后椅子上的人影就不见了。

第二天，他们找到房东，告诉他房子不租了。

学生走后，又搬进来一个菜贩子，菜贩子在夜里也遇到了很多奇怪的事。厨房的水龙头常常自动打开，房顶上有时会听到异样的响声，就像玻璃球落在地面上的声音。有一天他在睡梦中，感觉从床下伸出一只冷冰冰的手，摸他的脸。他不堪忍受，只好退房。这一系列奇怪的事，使房东报了警。

警察不相信这些邪乎的事，房东几次三番要求调查，要不他的房子就没法出租了，警察只好去那房间查看。他们用鲁米诺荧光显色，发现在黑暗中，地面的血点像银河一样散开着，青白色的血迹一览无余，很明显，这间房子里发生过凶杀案。

房间里有一股臭味，因为当时是冬天，臭味并不是很浓。一个警察觉得是床底下的那双鞋发出的味道，但是那鞋是一双新鞋，警察意识到了什么，马上决定把床翻过来看看。

床一翻过来——赫然发现一具男性尸体，被绑在了床底！

孙明少把尸体藏在沙发里，杨合滔把尸体冻在冰箱里，朱玉把尸体砌在墙壁里，宫润焙把尸体埋在粪坑里。有些藏尸方式并不高明，绑在床底的那具尸体经过警方调查确认了身份，他是一个被通缉的逃犯，1995年任河北邯郸某银行金库管理员，与另一位管理员窃款外逃，而后发生矛盾被同伙杀害。

过了一年，大家已经淡忘了这件事，有一对做生意的夫妇，带着两个孩子，住进了这里。

一个女孩16岁，一个男孩只有3岁。这对夫妇很勤快，每天天不亮就去贩卖蔬菜，后来卖水果，一年下来，也发了点小财。女孩在一家包子店打工，很少回家。那个男孩，不爱说话，样子有些呆傻，尤其是他的脸非常苍白，还泛着青灰色，就像是死人的脸。

有一段时间，夫妇二人一连几天都没有出门，平时这两口子都是早出晚归，这使邻居感到非常奇怪。

对面楼上住着一个高二的学生，他唯一的爱好就是用高倍望远镜偷窥附近的楼层，在一个月光皎洁的夜晚，他看到一个毛骨悚然的画面：对面楼上一个男人吊死在房间里，一个小男孩抓着他的腿往墙上撞。

警察使用切割机打开防盗门，一股熏人的臭味扑鼻而来，夫妇二人死在房间里，现场惨不忍睹。女人是被斧子砍死的，墙壁上溅满了血，尸体横躺在地板上。男人吊死在窗前，身体已经腐烂，密密麻麻爬着蛆，甚至在嘴里、眼睛里、耳朵里，也有蛆爬进爬出。警方很快查明，男人杀了妻子，然后自杀，然而杀人动机却始终没有调查清楚。使警方感到恐怖的并不是凶杀现场，而是那个孩子，那个3岁的孩子，以为爸爸妈妈睡着了，就在他们的尸体身边，吃些小饼干，喝凉水，自己和玩具玩，和死去的爸爸妈妈说话，大哭，哭得嗓子哑了，孩子就这样生活了三天。

孩子的天真无邪与凶杀现场的残忍血腥形成恐怖的对比，这个孩子怎么能理解周围的一切，他如何面对这巨大的永远的阴影，他会怎样面对这个悲剧，将来又如何接受？

从那天开始，孩子就不说话了，在外人面前成为了一个哑巴。姐姐把他送到了全托幼儿园，周末接他回来，只有在姐姐面前，他才会简单地交谈几句。

因为六楼东户发生过两起耸人听闻的凶杀案，所以西户一直没有人敢来出租。2000年10月20日，对面楼上那个喜欢偷窥的学生用望远镜看到，有四个人搬进了六楼西户，其中一个人有两个头，后来学生仔细观察到那个"头"只是个大瘤子。

这四个人是：三文钱、寒少爷、高飞、画龙。

画龙："这地方安全吗？"

三文钱："对门刚死过人，一个男的把一个女的砍死了，用斧子，男的上吊了。"

高飞："浑身都是蛆。"

寒少爷："听说，警察出来后都蹲在楼道里，哇哇地吐。"

寒少爷："楼下的几个出租户都搬走了。"

三文钱："这幢破楼是空的，对门的邻居就剩下个女孩，星期六才会回来。"

画龙："大怪怎样了？"

三文钱："还在医院，他的脸没有那么大了。"

画龙："万一邹光龙去找麻烦呢？"

高飞："炮子的那三个小兄弟在那儿看着呢。"

三文钱："让他们回东北吧。"

画龙："炮子是谁？"

三文钱："你问得太多了。"

高飞："今天告诉你，明天你可能就没命。"

画龙："还有个问题，你咋叫这名？"

三文钱从兜里拿出几个硬币，把它们依次抛向天空，两手交替，再接住硬币。

三文钱："我以前扔刀子和火把，那时我们有一个马戏团。"

高飞："山爷也是。"

三文钱："山牙是驯兽的，耍猴的，三条腿的鸡，五条腿的羊，都归他管。"

三文钱："他有一条假腿，有一次下雨，他的假腿上长出了蘑菇。"

三文钱："他还训过一只松鼠，后来，那松鼠上吊了。"

画龙："松鼠也会上吊？"

三文钱："吊死在两根树杈上。"

高飞："说到这里，我倒是想问问你。"

画龙："什么？"

高飞："你怎么不杀了黑皮？"

画龙："不想。"

高飞："你不会是警察派来的吧？"

画龙："有我这么拼命的警察吗？黑皮差点把我勒死。"

高飞："有，我以前见过一个，他叫周兴兴。"

## 第十五章　　一见钟情

楼下有几株向日葵，如果下雨，如果在黄昏下雨，向日葵会耷拉着头，大叶子滴着水。

2000年10月，一个女孩从向日葵旁边走过，一个男孩站在楼下，女孩抬起眼睛看了男孩一眼，他们两个人的目光碰在一起了。

这个男孩就是寒少爷，在此之前，他的目光从来都不停留在别人的眼睛上。他一直是低着头的，因为脖子上有个大瘤子，年轻的姑娘们见他走过，常常好奇地回头看他。他连忙避开，心情万分沮丧，他长得丑，从来不笑，人们甚至分辨不出他的年龄，其实他只有17岁。这个性情孤僻的男孩，多年来一直与世隔绝地生活，做任何事都有一种鬼头鬼脑的谨慎态度。然而这一次，女孩看了他一眼，那目光像闪电一样击中了他，他显得格外腼腆，立刻垂下了头。

女孩是寒少爷对门的邻居，她的母亲死于凶杀，她的父亲死于自杀。

哪个人的爱情不是从最初的那一瞥开始的呢？爱情往往开始于见面的第一眼，一见钟情是唯一真诚的爱情，稍有犹豫就不是了。

寒少爷回到屋子里，他感到自己非常丑陋，脖子上的那个瘤子使他羞惭满面，自卑得厉害。晚上，他躺在床上，无数次地睁开眼睛看窗外的黑夜，他自言自语说，她可真漂亮啊！

　　一个星期之后，他费尽心机，制造了一个擦肩而过的瞬间。他低着头，慢吞吞地走在楼道里，倾听着女孩上楼的脚步声，感到自己的心快要跳出来了。就这样，一点点地接近了完美与纯洁，他闻到了淡淡的香味。女孩刚洗完头发，那使人头晕欲醉的香味，也是一种沁人心脾的气息，他感觉一个花园和他擦肩而过。他看到那女孩的鞋底很厚，泡沫做的，这种鞋在当时非常流行。他甚至认为自己不配有这种幸福，从生下来被扔在垃圾箱的那一天起，被压抑了的心，无法向外扩展，便向内生长，无法开放，便钻向深处，经历过那么多苦难，生活在一个黑洞里，这黑洞就是他自己的内心。他受尽了人间的一切苦，鬼魂刚刚隐没的黑暗深处因为那一瞥而栽满了花卉。

　　楼房很旧了，屋檐下有一些巢，大片大片的麻雀飞走又飞回来。

　　寒少爷走到楼下，十七年来，他生平第一次听到了鸟叫，以前鸟叫的声音是无法进入他的内心的，他也是突然发现月光映照的每一片落叶上都有很多露珠，每个露珠里都有一个晶莹的星星。

　　恋爱中的人低下头也可以看到天上的星辰。

　　又过了一个星期，寒少爷开始跟踪心上人。他装作散步的样子，平时他都是在下雨的日子穿上雨衣出去散步，雨衣不仅能遮挡住他脖子上的肿瘤，更能给他一种安全感。

　　那女孩是个卖包子的。

　　附近上了年纪的老年人还能记起那家装修豪华的包子店的前身是一个茅草棚，老板是个开封人，祖传的灌汤包制作手艺使他发家致富。那个路边的包子店对寒少爷来说似乎洒满了蓝色的光辉。他越往前走，脚步也就越慢，犹豫几次，他会失去勇气，突然转身走回来，连他自己也不明白这是怎么回事。然后懊悔，鼓足勇气，他感到自己再也无法前进了。那种内心的激烈斗争，不亚于一场世界大战，终于，他走进了包子店，显得格外腼腆，他递过钱对女孩说：

　　"我买包子。"说完，他连耳朵都涨红了，感到心跳得难受。

　　"是你，"女孩认出了他——这个搬来没多久的邻居，女孩问，"几笼？"

他伸出四根手指，不敢抬头。女孩把灌汤包装进一个塑料袋，递到他手里，他转身就走。

"你等等。"女孩叫住他。

这话仿佛是一个晴天霹雳，他不知道发生了什么，脸白得像张纸。

"找你钱。"女孩对他一笑。

这一笑，他在以后的铁窗岁月里久久不能忘怀。

次日凌晨，画龙率领一队武警官兵包围了三文钱所在的那幢楼。他在傍晚找了个借口溜出去，用公用电话向远在北京的指挥部秘密做了汇报，由于三文钱、高飞等人已经怀疑了画龙的卧底身份，指挥部下令广东省公安厅立即实施抓捕。保密工作做得很好，参与抓捕行动的武警是在睡梦中被紧急集合的，有的武警甚至来不及穿裤子，只穿着内裤拿上武器就奔赴指定地点。

荷枪实弹的警察守住楼道口，画龙喊开门，隐蔽在楼道里的武警迅速冲入屋内，三文钱和寒少爷束手就擒。高飞从自己的房间里隔着门开了一枪，警察卧倒，这为高飞争取到了一点时间，他用一张书桌顶住门。画龙撞开房门，房间里空无一人，高飞跑了。

我们在上面已经说过，那两幢楼之间的电线上爬满了爬山虎和葡萄，干枯的葡萄藤和爬山虎的茎纠缠在一起，形成结实的绳索。高飞跳到阳台上，飞身一跃，抓住葡萄藤，滑到地面，消失在了夜色里。

指挥部从全国调了三位审讯专家，连续数日，三文钱用几百句"不知道"来回答审讯。半个月之后，审讯专家告诉三文钱，大怪已经被抓了，并且交代了这几年来贩毒的罪行，无论你说还是不说，最后都得枪毙。审讯专家将一瓶酒和一只烧鸡放在了三文钱面前："这是你的一个朋友买来给你送行的。"

"谁？"三文钱问。

"画龙。"审讯专家回答。

寒少爷面对审讯也是一直沉默，终于有一天，他忍不住了，对审讯人员说："我全部告诉你们也行，你们得让我见一个人。"

2000年11月21日，一个年轻人走进了一家包子店，他的脖子上有个大瘤子，身后跟着一批押解的警察。店里的食客不明白发生了什么，慌张地站起来，警察让他们安静，那个年轻人对店里的一个女孩吞吞吐吐地说：

"你不知道……我……我多少有点喜欢你呢！"

华城开展了为期一个月的打击贩毒、制毒的专项行动，一批毒贩纷纷落网，十几家涉毒的娱乐场所被查封，截止到12月10日，追捕分队在广东、云南、海南等地抓获涉案人员140人，共缴获海洛因420公斤，鸦片85公斤，冰毒130公斤，K粉200公斤，枪支64支，各种子弹7000发，手榴弹、地雷、炸弹40枚，赃款赃物共计3047万元。

在三文钱的住所，警方发现了一张黑白的旧照片，照片的背景是一个马戏团，一个走江湖的草台班子，七个人站在一起，经过寒少爷辨认，那七个人是：

大拇哥、马有斋、丁不三、丁不四、三文钱、山牙、孟妮。

二十年前，只要这个马戏团一出现，就会有锣鼓声、笛子声、孩子们的欢呼声，即使是在泥地上搭起帐篷，观众也会蜂拥而来，他们扔下五毛钱，最后带走地上的烂泥巴。

二十年前，五分钱可以买一个小笼包，一毛钱可以蹲在小人书摊上看一整天，两毛钱买一包香烟，如果花五毛钱就可以看一场马戏。在那个年代，人们的娱乐方式并不多，所以这个马戏团表演的时候几乎场场爆满。

孟妮卖票，三文钱敲鼓，大拇哥舞起狮子，马戏团的帐篷上画着一些珍禽异兽，买票的大多是城镇上的二流子，小孩从帆布下面偷偷钻进去，待到观众云集，演出正式开始。

第一个节目是舞狮表演，大拇哥扮演成一只狮子，在乱糟糟的观众围成的圈子里扭动身体，张牙舞爪，随着欢乐的节拍跳上长凳。那时他是多么喜爱舞狮啊，闲暇时间，他就操练，马戏团宿营的时候，他就在旁边的麦田里舞狮，在冰封的湖面上舞狮，他从春天舞到了秋天。作为这个草台班子的首领，他扮演的就是自己———一只狮子，他赋予它生命。

舞狮结束，孟妮出场，这个又高又胖的女人缓缓走到场地中央，叉手而立。她嘴唇闭着，观众却听到一个男人的嗓音说："哎哟妈呀，人还挺多。"正当观众纳闷声音从何处传来的时候，一个侏儒从孟妮裙子下面滚出来。

他捏着鼻子说："真骚。"

观众哈哈大笑，侏儒先是自我介绍，来了一段东北二人传风格的开场白，插科打诨，风趣幽默，然后他为大家表演的是口技。

"你，把大腚帮子撅起来。"侏儒对孟妮说。

孟妮脸上的横肉动了动，挤出一个笑容，撅起屁股。

侏儒钻进裙子，"噗"，他模仿放屁的声音，逗得观众哄堂大笑。

他在裙子下面拉响了防空警报，全场安静下来，没人大声说话。炸弹轰然落下，羊咩咩叫着到处跑，鸡飞狗跳，小孩在哭，房屋烧得噼啪响，观众侧耳倾听，一支队伍的脚步声由远而近。而后，当当当，脸盆敲响，一个苍老的声音喊道，乡亲们冲啊，打鬼子。机关枪响成一片，夹杂着手榴弹爆炸的声音，鬼子呜哩哇啦，惨叫声声……各种声音被这侏儒模仿得惟妙惟肖，观众无不鼓掌喝彩。

接下来上场的是一个肥头大耳的和尚。

和尚自称来自五台山，法号有斋。他拿出一盏油灯，找个观众点燃，他将灯吹灭，然后用手指一碰灯芯立刻就亮起来了，他吹灭，再用手指点亮油灯，如此重复几次，观众啧啧称赞。更为惊奇的是他拿出一个鸡蛋，置于阳光之下，过了一会儿，那鸡蛋竟然缓缓地凌空升起，悬浮在空中。观众全都站起来，伸长脖子，张着嘴巴，大和尚一把将鸡蛋抓住，在地上磕开，鸡蛋里空空如也，没有蛋清和蛋黄。他的压轴节目是一个魔术，助手滚出一个大缸，他让刚才表演口技的那个侏儒钻进去，然后一桶一桶地往缸中倒水，直到注满。他围着缸转圈，口中念念有词，突然他用手一指水缸，缸中的水竟然爆炸了，冒出一股浓烟，水中间翻滚起来，逐渐沸腾，又慢慢恢复平静。正当观众猜测缸里的侏儒会不会淹死的时候，那个侏儒从帐篷外掀开门帘走了进来，观众掌声如潮，大声叫好。

手指点灯，鸡蛋悬浮，清水爆炸，这些民间巫术并不神秘，我们会在以后详细揭开秘密。大变活人的魔术其实很简单，缸是特制的，底部有暗格，侏儒藏在下面，另一个从外面进来的侏儒是他的孪生兄弟。

这对孪生兄弟为观众表演的是一出哑剧，两个侏儒抢一把三条腿的椅子，通过摔倒、夸张的殴打、滑稽的肢体动作来引发观众的阵阵笑声。最后，背景音乐响起，一只羊上场，属于这两个小丑的时间结束。

一只黑山羊拉着小车缓缓出场，车上载着两只小猴，山牙吹着笛子跟在后面。小猴向观众敬礼，巡场一周，观众被逗笑了，孩子们更是欢呼雀跃。接着，小猴又表演了齐步走、倒立、顶砖头，山羊用蹄子敲击一面小鼓伴奏，最后，使观众叹为观止的是山牙从衣兜里掏出一只老鼠，解开它脖子上拴着的细铁链，放到地上，老鼠嗖的一下蹿没了。然后，山牙打了个呼哨，那老鼠竟然后台蹿出，沿着他的裤腿攀爬而上，立于肩膀一动不动！观众的眼睛都看直了，山牙从肩上拿下老鼠，在它脖子上拴好链子，像抚摸小猫小狗一样把玩了一番，又放进衣兜。这只是一只普通的灰黑色的老鼠，如此训练有素，让观者大开眼界！

下一个节目是杂耍，三文钱将几把刀子扔向空中，再接住，手法娴熟。使观众喝彩的是三文钱的飞刀表演，他搬出一个木板，蒙上眼睛，站在远处扔出飞刀，飞刀稳稳地插在木板上颤动着。

最后一个节目是两个侏儒推出一架板车，车上放着一个大玻璃槽子，槽子中有很多蛇，一个女人端坐其中。

观众散场，所有的悲喜剧落下帷幕。

马戏团拔营而去，只留下很小的一堆灰被风吹着。从一个地方到另一个地方，四海漂泊，江湖流浪。

最初，马戏团刚成立的时候有过一头大象，是大拇哥从云南买来的，后来病死了。在那几年里，他们向陌生的城镇出发，那个侏儒骑着大象，仿佛是个骄傲的王子，在一百米的高空，放牧白头的苍鹰。

1980年，他们在一个山脚下扎营，星星很大，低垂在旷野上空，风中有谷子碎裂的声音，还有花的香气。侏儒采摘大朵的野菊花，右手提着一串紫葡萄走进帐篷。另一个侏儒——他的孪生兄弟——穿着一双黄胶鞋，捉了很多萤火虫准备放在蚊帐里，回来时，在帐篷外面听到崩落的扣子的声音。两个侏儒开始打架，为了一个女人，那个胖女人拍着屁股大哭。

1981年，他们在一片果园里扎营，河水清澈，梨花大雪般覆盖了整张席子，席子上坐着一个侏儒。如果有一只麻雀俯视这片果园，如果麻雀飞走落在县城里的电线上，阳光暖暖地照着，麻雀会看到一个胖女人牵着一个侏儒的手在逛街。果园里的那个侏儒在发呆，在观察梨花怎样把枝头压成美丽的弧线。

丁不三和丁不四都爱着孟妮！

山牙始终都没有驯服那只白头的老鹰，终于有一天，老鹰飞走了，再也没有落在他的肩头。

大象还没有死的时候就拴在地上。在地上插一根小木棍，系上绳子，绳子的另一端绑住大象的右后脚，防止大象逃跑。我们都知道大象的力量，它可用长鼻卷起大树，甚至可以一脚踏死一只猪。为什么它会乖乖地站在那里呢？曾经有个孩子对此产生疑问，他问山牙，大象为啥不跑？

山牙回答，它觉得自己跑不了。

原来，这头象刚被捉来时，马戏团害怕它会逃跑，便以铁链锁住它的脚，然后绑在一棵大树上，每当小象企图逃跑时，它的脚会被铁链磨得疼痛、流血。经过无数次的尝试后，小象并没有成功逃脱，于是它的脑海中形成了一种一旦有条绳子绑在脚上，它就永远无法逃脱的印象。长大后，虽然绑在它脚上的只是一条小绳子，绳子的另一端系着小木棍，但它的潜意识则告诉自己：无法逃跑。

三文钱，籍贯广东，大拇哥，云南巍山人。

马有斋家在辽宁，父母双亡，只有燕子，年年飞回空无一人的庭院。

马有斋爱吃肉，爱喝酒，爱抽烟，爱赌博，他是个假和尚。他喜欢寂静，他所理解的寂静是一条臭水沟悄无声息地流，青草长在沟边，他坐在沟边抽烟。背后的房屋并不是孤零零的，周围有几百所一模一样的房屋建在一起，每栋房里都有人在睡觉，他能感觉到一家人在睡梦中呼出的热气，其实他很想有一个家。

在华城的时候，三文钱从垃圾箱里捡到了一个怪胎，马有斋也捡到了一个女人，女人为他生了三个孩子就死了。1990年，马戏团解散。

我们在回忆往事的时候会记起多年前的某一个下午，场地上溅起灰尘，人们在欢呼，锣鼓和笛子发出美妙的音乐，或者是槐花的香气，或者是弥漫的桂花香气，或者破旧的房子，向北的窗户，是这些东西让我们记住了一个马戏团，我们记得的仅仅是马戏团这三个字，以及当时我们所感受到的其他东西。

## 第十六章　相思情深

长白山脚下有一个卖狗肉的小店，店主人是个老太婆，村里的年轻人都喊她孟婆婆，一些上了岁数的人则喊她孟妮。

孟婆婆无儿无女，她这一生中，有过两个男人，还有三只狗先后统治过她的灵魂。

她上半辈子和蛇一起度过，下半辈子和狗一起度过。在她还是个少女的时候，她就已经很丑了，只是没有现在这样胖。那时她在一个大玻璃池子里，池子里还有一百多条五颜六色的小蛇，她和蛇一起被人参观。这个马戏团压轴的节目就是推出来一个小车，车上有个大玻璃槽子，或者说，一个玻璃做的棺材，一个丑陋的女人坐在里面，她的身上，爬满了蛇。确实，这个玻璃盒子比小丑耍的把戏要好看。每当一个侏儒把玻璃棺材用小车推出来的时候，观众都会啧啧称赞，认为没有白花钱看马戏表演。围观者在鼓掌，可她听不见，她有点聋，她的戏是在玻璃里面演的，那个玻璃棺材便是她的整个世界。

虽然她坐着不动，但这种表演很累，有时——例如1982年一个炎热的夏季下午，她就在玻璃棺材里睡着了，那些蛇在她身上蜷缩着，爬着。直到1983年的夏天她才开始习惯，才消除疲惫，感到一阵清凉，那是蛇这种冷血动物带来的清凉。从此，她变得越来越懒，甚至懒得走出玻璃棺材，只有撒尿拉屎的时候才出来,她打着哈欠,问问在帐篷外抽烟的山牙:"这是哪儿?"山牙大声回答:"贵州。"有时回答:"四川。"她就"哦"一声,撒尿完,继续回到她的棺材里,用脚把蛇踢到角落里,躺下就睡。

有一次,她在睡梦中感到肚子疼,醒了,去厕所,她拉出来一条蛇。

孟妮坐在玻璃池子里,日子久了,她的乳房就下垂了,身体也变胖了。有一次,她的屁股下流出了鲜血,浸湿了裤子,她没有感到一丝慌乱,也不能去垫上卫生纸,因为表演还没结束。那些蛇闻到了血腥味,开始咬她,观众发出了惊呼声,她依然坐在那里,面无表情,因为表演还没结束。这时,从幕后跑出来一个愤怒的侏儒,他用脚使劲地踩那些攻击她的蛇,然后把她扶了起来,她的屁股上还挂着一条蛇,侏儒把那条蛇拽下来,扔向了观众。从此,她开始感激他,并且以身相许。在一个胡同里,她和他遇到了几个醉汉,他们是去散步的,他躲避在她的裙子里,她举起路边的一辆自行车进行自卫。从那以后,他们就成了夫妻。再小的男人也是大男人,再大的女人也是小女人。有时,她搞不清楚来睡觉的是哥哥还是弟弟,因为这对孪生侏儒长得一模一样。这两个侏儒都没有生育能力。她有了两个丈夫。

后来,马戏团解散,孟妮带着其中的一个侏儒,回到家乡,开始过寂寞的乡村生活。她已经不确定手里牵着的这个小人是不是那个把她从蛇窝里拯救出来的人。这个小人脾气很坏,喜欢骂人,有时还打人,全村的人都讨厌他。他喜欢皱着鼻子,在空气里嗅来嗅去。在一次酒后,他失踪了,人们发现他的时候,他已经臭得厉害了,全村的人都跑到一个水塘里看打捞上来的尸体。

喝醉了之后,他为他的父亲哭,为母亲笑,他40岁时醉死在一个池塘里。

他什么都不会,他不会躲在裙子里表演口技,他不会藏在水缸里表演魔术,他是个废物。

另一个侏儒跟随大拇哥去了云南,他俩从境外贩来毒品,卖给山牙,山牙再转手卖给三文钱和马有斋,解散后的马戏团组成了中国最大的贩毒集团。

小店门前有一棵高大的槐树，那一年，槐花落得晚了，枝叶深处，喜鹊叫着。

在槐树下，孟婆婆踩着老式缝纫机。另一个侏儒回来了，他站在路口，风从背后吹来，这使他有种君临天下的气概。

"妮，你过得，还行吗？"

她不回答，眼泪流了下来。

孟婆婆杀了一只狗招待他。这只狗她养了六年。狗依偎在她的脚边，抬着头，舔一下主人的裤管，她也用手抚摸着它的头。过了一会儿，她拿出一把刀，将它的头揽进怀里，把刀叶就送进了它的脖子。狗嗥叫一声迅速地蹿到了店旁的柴堆里，她向它招了招手，它就跑回来，继续依偎在主人的脚边，身体有些抖。她又摸了摸它的头，仿佛在安慰一个受伤的孩子，但是，这温情转瞬即逝了。她的刀，再一次戳进了它的脖子，与前次毫无区别，同一个伤口。狗叫着，脖子上插着刀，又蹿到了店铺旁的柴堆里。主人向它招了招手，它龇牙咧嘴，这一次是爬了回来——如此又重复了两次，它才死在爬向主人的路上，它的血迹也在那条路上。

侏儒带来了很多礼物，金首饰、香水、一捆钱，还有几个罂粟壳。孟婆婆把所有东西都扔到窗外，她说，我不要。

"那你要啥？"

"不要你走。"

"我还会回来的。"

"啥时候回来？"

"冬天。"

"冬天啥时候？"

"下雪的时候。"

晚上，他们吃狗肉，喝烧酒，度过了一个狂欢的夜。

第二天清晨，他就走了。这个小小的侏儒，比男人更像男人，要走的时候从不回头。

两个男人能像一个男人爱她，这是莫大的幸福，尽管这两个男人的身高加起来还不到她的耳朵。她除了杀狗之外，唯一的爱好就是睡觉，很少出门，因为她长得实在是太丑了，她的肥胖又胜过她的丑陋，在她26岁的时候，她的体重已经超过300斤。过度的肥胖甚至使她无法自己系鞋带，所以整天都穿着拖鞋，一年四季都穿着裙子，夏天，她穿一条裙子；冬天，她穿四条裙子。她的裙子是村里一个裁缝为她特制的，她从来不戴胸罩，应该说没有一款胸罩可以容纳她的大乳房。

她的丑和她的脸无关，40岁的时候，她的体重已接近400斤，任何动作都是缓慢的，例如她慢慢地走，像一艘船那样转身，搅动热的空气。这个肥胖的女人力大无穷，一掌就可以震落树上熟透的枣子，她杀狗时只需要一刀，两手一用力就可以将整张狗皮扯下来。

扔在窗外的罂粟发了芽，静悄悄地生长，夏天，开了绚丽的花，很快又结了球形的果。孟婆婆收获罂粟，扔进锅里，又放入八角、花椒、良姜、桂皮、丁香、白芷、草果、当归、肉蔻等多种调料。她煮了一锅狗肉，挑到市场上去卖，在半路上就卖光了，那香味扑鼻，如此诱人，以至于让很多路人止步吞咽口水。

吃什么并不重要，重要的是和谁一起吃，在哪里吃。吃狗肉也不仅仅是狗的问题，重要的是氛围。

店门前摆着几张乱糟糟的桌子，旧篱笆旁边的枝丫上垂悬着一根根手臂粗大的冰锥，正午时分，冰锥滴着水，长白山作为整幅画面的背景，北风呼啸，关东好汉们大碗喝酒，用手撕着狗肉，将胸脯拍得啪啪响。在大雪纷飞的天气里，每一片雪花的背后都有着梅花的香气。他们吃完狗肉，消失在风雪中，又重新在一个灯光昏黄的房子里出现。这些散发着酒气的男人性格彪悍，村子里每年都有因酗酒而死亡的男人，一言不合就大打出手，昨天还帮邻居救火的人一转眼就变成了纵火犯，向孤寡老妪施舍钱财的人因为赌输了钱而拦路抢劫。

挖人参的人已经进山，夜间去打猎的人还围着篝火说话，他们将一块砖烤得通红，用铁耙将烧红的砖块放到冰封的河面上。砖块刺刺地响，慢慢融化寒冰，砖块所在的位置，那也是一天前雪橇驶过的地方，数月前鱼儿游过的地方，现在成了一个窟窿，闷在冰下的鱼都游过来透气。几个人叼着烟，一桶一桶地从冰窟窿里打水，每一桶水里都有几尾鱼翻腾着身子。

孟婆婆站在河边，她想起夏天的时候，她的丈夫，那个小小侏儒将一张木床扔进河里，然后将木床系在水草上，这样木床就不再随波漂流。他站在床上撒网，捕鱼，他用一把匕首刮去鱼鳞，将鱼剖洗干净，穿在铁丝上，晾在后院里。

空中的雪花纷纷扬扬，孟婆婆抬着脸看着天空，一场大雪就让她在瞬间白发苍苍，这个可怜的胖女人对着天空自言自语：

"他没有来……"

1998年夏天，孟婆婆终于等得不耐烦了。她的饭桌上放着个酒瓶，酒瓶里插着塑料花，那是她20世纪80年代末买来的，她从桌前站起来，关上门，走上泛白的乡村公路，那时天刚亮。那时，还发生了两件事——一只马蜂飞向草垛，一条菜花蛇盘成一团。她拐了一个弯，去沈阳找马有斋去了，她找马有斋是为了什么，最好的答案就是不说，因为相思两字已经写了出来。

从那以后，她每年都要离家一段时间。

● ● ● 十宗罪前传

第五卷　玩命赌徒

●●●● 十宗罪前传

## 第十七章　江湖巫术

　　二十年前，马有斋是个和尚；十年前，马有斋是个道士。
　　他跟随大拇哥的马戏团整整十年，表演巫术，他用手指点灯，念咒语使鸡蛋凌空飘起，蒙骗了很多观众。手指点灯其实很简单，用化学药品氯酸钾和硫黄各五十克研成粉末，混合在一起粘在手指上，当灯吹灭后，冒着青烟的灯芯还有一点火星，用手指一点，灯就重新亮了。湘西有个装神弄鬼的巫师在墙上画一盏灯，用火柴一点就亮起来了。这是他事先在墙上钻了一个绿豆大的孔，孔内放一块樟脑，玩弄法术时用火柴一点，墙壁上画着的灯就亮了。

让鸡蛋飘浮在空中，这样的把戏每个人都会。

鸡蛋开一个细小的孔，倒出蛋清蛋黄，用针注入露水，油泥糊住小口，在阳光暴晒下，鸡蛋就会缓缓升起。这个把戏的麻烦之处在于露水的收集，夏天的时候，马有斋常常要在天亮前跑到田野里，他拿着个罐头瓶，摇晃灌木和草叶，采集露水的同时他也被露水打湿了。

马戏团解散之后，他回到村里，村里有一个跳大神的巫婆，他每次走过巫婆家门口的时候都要骂一句：臭老娘儿们，穷得瑟，糊弄鬼呢。他还指使他的三个孩子向其吐口水，巫婆在村里无人敢惹，村民们对接近神明的人保持敬畏。

有一天，阳光明媚，巫婆倚着门框嗑瓜子，马有斋走过她身边，问道："怎么，没出去嘚瑟啊？"

巫婆翻了个白眼，撇撇嘴，将头歪向一边，继续嗑瓜子。

马有斋停下脚步，骂道："篮子（方言，脏话，生殖器的意思）。"

巫婆嗤之以鼻，将头歪向另一边。

马有斋怒气冲冲，将巫婆推进院子，关上门把她强奸了。

从此，这两个单身的人姘居在了一起，他们的心里多少有一点火焰在燃烧。巫婆寡居多年，马有斋性欲旺盛，这促使他们组成了一个临时的家庭。巫婆有两个孩子，马有斋有三个孩子，五个孩子也成为巨大的生活压力。马有斋不得不重新扛起锄头，去田间劳作，闲暇时间就和巫婆一起降妖除魔，驱鬼辟邪。

他扮成道士的原因是因为他的头发长了起来。

马有斋和他那个被称为仙姑的老婆常常被人请去跳大神。仙姑戴上面具，戴上垂着彩穗的神帽，身穿萨满服，腰系腰铃，左手抓鼓，右手执鼓鞭。马有斋锣鼓伴奏，仙姑一边跳一边唱：

哎……我左手拿起文王鼓，

圆又圆那嗨，

唎唎，赫朗朗。

八根弦，四下拴，
羊线系儿挂金钱。
赫朗朗。
我右手拿起东海东，南山南，
赶海赶山的鞭呐嗨。
不长不短一尺三。
红绳裹，
绿带缠，
五彩的飘带飘下边，
赫朗朗。
过往的神仙停一停，
唎唎。
我十里要接呀八里要迎哎。
五里扯住你的马缰绳。
看看嗨，
大门又挂彩，小门又挂红哎，
一毡铺地到堂屋。
赫赫，唎唎。
住庙就把庙门开。
不住庙就家来吧！
家在穿堂鼓楼西，
当仙下马报名号啦，
唎唎唎。
葫芦开花一片白，
哪位大仙下凡来？

大多数时候，她请来的是钟馗，有时请来的是观音菩萨，主要根据主人的需要，如果主人卧病在床，这时，寿星南极仙翁或阎王判官就该下凡了。玉皇大帝一般不来，除非主人家特别有钱。有一次，她跳着跳着饿了，就请来了尾火虎神，她成了一只老虎，纵跳，扑抓，吃光了贡品。

跳大神结束之后，马有斋除了收取主人家的钱财，还会将一包香灰当成灵丹妙药卖给围观的群众。

马有斋觉得这是一门生财之道，就削了一把桃木剑，扮成道士，画符捉鬼。他能够让鸡蛋飘起来，能用手指点灯，这使他的名声超过了只会跳大神的老婆，成了远近闻名的半仙。只有肯花大价钱的人才请得动他，有一次，外省的一个老汉慕名而来，进门先掏出2000块钱，说自己的儿子中邪了，如果半仙能帮忙，事成后会再给3000元。

老汉讲了一件怪事。

老汉自称姓李，承包了镇上的一个鱼塘，前几天，他的儿子去鱼塘游泳，回来后就中邪了，眼神呆滞，说话木讷，像换了个人似的。更严重的是儿子变得怕水，甚至不敢洗手洗脸，去了几家医院，医生也没办法。

马有斋听完后，点点头说："这是水鬼附身了。"

李老汉问："能赶走吗？"

马有斋说："赶不走，除非捉住。"

李老汉问："把这鬼捉住后咋办？"

马有斋说："油炸！"

第二天，在李老汉家的院子里架起了一口油锅，镇上的很多人都跑来观看，小孩子爬到了树上。马有斋手持桃木剑，身穿青布道袍，道袍背后绣着太极阴阳之图，须发飘飘，一副仙风道骨的样子。

马有斋看了看油锅，让李老汉多准备一些劈柴，一会油锅就烧开了，沸腾起来。马有斋将手伸进滚烫的油锅，院子里的观众发出一声惊呼，马有斋若无其事，说："再烧，火旺点。"

其实，这锅油并没有烧开，马有斋悄悄地向锅中加入了硼砂之类的化学物质，因为发生化学反应，会产生气体，气泡会鼓到油面的上方，造成油沸腾翻滚的现象，而这个时候油的温度并不高，不会对人造成伤害。

马有斋让李老汉的儿子躺在一张凉席上，然后将一张符纸放在李老汉儿子的胸口，令其闭上眼睛，不许睁开。马有斋净手焚香，开始作法，观众安静下来，只见他念念有词，绕着李老汉的儿子走来走去。突然，马有斋大喝一声，用手猛地一拍，纸上赫然出现一个血红的手印。他把符纸扎在桃木剑上，大喝道："捉住啦！"

马有斋左手捏剑诀，右手持剑，迅速地将剑端的符纸压在香案上，然后他将剑立于胸前，目不转睛地盯着符纸。这时，他开始气喘吁吁，似乎捉鬼是件很累人的事。一会儿，围观者看到剑端的那张符纸冒出烟，竟然燃烧起来。马有斋从怀里掏出一把糯米，抛撒在香案上，那些糯米竟然也着了火。

最后，马有斋将烧着的符纸投入油锅，完成整个捉鬼过程。

在纸上拍出一个血手印，这主要是一种化学试剂酚酞在起作用，酚酞遇碱会变成红色，马有斋就是利用了这个简单的化学反应。他事先把酚酞喷到符纸上，晾干，看起来还是一张好端端的纸，然后作法时，手上再蘸点碱水，往纸上一拍，一个红手印就有了。

那么，符纸怎么会自燃呢？其实很简单，马有斋预先在香案上撒了一些淡黄色粉末，就是过氧化钠。过氧化钠遇水和二氧化碳就会燃烧。他将符纸拍在香案上，沾上过氧化钠，气喘吁吁对着符纸呼气，呼出的气体中含有二氧化碳和水，达到燃点，纸就会燃烧。糯米事先和硫黄粉搅拌过，硫黄与过氧化钠接触，也会发生燃烧。

过了几天，李老汉的儿子奇迹般地好了，恢复了以前的活泼开朗。捉鬼对他来说是一种莫大的心理安慰，他在鱼塘底看到了一具尸体，因此受了惊吓。那尸体肿胀成一个巨人，腰间缠绕着电线，电线的两端都系着石块。他不知道这死者是谁，也不知道是谁将其杀害抛入鱼塘里的，他只是在一个深夜，把尸体拖上来，悄悄地挖坑掩埋。

这件事，他没有告诉任何人。

1996年，巫婆死了，马有斋的孩子们也长大了。

1997年4月5日，清明，马有斋家来了三个客人，他们是大拇哥、丁不四、山牙。

山牙："咱们有几年没见了？"

马有斋："有七年了吧。"

大拇哥："我看你这家业啥也没置下。"

马有斋："混日子呗。"

丁不四："现在还装神弄鬼?"

马有斋："没人相信这一套了。"

丁不四："我哥走了。"

马有斋："孟妮,在家里卖狗肉。"

丁不四："我得去看看她。"

马有斋："三文钱呢?"

大拇哥："在华城。"

山牙："叫花头,他混得还行,那里的叫花子都听他的。"

马有斋："我对不住你,看见你这腿,我心里就难受。"

山牙："不碍事,也不耽误我牵着小烟包到处走。"

马有斋："还耍猴?"

山牙："我现在跟着大拇哥发财呢。"

大拇哥："我从老家弄了点白面。"

丁不四："这是条财路,赚钱着哩。"

大拇哥："不能不管你,现在想喊上你,还有三文钱,咱们一起。"

马有斋："贩毒是吧?"

大拇哥："在我老家,云南那边,好多人都干这个。"

马有斋："我没本钱。"

大拇哥："不用你拿钱,我欠你的。"

马有斋："那行,我,还有我的三个儿子,都跟着你发财吧。"

马有斋搬出小村的时候,小村下小雪了。

其实,他们什么都没有搬走,所有的东西原封不动地保存在昨天的位置,雪花飘落下来,院子里的咸菜缸像新坛子一样有着古老的比喻。

1993年之前，东北只有一些小毒贩，他们从南方购来毒品，转手卖掉，从1997年开始，马有斋垄断了东北三省的毒品市场。贩毒带来了巨大的暴利，马有斋在城里购置了房产，占地十亩，亭台楼阁，极尽奢华。

二十年前，马有斋是个和尚，马戏团解散之后，他就沿街行骗。

一街的杨花柳絮随风飘舞，马有斋穿着瓦青僧袍，黄面布鞋，轻叩别人的大门。那些木头门、铁门，那些黑色的大门、红色的大门，打开之后，他念一声阿弥陀佛，拿出公德簿，要主人写上姓名籍贯，然后说是某个寺庙要修建，请捐献一些钱。他双手合十，留下这么一个苍老古朴的手势，携带着钱财离开。那时，善男信女依然不少，而后，人们看到一个和尚敲门，一个陌生人敲门，根本不会随便把门打开。

马有斋在"化缘"的时候，慈眉善目，其实，他是个脾气暴躁的人。

他曾用一根软鞭把河南的一棵小树的叶子抽得精光，那棵小树，在二十年后的梦里，再次发芽开花。他心情高兴的时候，也会在三个儿子面前，将一把禅杖耍得虎虎生风，二十年后，那把生锈的禅杖靠在窗前，挂着一轮圆月。

这个和尚装成道士的原因已经说过——他的头发长了出来。

装神弄鬼的那段日子，他能回忆起的只有这一个画面：在一棵核桃树下，他坐在石头上，用石头砸核桃。

贩毒使马有斋一夜暴富，他几乎忘记了过去。

他有一颗牙很痛，牙医说："马老爷子，拔了吧。"他说："不拔，滚。"他是个对痛苦不能忍受的人。他举着锤子，在房间里寻找一个可以把钉子钉上去的位置，钉子钉上去之后，他又在钉子上系了根绳子，把另一端拴在自己的牙齿上。他站在椅子上，奋力一跳，从此，他就不再感到牙疼了，那颗蛀牙系在绳子上，轻轻地晃动。他镶了一颗金牙，脖子里挂着沉甸甸的金项链，手腕上戴着金表，手指上戴着三个金戒指，他浑身上下，闪闪发光。

后来，马有斋得了腰椎间盘突出，这个闪闪发光的人只有跪着才能舒服一些，如果是躺着，他会痛得满床打滚，彻夜难眠。他突然想到这个姿势或许意味着什么，也就是从那时开始，他隐隐约约感到自己罪孽深重。

第一个医生，为他针灸、推拿，不见效。第二个医生为他局部热敷，外用"扶他林凝胶"等止痛的膏药，不见效。第三个医生建议他动手术，他拒绝，医生只好用25％甘露醇250毫升加地塞米松10毫克，静脉滴注。

输液的时候，他也是跪着的。

马有斋疼痛难忍，他对大儿子说："去，拿一包白粉来。"

贩毒的人自然知道怎么吸毒，他把白粉放在纸上，弄成一行，一只手端住纸，另一只手堵住一个鼻孔，用另一个鼻孔吸，一甩头的工夫就把白粉吸了进去。吸毒带来的快感抑制住了疼痛，几天之后，腰椎间盘突出竟然奇迹般地好了，然而，吸毒的快感也不如最初强烈了，马有斋开始采用注射吸毒的方式。他用一根松紧带绑住手臂，就跟护士打静脉针时一样，他拿起针管，把针头朝上，扎进胳膊弯的血管里，把毒品推进去。一会儿，又把毒品抽回到针管里，混合着血，这样来回几次，冲洗针管，以便把全部毒品都输入进去。到了注射毒品的阶段，就已经是很深的毒瘾了，很难戒掉。如果是一个有几年毒瘾的人，身上已经找不到血管来注射了。这时，他们会采用一种叫"打血槽"的方式。就是在大腿上打个洞，插上一根输液管。输液管插上去后就不拔出来了，一直插在大腿上。毒瘾来了，用针管把毒品通过输液管注射到体内。

马有斋胳膊上密布着针孔，他只能在胯间注射了，一天要褪下裤子好几回，终于，三个儿子跪在了他面前，求他戒毒。

大儿子说："爸，你不要命啦？"

马有斋说："不要了。"

大儿子夺过针管。

马有斋扑通给儿子跪下了，哀求道："给我。"

三个儿子只好强制他戒毒，将马有斋关进后院的一间房子，派了一个老头伺候他。毒瘾发作的时候，老头就将他手脚捆绑上，嘴里塞上毛巾，塞上毛巾是防止他痛不欲生咬自己舌头。云南罗发伟毒瘾发作时，将父亲骨灰吸进肚子；甘肃王娟毒瘾发作时先是裸奔然后一头扎进粪池；四川陈锦元毒瘾发作时四肢痉挛，鬼哭狼嚎，附近的一所幼儿园因此搬迁；广东曹小军毒瘾发作时，吞下去瓶盖、打火机，还有他的两根手指。

马有斋迅速地消瘦下去，由一个健壮的中年人，变成了一个骨瘦如柴、目光呆滞、涕泪交流、大小便失禁的老年人。因为免疫能力低，他的头发开始脱落，在一次高烧之后，双目也失明了。

吸毒能够破坏人的正常生理机能和免疫功能，蚊子叮咬吸毒者一下，就有可能起一个脓包。一个劳教干警曾说过一个极端的例子，有次一个吸毒劳教人员蹲着锄草，大概锄了一小时，站起来时，脚上的血管全部爆裂，血像高压水枪一样喷射出来，因为怕有艾滋病，谁都不敢靠近。等到血不再喷射后才被拉到医院进行抢救。

马有斋成了瞎子，睡觉对他来说，就像是一种昏迷。有时他躺在床上，睁着眼睛睡觉。无论是睁眼还是闭眼，他看到的都是黑暗。在药物治疗的配合下，马有斋慢慢戒了毒。

戒毒之后，他每天起床做的第一件事就是点着一支烟，过了没多久，就一次点着两根，如果你看见一个人的手指上夹着两根香烟在吸，那就是马有斋。他每天要抽六盒香烟，因为睡眠颠倒，只有在晚上才可以看见他，每次见到他，他的手里都夹着两根烟。

除了抽烟，他还有一个爱好：在石头上刻字。

一个世界对他关闭大门，另一个世界的门也随之开启。

他整天都处在冥思苦想的状态，有一天，他让儿子买来几块石碑以及锤头、凿子等石匠工具。

儿子问："你要刻什么？"

马有斋回答："金刚经。"

儿子说："你眼睛看不见，会不会刻错啊？"

马有斋说："字，在我心里，怎么会刻错呢。"

在后院那间黑暗的屋子里，叮叮当当的声音响起，石屑飞扬。起初，他只是给自己找点事做，对于一个瞎子来说，这样做不是为了摆脱孤独，恰恰相反，而是保持孤独。他将刻好的石碑立在院子里，日久天长，后院就成为了一片碑林，成了一片没有坟头和死人的墓地。

后院还有一片池塘，那池塘里有鲤鱼、草鱼、鲢鱼、泥鳅、青蛙、蛇，以及落在水底里的鸭蛋。在一个清晨，马有斋打开窗户，他突然闻到一股清香。

他问送饭的老头："外面，是什么这么香？"

送饭的老头回答："莲花，池塘子里的莲花开了。"

马有斋自言自语地说："我知道了。"

从此，他披上旧日袈裟，在房间里敲起木鱼，每日诵经念佛，参禅打坐。以前，他是个假和尚；现在，他成了一个真和尚。三个儿子问他为什么这样做，他回答："赎罪，替你们三个。"

三个儿子平时结交了不少达官显贵，也拉拢腐蚀了一些官员，为其充当保护伞。有一个检察院的科长，喝醉了之后，跑到后院，问马有斋："老爷子，我倒是想问问，什么是佛？"

马有斋反问他："现在几点？"

他醉眼迷蒙，看看表，说："晚上11点。"

马有斋问："现在人家都睡了吧？"

他打着饱嗝说："差不多吧，快半夜了。"

马有斋说："带钥匙了吗？"

他说："带了，瞧。"他从腰间卸下一串钥匙，在手里晃着。

马有斋将钥匙拿过来，扔进了窗外的池塘。

"你干啥玩意儿啊，啥意思？"

"你不是问什么是佛吗？"

"是啊，你扔我钥匙干啥？"

"就在你家里。"

"我不明白。"

"你现在回家，给你开门的那个人就是佛。"

## 第十八章　刀枪炮

马有斋有三个儿子：老枪、炮子、小刀。
巫婆有两个儿子，大吆子、二吆子。
1998年6月16日，他们有过这样一段对话：
大吆子："看在马叔的面子上。"
二吆子："再说，我们几个从小一块长大。"
老枪："你跟着我们，是害了你。"
小刀："这是要掉脑袋的。"
炮子："你们俩敢杀人吗？"

1998年6月19日，一个老头，拿着一张报纸进了公共厕所，十分钟后，老头出来，我们进去，如果凝视那张沾有大便的报纸，就会看到下面这条新闻：

6月16日晚9时30分左右，两名男子在惠发百货商场外的露天放映投影电视的公共场所持尖刀疯狂砍杀，造成3死10余人受伤的惨案。两男子随后驾驶摩托车向东山方向逃窜，目前仍在逃。

当晚记者闻讯赶到现场时，警方已将惠发百货周围路段全部封锁，20余辆警车和数十名警察在现场查访。

附近居民告诉记者，只要天气好，惠发百货每晚都在商场外播放露天投影电视，有时会放一些影片，以积聚人气。6月16日晚9时许，约有200人在此处看电视，不久后，此处就发生了恐怖的一幕。

来自黑龙江的伤者郭先生说，他在一家工厂打工，当晚正在惠发百货前看投影的节目，突然人群大乱，听到有人喊："打架了，快跑。"他来不及多想赶紧就跑，可能跑得较慢，被人追上在腰部捅了一刀。他当时感觉一阵刺痛，还以为被电击了，跑远后才发现腰部的伤口流出血来。还好刀口不深，没有刺中内脏。

郭先生给记者展示工作服上的一个洞，说这就是刀刺的口子。纤维制布料上留下的刀口长约两厘米，切口非常整齐，像用剪刀剪过的一样。

听说有三人身亡，郭先生称："当时若跑慢半秒钟，可能……"

据记者了解，现场的一名29岁妇女和一名20多岁的青年男子被刺后当即身亡，记者在商场前的一张桌球台前看到一具尸体，被纸板覆盖着，附近地面上有大量血迹。其他十余名伤者分别被送往东山区人民医院、市人民医院和中医院，其中一人送市人民医院不久后即伤重不治。

警方以正在紧张破案为由，拒绝透露案情。至记者发稿时止，警方尚未发布捕获凶手的消息。

当时有数百人目击惨剧，两名持刀者杀入人群，凶手似乎没有特定作案目标。

在惠发百货旁边开奶茶店的一位中年妇女看到了案发过程，据她描述，当时人们正安静地看着电视上播放的电影，突然出现两名黑衣男子，一个长发长须，另一个是平头。两人各持一把尺余长的尖刀，向观者背后猛刺，被刺者尖叫呼痛。现场大乱，人群四散奔逃，但凶手似乎没有作案目标。她看到一名凶手先刺中了一名抱小孩的妇女，又刺向旁边的一名男子。人们四散奔跑，凶手持刀紧追，追上一个就向其背后猛刺，然后追其他人，刺了十余人后才罢手。随后两名凶手跑到路边，驾上摩托车向东山方向逃走。（《都市早报》记者：林慧。）

专案组请教了一位退休的刑侦老专家，老专家看完案卷后分析，破案线索应在当地黑社会，这两名凶手在练胆攒积分，凭着这起"案底"，他们便通过考验可以入伙了。

在暴力型犯罪中，常常有犯罪分子滥杀无辜，以此提高心理素质。海南人刘津杀害一个卖风筝的老人，命令其同伙分尸，锻炼胆量；西安人江校军计划引诱刑警上门，动手抢枪，为了练手练胆，先杀害了一名上门送煤气的女工。

那两名凶手，长发长须的是大吆子，留板寸平头的是二吆子。

东北黑社会以心狠手辣著称，轰动全国的大案要案中，有不少东北人的身影。"刀枪炮"即东北黑社会的统称，从一个桃核，可以看到一片桃园，马有斋给自己的三个儿子取名为刀枪炮也许有着深远的寄托。

贩毒带来了巨大暴利，然而他们并不满足，老枪利用毒资开了几处赌场，小刀开设了多家提供色情服务的夜总会和洗浴中心，从1998年开始，逐渐形成了一个以家族为背景、以黄赌毒为产业的犯罪集团。

大吆子和二吆子很快取得了刀枪炮兄弟的信任，他们招募打手，纠集地痞流氓，在几次黑帮火并之后，渐渐吞并了其他黑势力的地盘。这期间也落下了不少仇人，其中一个叫花虎的包工头多次扬言要废了他们。他们兄弟俩带上枪去找花虎，当时花虎正和一群人在喝酒，二吆子用枪逼着他们不许动，大吆子对花虎说："你不是想杀我吗？给你枪。"

大吆子把手里的长枪递到花虎手里，花虎不敢接。

大吆子又把枪对着自己脑袋，抓着花虎的手指放在扳机上。

大吆子说："你只要一开枪，我就死了，我给你一个机会，给你个杀我的机会。我数三下，你就开枪，一、二、三……"

花虎没敢扣动扳机，他不知道枪里有没有子弹，即使他敢开枪，二吆子也不会放过他。

大吆子把枪从他手里拿过来说："花虎，你是不是以为枪里没子弹啊？"

大吆子对着花虎脑袋上空开了一枪，乓——花虎吓得跪在了地上，一股恶臭蔓延开来。 二吆子问："那是什么？"

大吆子回答："大便，这家伙吓得屙裤子了。"

## 第十九章　公关先生

我们在上面进了一个公共厕所，现在从那厕所出来，向西六十公里就会到达一个村子。

村长叫老马，儿子叫小马。有一天，儿子要去城里。村长说别去了，城里乱。然而，儿子还是去了……结果染了一身性病回来。

小马回到生他养他的小山村，他不愿像野狗那样漂泊在外，村前的白桦林里有他童年的脚印，有简陋的住所。夕阳西下，他二大爷家的牛羊要回家，这一切都好像和淫乱无关。

小马的牙很白。

没进城之前，他天天在院里刷牙，井水不凉，母鸡咕咕地叫，墙头上长满开红花的仙人掌。那天，他对当村长的爹说："你给我钱，我想进城打工。"爹说："尿，家里总共有五百来块，还得留着买化肥用，地里的杂草老高，棉花叶子底下又有那么多红蜘蛛，还得买瓶乐果打药，你说你去城里干啥？还有你个庄户人家天天刷牙顶个屁用，当吃？当喝？"

小马的脑袋发涨，涨得太阳穴发热。他蹲着，沉默着，可他愤怒了。娘走过来嘟囔一声："小马，快下地拔草去。""滚！"小马急了，一蹦老高。他娘和邻居骂街时也是一蹦老高，他娘还会坐在地上拍着大腿骂。

小马的后脑壳挨了一巴掌。"你个王八羔子，反了你的猪圈了，"爹又打他一耳光，"刚才叫谁滚？"小马的头嗡嗡地响，喉咙发痒。爹又想说什么，小马转身就把他爹猛地一推，爹的门牙磕掉一个，到死都没长好。

小马进了城，在电线杆子上看到一则招聘广告：

华清池度假休闲山庄急招公关小姐、公关先生、高级服务生、厅房公主、厅房少爷、桑拿师、沐足师等，要求相貌端正，形象气质佳，底薪3000+小费，工资可当日结算，负责食宿，面试合格后当天即可上班。

华清池有温泉三口，表面上是一个集疗养餐饮娱乐于一身的假日休闲中心，其实半公开性地提供形形色色的色情服务，这也是小刀开设的色情场所之一，他是幕后老板，平时就派大吃子负责管理。大吃子手下有个叫兰姐的女人，管理着众多领班，领班其实就是"妈咪"，每个"妈咪"都带着一群小姐、先生。

兰姐是个穿皮裙的女人，40多岁，风韵犹存。

"抬起头来。"兰姐把烟吹到小马脸上。她坐在桌后的老板椅上，房间里很静，隐约能听到大厅里的舞曲。

小马抬起头来，低垂着眼帘。

"多大了？"

小马说："20。"

"坐过监狱吗？"

小马一愣，连忙说："没有。"

兰姐便有点遗憾，她觉得进过监狱的人聪明。她将小马从头打量到脚，最后目光停在了他的裤裆处。

"愿意找一份挣大钱的工作吗？"

小马点点头。

"会按摩吗？"

小马摇摇头。

"难道你想让我教你？"兰姐一笑，她的眼睛贼亮。小马心跳得厉害，预感到可能要出事了。

"过来，坐我腿上，小兄弟。"兰姐说。

小马站着不敢动。

"我数三声，"兰姐开始数，"一……二……三……四……五……六。"

数到七，小马走过去，坐在兰姐的怀里。

兰姐搂着他，咯咯笑着说："你的工作，就是做鸭子，鸭子也就是男妓。"

几天后，小马焕然一新，全身上下都是名牌。

小马按摩过的女人很多，但真正嫖过他的只有三个。兰姐曾手把手地给他指点过女人的敏感处。兰姐还说千万别忘了要小费，反正她们都是款姐富婆。

小马的第一个顾客是王经理，一个女强人。在包厢里做完后，她莫名其妙地哭了，女人的泪宛如浸过水的鞭子，一下一下抽得小马不知所措。

第二个顾客是钱女士，她丈夫刚刚去世，死于老年痴呆症，而她只有29

岁，一个年轻貌美的女子嫁给一个有钱的老头早就不是什么新鲜事了。

钱女士最初带小马出台，去星级酒店，而后带他回家过夜，她觉得家里比较安全一些。她是个讲究情调的女人，例如，客厅里很静，她会放一段音乐，营造浪费的气氛。人有时会面对很多无谓的选择，碟片很多，有一次，她随便拿了张放出来的却是京剧。

钱女士问小马："喜欢吗？"

小马说："节奏太慢了。"

钱女士说："那咱们就慢一些好了。"

她坐在他对面喝咖啡。她坐下的姿势很优雅，屁股是那样的下沉。她大胆地看着他。当她吃完第三块应该放在咖啡里的方糖之后，她开始软化，撩起睡裙极其妩媚地跨过茶几，贴在了他怀里。

他动作娴熟，准确地吻住蛇的芯子，轻轻抚摸她攀爬的手，绸质的长裙如水般从她身上滑落。

第三个是赵太太，一个珠光宝气的假烟贩子，长得像猪，她还不刷牙不常换内裤。她很喜欢小马，每次来都点他作陪，每次来都会坐在他怀里撒娇说要长期包养他。和丑女人做爱是一种折磨。赵太太精力充沛，性欲旺盛，在客房里做完，她还要到大厅里跳一会儿黑灯舞。

每逢周末，最热闹的就是大厅。许多男女在一起跳舞，彼此可以乱摸，中间舞台上的下流表演更是层出不穷。

小马一般是坐在大厅的角落，以前他想都没想过会有如此淫乱的场面。有一次，一束玫瑰突然从天而落砸中了他的头。

欢呼声起哄声立刻包围了他，一群小姐跑过来。为首的一位扎马尾辫的女孩很是兴奋，径直扑到小马怀里说："逮住你了。"

"你看上哪个，就让哪个晚上陪你。"她说。

这一排美女，或高贵，或性感，或娴静，或妩媚，或冷艳，或娇小动人，或楚楚可怜，个个秋波流转，眼神迷离，嘴唇像玫瑰花瓣一样柔软而芬芳。

小马对扎马尾的女孩说："我选你。"

小马后来知道她叫阿媚。

曾经有个大款很认真地问阿媚："说实话，你爱我吗？"阿媚不假思索地说："不爱。"于是他们没有结婚却很幸福地生活在一起了。同居了一段时间，大款玩腻了。阿媚便来到这个城市做了按摩小姐。

阿媚对小马的印象很好，她说那天她向他跑过去，看到有个很帅的男人坐在那里，那正是她梦中的男人。小马很容易陷入了情网，甜言蜜语，他也不愿意分辨真假。他们一起逛街，一起吃饭，不出台的时候就一起睡觉。他想过和她结婚，平平淡淡在那个小山村生活，他想看她把洗得干干净净的床单晾在院里。

过了不久，一个记者暗访华清池，这个记者叫林慧，也就是报道惠发商场杀人案的那位。她化身成商界白领，将暗访中的所见所闻付诸报端，舆论哗然，尽管兰姐有公检法中的败类做后台，但华清池还是被查封了。

查封那天，下了雨，有人送阿媚一束湿漉漉的玫瑰。小马在房间里煮方便面，阿媚怒气冲冲进来将玫瑰扔到了油锅里，锅里欻啦一声立刻升起难闻的青烟。美丽竟如此真实。玫瑰对一位妓女来说象征不了什么。

小马说："我想走了，不想做了。"

阿媚问："去哪儿？"

小马说："回家。"

阿媚立刻哭起来，但又很快把泪擦了："不回来了？有什么打算吗？"

小马说："没有，你呢？"

阿媚说："咱俩也攒了一些钱，不如开个小店，做正经生意。"

小马说："你能嫁给我吗？"

阿媚说："当然能了，总要嫁人的。"

晚上他们照例做爱，似乎有了爱情的力量，很缠绵很激情地融合在了一起，高潮如陨石撞击了地球，有一点震荡，有一点炫目。

几个民警突然撞门而入，接着肩扛摄像机的记者也冲了进来，小马和阿媚吓了一跳。一位民警抓住小马的头发问："嫖客？"

小马说："不是。"

另一位民警问阿娟："小姐？"

阿娟摇摇头。

"既然不是夫妻，带走。"

小马说："我们是。"

然而，还是被带走了。

## 第二十章　千王之王

1983年，一个头上插着一把水果刀的人曾经走过七条街。

1984年，一个脸上扎着碎玻璃的车祸受害者曾经跑过一个农贸市场。

1990年大年初一，街头上出现了一个奇怪的人，他的眼眶里嵌有两粒骰子，那是被人砸进去的，有时人的生命力是很顽强的。

他先是被送进了医院，回家后卧床半年死掉了。

他给儿子留下的遗言只有两个字：不赌！

儿子叫宝元，当时16岁，后来成为了大江南北声名显赫的赌王。

母亲含辛茹苦把他拉扯成人，盖上房子，娶了媳妇。他们一家过得安宁而幸福，他有一个儿子，还有一辆机动三轮车，往返江边和市场，贩卖水产。

有一天，几个鱼贩子凑在一起，其中一个人说了一句话：我们玩扑克吧？

这句话改变了宝元的一生。

那是在一个废弃多年的工厂，齿轮上爬满牵牛花，厂房里甚至长出了一棵梧桐树。当时下起大雨，鱼贩子们把机动三轮车扔在江边，纷纷跑进岸边的厂房避雨。其中的一个鱼贩子提议玩扑克，大家说好，那个鱼贩子随手折断梧桐树，每人分得一片树叶，垫在屁股底下，盘腿而坐。

宝元抱着胳膊看，大家动员他一起玩，他笑着说："不会。"

他们玩的是"诈金花"，又叫三张牌，是在全国广泛流传的一种民间多人纸牌游戏。玩"诈金花"可能牌小诈走牌大，是实力、勇气和智谋的较量，是冒险家的游戏。

宝元看了一会儿，就学会了。

一个鱼贩子对他说："老表，玩玩嘛，人多热闹。"

他热血沸腾，搓搓手说："好。"

他继承了他那个赌徒父亲遗传下来的冒险基因，正如每个人都保持着另一个人以前的模样。

废旧工厂里的蚊子很多，在他身体上叮下了密密麻麻的疙瘩，他用指甲轻轻地掐，整个下午他都享受着这种挺舒服的感觉。

待到黄昏，雨停了，收鱼的鱼贩子一哄而散，他点点钱，赢了2000多，这是他第一次赌博。

他站起来，拍拍屁股，一片树叶掉了下来。

从此，宝元的兜里天天都装着一副扑克牌。他在各种地方赌钱，在码头的空地上，在邻居家的床上，在大排档油腻腻的餐桌上，他开始不满足于几十元的小局，赌友便帮他联系了大的赌局。

他越陷越深，渐渐输光了自己所有的积蓄。他以为是运气不好，后来有人提醒，是赌博过程中有人出千，究竟怎样出的老千，他百思不得其解。即便如此，他还是执迷不悟，天天借钱去赌博。

母亲发现了宝元赌博的事情，让他跪在父亲的遗像前。

"你爸咋死的？"

"病死的。"

"放屁，放屁，是赌博，出老千被抓，人家把两颗骰子砸到他眼眶子里。知道用什么砸进去的吗？"

"不知道。"

"用板凳！"

宝元没有钱再赌，也没有人愿意借钱给他，他每天就呆傻傻地看人家赌。

1997年2月19日，宝元在街上捡到了一个打火机，从此他的命运发生了转折。

打火机是铜质的，经过抛光打磨，光可鉴人。他灵机一动，想到自己可以利用光线反射看清楚底牌。也就是说，把打火机放在一个合适的位置，发牌的时候，牌从打火机上面发出去，这样他只需要低头看着打火机，就可以知道每一家发到的是什么底牌。

当时，高科技出千还没出现，很多出千道具都没有流行，赌徒出千完全是靠手法和技巧。

这个想法简直让宝元欣喜若狂，他自己实验了几次，认为确实可行，就把房子悄悄卖掉了。

他的兜里有一个打火机，他的内心里有一团火焰在燃烧，通过这个打火机，他窥视到了赌博中最不可思议的黑暗一幕。

那是在一家茶楼的包间里，几个老板玩得挺大，底钱100，封顶1000，一场下来输赢都是十几万。宝元去的时候，已经玩得热火朝天了，赌友和他打个招呼，他就加入了赌局。

他点燃一根烟，把打火机随便往面前的桌上一放，轮到他发牌的时候，他借助打火机的反光能看到场上所有玩家的底牌，慢慢赢了不少钱。他玩得很谨慎，天快亮的时候，他摸到了三张6。

宝元想，一把定输赢的时候到了，就这一把，捞回了钱以后再也不赌了。

桌上的钱已经堆成了小山，其他人跟了几轮就放弃了，只剩下一个穿西装的男人，一千一千地往上押。

宝元心里清楚，对方的底牌是两张K和一张黑桃3。

穿西装的男人问宝元："你还有多少钱？"

宝元回答："4万多吧。"

穿西装的男人拿出四叠钱说："一千一千的太慢了，咱把钱都押上，怎么样？"

宝元明白对方是想把他吓退，他把所有的钱都扔到桌上，说："行，你上钱，开牌吧。"

穿西装的男人把自己的牌拿起来，漫不经心地看了一眼，把牌翻开，说："自己看吧。"

宝元目瞪口呆，直到多年以后他还记得对方的牌：三张K！

他明明看到了对方的底牌是两张K和一张黑桃3，他不明白怎么就变成了三张K。

回家的路上，他身无分文，还欠下很多外债，风那么大，天那么冷。

母亲为了躲避债主，回到乡下被迫和姑姑住在一起，老婆带着儿子去了岳父家。外面鞭炮齐鸣，家家户户都喜气洋洋，宝元禁不住悲从心来，放声大哭。

宝元去岳父家找老婆，儿子开门，喊了声爸爸。老婆狠狠掐了孩子一下，一边打孩子一边咬牙切齿地说："不许喊他爸爸，他不是你爸爸，你没爸爸，你爸爸死了！"

3岁的儿子用含泪的眼睛看着宝元。

多年以后，他还总是在梦里看到儿子那无助的委屈的眼神。

从此，宝元所有的故事皆在异地。

江西老官桥下有个卖凉皮的，他在那卖了五年了。有一天，他的凉皮店快打烊的时候，一个恶狠狠的人走了进来，从那以后，他再也没有开过门，他被洗劫一空。

那个抢劫的人正是宝元。

假设他的面前有一条河流，他会跳下去。他想过自杀，站在桥上的时候又胆怯了，他看着河流，云彩映在水面上，有鱼游过，船上的人在撒网，有些鱼是网不住的，因为它们属于天空。宝元在桥下吃了一碗凉皮，吃饱后抢劫了卖凉皮的老头，开始了四海漂泊的生涯。

在河南，他做过铜厂保安，在河北，他做过餐馆学徒。吴桥也是中国杂技之乡，无论是街头巷尾还是乡间村野，上至老人，下至小孩，吴桥人个个身怀绝技。

有一天，宝元在车站闲逛，路边围着一群人，挤进去看到是一个瘸腿老人在玩扑克。

老头拿三张牌，其中两张是红桃，一张是黑桃A，他将三张牌扔在地上，押中黑桃A者赢，下大赢大，下小赢小。由于他的动作很慢，即使是小孩子都可以看清楚他将黑桃A扔在什么位置。一会儿，他就输了不少钱，有点急了，嘟囔着说："今天遇到的各位都是高人啊，再玩最后一把就收摊。"

老头依旧慢悠悠地将三张牌扔在地上，观众都看到黑桃A在中间的位置，一些心动者纷纷下注，宝元也押上了10块钱。老头将中间的那张牌翻开，却不是黑桃A，很多人就输了。

这是一个广为流传的街头骗局，不是魔术，只不过是运用低级老千手法，使人产生错觉。

宝元每天都去车站，一来二去就和老头混熟了。老头自称是东北人，说话却是南方口音，闯荡江湖十多年了。有一次，宝元刚发了工资，请老头喝酒，在一家牛肉面馆里，老头表演了几个扑克戏法给宝元看。

老头娴熟地洗牌，还表演了单手洗牌，洗完之后，发了四家，宝元翻开自己的牌，眼睛一亮，是三张K。老头翻开自己的牌，得意地一笑，竟然是三张A。

老头让宝元随便补发一张牌，他将那张牌翻开，居然还是一张A。

宝元以为自己遇到了神仙，就央求老头教他，老头说："不能白教，得给学费。"宝元就把自己的工资拿了出来。那天，老头教给他如何洗牌、换牌、偷牌。

宝元恍然大悟，终于明白了自己当初是怎么输的了。

宝元问老头："你这么厉害，干吗不去赌呢？"

老头说："伢子啊，可别这么说，这些都是三脚猫的东西。上海杂技团有个魔术师，叫陈世荣，那才是真正的高手。"

宝元很有悟性，老头演练了几次他就掌握了全部的动作要领，他练习的也是千术的基本功。

赌徒们总能找到赌局，正如野狗可以找到大便。

宝元练得熟练了，跃跃欲试。虽然这些只是初级千术，但是在一些小赌局上也无人识破，宝元依靠这些小技巧也赢了不少钱，渐渐地，大家都不和他玩了。他听一个老乡说起石家庄有个地下赌场，第二天就去了石家庄。

地下赌场的黑暗深不可测，人们所知道的只是冰山一角。

宝元对自己那点三脚猫的功夫很自信，他进了赌场，刚一出千就被抓住了。

赌场也不想把事情闹大，把他毒打一顿就给放了。

宝元在一个简陋的车站旅馆里躺了半个月，然后去了上海，他准备拜师学艺。吴桥车站的瘸腿老头曾经告诉他上海东方杂技团有个叫陈世荣的魔术师，他准备一边打工一边慢慢寻找，没想到陈世荣名声很大，在上海街头问了几个人，就打听到了。东方杂技团享誉四海，多次获得国际大奖，陈世荣是20世纪80年代就登台表演的老魔术师，尤其擅长扑克魔术。杂技团每天都在剧院演出，宝元去的时候，正好是陈世荣的节目，陈世荣表演了空手变牌，满场撒牌抓一张A，然而观众的掌声寥寥无几，只有宝元站起来大声喝彩。

陈世荣看着宝元说："这个小兄弟，给我捧场是我的荣幸，我再给大家表演一个绝活吧！"

他从兜里拿出一副牌，抽出一张，随手一甩，那张牌旋转着飞到空中，观众仰头看着，那张牌竟然在空中渐渐消失了。

人们难以相信飞在空中的扑克牌竟然在自己的视线里消失，观众席上鸦雀无声，随即是雷鸣般的掌声。

陈世荣鞠躬谢幕，宝元绕到后台，走到陈世荣面前，扑通跪下了。

宝元说："我要拜师。"

陈世荣说："可以啊，你报名了吗？"

宝元说："报名？"

陈世荣说："我们团有个魔术培训班，每周我都去讲课。"

宝元说:"我不是来学魔术的。"

陈世荣说:"那你想学什么?"

宝元说:"我想学千术。"

陈世荣微微一笑,并不感到意外,他把宝元扶起来,仔细地打量着,然后拿出一副扑克,让宝元把自己会的全部演示给他看,宝元也毫不保留尽力表演了一番。陈世荣看完后说:"我看你很有天赋,也不想拒之门外,只要你能答应我一件事,我就收你为徒。"

宝元问:"什么事?"

陈世荣说:"很简单,就两个字,不赌!"

宝元想了一会儿说:"好。"

陈世荣撇撇嘴说:"你撒谎。"

宝元的脸一阵白,连忙说:"没有。"

陈世荣拿出一把明晃晃的匕首,扔到宝元面前说:"每隔一段时间都会有人来找我拜师,只要你能把这刀子插到自己手掌上,废掉自己一只手,我就收下你。否则,你就和那些人一样,回去吧。"

宝元拿起刀子,犹豫良久,自己学会千术,却不能赌,那么学这个还有什么用呢。

突然,他心里有了一个想法,自己不赌,不当老千,但是还可以抓老千啊。这想法如同夜空中划过的闪电,照亮了他以后的道路,最后他下了决心,将匕首举起来狠狠扎到自己手背上,然而没有一丝疼痛,匕首像弹簧一样伸缩进了刀柄。

那把匕首只是一件魔术道具!

陈世荣正式收下了宝元,他还是第一次遇到敢拿刀子插自己手的人,他也一直想找一个传人。

白天,宝元就在杂技团里做些勤杂工作,晚上,就跟陈世荣学习千术。陈世荣告诉宝元,自己是洪门中人,父辈当年叱咤风云,上海滩无人不晓,千术属于祖传技艺。千门八将是:正提反脱风火除谣!

正:利用千术或牌技作假。

提：布置赌局。

反：利用人际关系拉对手下水。

脱：赢了钱想办法逃跑。

风：派专人望风。

火：以武力处理问题。

除：利用谈判处理问题。

谣：利用谣言使对手中招。

陈世荣说，魔术是天堂，千术是地狱。他彻底纠正了宝元的出千手法，并且告诫宝元："菜鸟老千才会使用道具，一旦被抓现行，下场会很惨，不是缺胳膊就是少腿，或者砍下手指头。握牌的手形要自然，高级老千一看对方的手形就知道其水平，洗扑克牌时切忌卖弄，不要洗那么多花样，洗得熟练只能让人怀疑，应该伪装成一个普通人。"

陈世荣又教给了宝元一些高级手法以及对高科技出千的认识，包括麻将和牌九的出千技术。

陈世荣说："出千的最高境界就是不出千。"

宝元问："那靠什么赢钱呢？"

陈世荣说："概率！"

美国拉斯韦加斯以及澳门的赌场都是不作弊的，世界四大赌城盈利靠的都是概率。一个赌客每一次下注是输是赢，都是随机事件，背后靠的虽然是你个人的运气，但作为一个赌客整体，概率却站在赌场一边。

赌场靠一个大的赌客群，从中赢钱。而赌客，如果不停地赌下去，构成了一个大的赌博行为的基数，每一次随机得到的输赢就没有了任何意义。在赌场电脑背后设计好的规则赔率面前，赌客每次下注，赌场都是赢多输少。

第一个有意识地计算赌博胜算的是文艺复兴时期意大利的卡尔达诺，他几乎每天赌博，并且由此坚信，一个人赌博不是为了钱，那么就没有什么能弥补在赌博中耗去的时间。他计算了同时掷出两个骰子，出现哪个数字的可能最多，结果发现是"7"。

陈世荣对宝元说："人外有人，天外有天，永远有比你高级的老千存在，一些数学家、物理学家、化学家，都可能是你从来都没见到过的高手。"

三个月之后，宝元出师了。

从那以后，他成了享誉大江南北的赌王。

●●● 十宗罪前传

第六卷 生死追击

●●● 十宗罪前传

## 第二十一章　蝴蝶效应

2001年3月10日，老枪的第四家赌场开业了，当时赌场聘请的主管就是宝元。大吆子手下有一帮打手，个个有枪，负责维持赌场的秩序。

老枪对宝元说："你只要坐在赌场里，赌场每天收入的十分之一就是你的。"

宝元说："放心吧，只要有我在，就没人敢出千。"

老枪说："你家里还有什么人，派大吆子去接来，买套房子住在一起吧。"

宝元说："要是这样，我这辈子就跟定你了。"

刀枪炮的黑势力遍布东北三省，小刀主要从事色情行业，炮子不仅贩毒，还打通海关干起走私的生意。他在长山群岛租了一个荒岛作为走私中转站，因为毒源紧张，夏季时，他也派人种植罂粟。

2001年5月21日，宝元对老枪说，咱们场子里来了一个奇怪的人。

老枪问："怎么奇怪了？"

宝元说："他每次来都赢，赌场最近亏损严重。"

老枪说："肯定是老千。"

宝元说："可是我没看出他有什么问题。"

老枪问："他是哪儿的人，做什么的？"

宝元说："大吆子偷看了那人的驾驶证。"

老枪问："那人叫什么？"

宝元说："寒冰遇！"


2001年5月22日，一只蝴蝶起飞，翅膀和花瓣同时战栗，花瓣落下来，惊动一只熟睡的猫，猫蹿向墙头，叼走了邻居家的鱼，邻居去买鱼，回来的路上打了个传呼，一个司机低头看传呼机，车撞上了护栏，翻滚到沟里，车上的四人全部死亡。

这四个人是：大吆子、宝元的母亲、宝元的老婆和儿子。

蝴蝶的翅膀成为一场悲剧的源头，它扇了一下，扇得暮色黑了，远方就出现了一场车祸。蝴蝶起飞之际，无法预知飞行中暗藏的危险，它有着自己的弧度和方向，也改变了别人的路线和轨迹。

清理现场的交警注意到，一个老太太的腰间扎了一根电线，这电线也是腰带；一个孩子的手里还拿着一袋汽水，这种袋装的汽水当时的价格是一毛钱。

老太太正是宝元的母亲。

那根电线不仅是腰带，也是一切苦难的见证和象征！

## 第二十二章　巅峰对决

俄罗斯沙利亚有一个巨大的地洞，地洞深不可测，崎岖狭窄，很多国家的探险队员想方设法都没有下到底。科学家将一只蝙蝠的脑部植入芯片，控制它飞进洞中，在洞里发现了钻石，这使得两个村庄从地图上抹去，一个城市应运而生。

海湾战争时期，美国军方也曾经制造"机器蛇""智能老鼠"侦察敌情，搜索情报。

山东科技大学机器人研究中心制造了一只神奇的鸽子，一只头上戴着微电极的普通家鸽，它可以按照研究人员发出的计算机指令，准确地完成起飞、盘旋、绕实验室飞行一周后落地的飞行任务。

2001年5月12日，一只壁虎爬到了老枪赌场的房顶。

也就是从那天开始，老枪的赌场里来了个奇怪的客人，他的奇怪之处在于一连十天从来都没输过，并且赌注大得惊人。在赌场里天天赢的人有，可是连续十天都赢的人肯定是老千。宝元细心观察，却没有发现任何问题，通过调看赌场内的监控录像，宝元发现这个人还有两个同伙，他们三个是认识的，但是装作陌生人，各玩各的，从不说话。他们每次来都赢很多钱，赌场亏损严重。

这三个人就是：周兴兴、画龙、寒冰遇。

刀枪炮黑势力很大，因为担心打草惊蛇，指挥部没有通知东北警方，只是派遣周兴兴、画龙和寒冰遇暗中调查。指挥部秘密冻结了刀枪炮兄弟三个的银行账户，因为他们的流动资金很多，为了防止他们携款外逃，所以周兴兴、寒冰遇、画龙三人就去了老枪的赌场，他们的任务是——赢钱。

在赌场里赢钱的办法只有一个：出千！

指挥部联合几位科学家，制造了一只机器壁虎。科学家在壁虎的脑部植入芯片，遥控它爬行，停止，进入冬眠状态。壁虎的嘴巴里安装有一个无线针孔探头，发射远红外线，可以扫描普通扑克，得知每一张扑克的底牌是什么。还可以扫描轮盘赌上的滚珠，通过计算机测速，准确地判断滚珠的落点。

壁虎爬到赌场的房顶，发射激光扫描，将信息反馈给指挥中心的电脑进行分析，通过赌场窗外的一个霓虹钟楼将暗号发送给寒冰遇他们，这样他们就稳赢不输。码头、车站常常有很大的钟楼，为了使人们在夜里看清时间，钟楼的表盘周围都有灯光照射。

老枪的那个赌场就在码头附近，从赌场的窗户里可以看见钟楼。

轮盘是赌场最具代表性的游戏之一。轮盘共有38个栏位，分为内外两圈，内圈每个栏位中有一个数字，分别是1至36，以及0和00；外圈为红黑两种颜色相间排列，通常是红色和黑色各占一半。大赌场一般是滚珠打出去后，依然可以下注，直到荷官喊停。赌客可以自由选择他认为小球将停留的号码位置，押单双或者具体数字都可以，押中了后赌场按一定赔率赔钱。荷官打出滚珠后，赌场房顶的壁虎发射一束肉眼看不到的激光，反馈给指挥中心，通过电脑分析测速，得知滚珠会落在什么位置，然后控制钟楼的霓虹灯，暗示给赌场里的寒冰遇、画龙和周兴兴，整个过程也就几秒钟。如果滚珠会落在6上，钟楼表盘6点位置的灯就亮起来，赌场内的寒冰遇他们就押数字6，押上1万元的筹码，滚珠停止在6上，赌场就按照35倍的赔率赔钱，那就是赢了35万。

2001年5月22日，老枪点燃了一支香烟。在烟雾缭绕中，他深呼吸，他不知道他的生命快要燃烬了。

老枪问："这几天大概输了多少了？"

宝元小心翼翼说了一个数字。

老枪手中夹着的香烟掉在了地上，嘴角抽搐了两下："这样不行，得想办法。"

宝元说："我看不出他们出千。"

老枪说："废物，白养着你。"

宝元说："赌场的声誉很重要，如果将他们赶走，别的赌客也不来玩了。"

"赶走？"老枪的鼻子哼了一声，"没那么容易，他们赢了我那么多钱。"

宝元说："也许他们是计算概率的高手，大赌场里偶尔会有这样的人。"

老枪说:"你不也是高手吗?你去和他们赌,把咱们的钱赢回来。"

宝元说:"我不赌,以前答应过师傅。"

老枪语重心长地说:"宝元,你几年没回家了?"

宝元想了想,叹了口气:"四年了吧。"

老枪说:"给你说个好消息,大吰子去接你儿子了,还有你妈、你媳妇。"

宝元说:"啊,真的?"

老枪说:"你晚上就能见到他们了。"

宝元不说话了,他上一次见到儿子还是四年前,那时儿子只有3岁,他想起儿子举着一个罐头瓶,瓶中泡着红的绿的樱桃。儿子很乖,不舍得吃,先喂妈妈吃一颗,再喂爸爸吃一颗。想到这里,他的鼻子一酸,眼圈红了。

老枪说:"你不是为了自己去赌,你是为了儿子,为了你妈,你不想咱的赌场关门吧?"

宝元说:"好,我赌!"

寒冰遇、画龙、周兴兴被赌场的领班请进了贵宾室,老枪和寒冰遇握手,领班介绍说:"这是我们老板。"

老枪说:"三位赢了不少啊。"

寒冰遇说:"这几天手气不错。"

老枪指了指宝元说:"这是个大老板,有钱,赌得爽快,你们想不想和他玩玩?"

画龙说:"我还有事。"

周兴兴也说:"改天吧。"

老枪说:"你们都是通宵地玩,今天很反常啊,来赌场就是赢钱的嘛。"

寒冰遇说:"好吧。"

寒冰遇、画龙、周兴兴扮成真正的赌徒,他们的眼神中还有一丝疑虑,他们明白自己被赌场盯上了,不把钱输光就很难脱身。宝元坐在桌前,面无表情,他想着儿子、老婆和母亲,他想念的其实已经不存在——他不知道家人出了车祸。

经过商议，宝元、寒冰遇、画龙、周兴兴四人决定玩梭哈。

宝元洗牌，洗牌的手法是高级老千才会的"完美洗牌法"，完美洗牌法可以说是洗牌的最高境界，把一副牌一张间隔一张洗，一张压一张，每次都有固定的顺序，只要记住牌序，就可以知道下一张发什么牌。

宝元用完美洗牌法洗了五次，这也是牌序最乱的一次，尽管很乱，但是宝元记得顺序，所以知道发出去的每一张底牌是什么，几轮下来，画龙最先输光了筹码，周兴兴也渐渐输光了，寒冰遇不动声色，小心翼翼地押钱。

宝元惊讶地发现寒冰遇竟然也知道底牌——宝元摸到一把好牌时，寒冰遇就选择放弃，摸到臭牌时，寒冰遇就会下注。

那只壁虎在赌场的大厅里，寒冰遇所在的这间贵宾室没有窗户，也看不到窗外的钟楼，他是如何知道对方底牌的呢？

一个字：看！

宝元在看牌的时候，寒冰遇在看宝元的眼睛。

眼睛瞳孔的变化是人不能自主控制的，瞳孔的放大和收缩，真实地反映着复杂多变的心理活动。如果一个人感到兴奋、愉悦、喜爱的时候，瞳孔就会扩大到比平常大四倍；相反，感到沮丧、消极、讨厌的时候，瞳孔会收缩变小。

寒冰遇当过特种兵，他在练习狙击的时候可以盯着一个羊粪蛋子瞄准一下午，他就是通过观察宝元眼睛瞳孔的变化得知对方底牌的。

最后一把，寒冰遇输了。前面只是在演戏，故意迷惑对方，如果一下子把钱输光，肯定引起宝元的怀疑。寒冰遇明白，自己不把钱输光，就很难走出赌场。

寒冰遇摇头叹气，摊开双手说："倒霉，输光了，下次再玩吧。"

画龙和周兴兴站起来，对老枪表示自己明天还会来玩。

这时，贵宾室的门开了，炮子和二吆子拿着双管猎枪走进来，他们俩堵住门口。

老枪问："怎么回事？"

炮子用枪指着画龙说："哥，他们是警察。"

周兴兴嚷嚷起来："你们太过分了吧，输了钱还不让走，还胡说八道。"

门口又出现一个脸色苍白的年轻人，他的手里也拿着枪。

他就是高飞！

这个犯罪集团的前身是一个走江湖卖艺的马戏团，马戏团解散后，其成员组成了一个黑社会犯罪集团。警方根据周兴兴和画龙的卧底调查，先后打掉了犯罪集团的骨干：山牙和三文钱。高飞从华城逃跑后，辗转来到东北，他在赌场内的监控电视中认出了周兴兴和画龙，立刻告诉了炮子。

高飞对周兴兴和画龙说："真巧，好久不见啊。"

老枪气急败坏地夺过二吖子的枪，将枪口对着寒冰遇："这个也是警察？"

画龙说："我不认识他。"

寒冰遇说："我也是。"

画龙的本意是替寒冰遇开脱，但是寒冰遇不想扔下同伴撒手不管。与此同时，画龙踢翻桌子，一个健步冲上去勒住了宝元的脖子，他把宝元挡在自己身体前作为人质，画龙说："临死也得找个垫背的。"

老枪哈哈大笑着说："他只是我养的一只狗，开枪。"

"等等，"寒冰遇说，"我们投降！"

画龙放开了宝元，二吖子一脚踢中他的裆部，画龙痛得弯下了腰。

画龙、寒冰遇、周兴兴三人的手被反绑起来，押到了地下室。

三人坐在一条长凳上，那地下室也是个厨房，放着很多杂物。

高飞拿出一个地瓜，放在枪口处。

高飞问："知道地瓜可以干吗吗？"

寒冰遇回答："消声，这样外面就听不到枪声。"

高飞说："聪明。"

老枪说："你们是谁派来的，来干吗，你们都知道些什么事？"

寒冰遇说："开枪吧。"

画龙一副视死如归的表情。

周兴兴闭上眼睛。

老枪说："没那么容易。"

墙边放着个电炉子，炉丝正烧得通红，二吖子脱掉周兴兴的鞋，逼他站在烧红的电炉子上。周兴兴面有惧色，寒冰遇说："我来替他吧。"他用脚蹬掉自己的鞋，站在炉子上，地下室里立刻升起一股烧焦的气味。他的痛觉神经系统出了问题，对疼痛感到麻木，尽管脚下刺刺啦啦地响，但是他连眉头都没有皱一下。

炮子让寒冰遇下来，称赞道："是条汉子！"

"牛X什么呀，X你妈。"老枪向寒冰遇开了一枪，在扣动扳机的一瞬间，寒冰遇略微移动了下身体，避开胸部，子弹打穿了他的胳膊。躲避子弹，是一个特种兵才能掌握的高级技能。

炮子和二吣子对他们三人严刑拷问，百般折磨，棍子打断了好几根，三人奄奄一息地躺在地上。炮子和二吣子打累了，老枪把手枪扔给宝元，让他好好看着。

宝元拿着枪，坐在椅子上，低垂着头。

一会儿，天蒙蒙亮了。

老枪从休息室走出来对宝元说："宝元，大吣子出了车祸。"

宝元惊愕地抬起头。

老枪说："你儿子、你妈，还有你老婆，都死了。"

宝元头皮发炸，手中的枪掉下来，老枪捡起手枪，让宝元去交警队看看。

周兴兴、画龙、寒冰遇躺在地上一动不动，老枪走过去，想检查一下他们死了没有。

刚才还奄奄一息的画龙，突然踢出两脚，一脚踢掉了老枪手中的枪，一脚踢中了老枪的膝盖。

手枪正好落在寒冰遇身边，寒冰遇用两只脚夹住枪，躺在地上，迅速调整好姿势，他用大拇脚趾扣动了扳机，子弹正中老枪腹部。

寒冰遇、画龙、周兴兴站起来，来不及解开绳子，他们的手反绑着，离开地下室，一起向码头的方向跑去。此刻，天已经亮了，枪声很响，炮子、二吣子、高飞听到枪响就追了出来。

寒冰遇、画龙、周兴兴逃到了码头附近的一艘轮船上。

"快开船，我们是警察，被人追杀。"周兴兴对惊慌失措地船老大说，船老大正和一个伙计在喝酒，他站起来向后一看，码头上正追过来几个人。

船老大说："船正在修理，开不动，你们先躲起来。"

"躲哪儿？"周兴兴问。

船老大说："藏到麻袋里，我就说是货。"

周兴兴来不及细想，他们甚至没有时间解开手上绑着的绳子。船老大对伙计使了个眼色，三下两下将周兴兴、画龙和寒冰遇塞进麻袋，用绳子扎住口，在他们身上盖上一张帆布。

船老大嘿嘿笑了。

我们在前面说过，刀枪炮兄弟三个也干走私的生意，这艘船正是炮子用来走私的，船老大也是炮子的手下。

船老大对赶来的炮子说："三炮，那几个人在我船上。"

炮子把枪扔给船老大，对二吃子和高飞说："杀了他们，我回去看看我哥。"

高飞和二吃子冲进船舱，船老大解开帆布说："在这里。"

周兴兴他们明白了自己上了一条贼船，画龙在麻袋里破口大骂，船老大用撬棍在麻袋上使劲砸了几下，画龙和周兴兴晕了过去，寒冰遇胳膊中枪，因为失血过多，他的意识也处在模糊状态。

船老大说："扔到海里，淹死他们算了。"

高飞说："尸体会漂到岸上。"

二吃子说："一枪打死，太便宜他们了。"

高飞说："是啊，他们都是不怕死的人。"

二吃子说："那怎么办？"

船老大说："我有个好主意。"

船开动了，马达轰鸣。

寒冰遇昏昏沉沉的，也不知道过了多久，终于，船停了。他感觉到自己被抬了起来，又重重地摔在了地上，随后，他又听到了两声重物落地的声音。

他们三人被扔到了一个无人的荒岛上。

三个麻袋躺在沙滩上。

那荒岛面积很小，远离海岸线，没有淡水，没有食物，甚至没有树，只有几块光秃秃的大石头裸露在沙土中。荒岛周围遍布礁石，很少有船只路过。

画龙最先苏醒，用牙齿咬破麻袋，他先把周兴兴从麻袋里弄出来，然后互相帮助解开了反绑在手腕上的绳子，寒冰遇昏迷不醒。

周兴兴："咱们怎么会在这里？"

画龙："我也奇怪。"

周兴兴："老寒怎么样了？"

画龙："好像昏过去了。"

周兴兴："我明白了。"

画龙："什么？"

周兴兴："比死更可怕的是什么？"

画龙："你直接说就是。"

周兴兴："等死。"

画龙："他们是想让我们慢慢等死？"

周兴兴："饿死，渴死。"

画龙："用不了几天，我们会饿得连狗屎都吃下去。"

周兴兴："可惜，这岛上连狗屎都没有。"

画龙："饿急了，会吃人的吧？"

周兴兴："也许吧，也许咱俩会先吃掉老寒。"

画龙："然后呢？"

周兴兴："然后你把我杀死，吃我的肉，喝我的血。"

画龙："最后我自己饿死在这荒岛上？"

周兴兴："是啊，他们就是想的，让我们在这里自相残杀，慢慢等死。"

2001年5月23日，有个人站在一个水果摊前。

老板问："要买点什么，橘子、苹果、梨，还是香蕉？"

他摇摇头。

老板继续问："你想买什么水果？"

他掏出兜里所有的钱说："我买那把水果刀。"

他就是宝元。

宝元走向一片田野，麦苗青青，手里的水果刀闪耀着阳光。

他仰面躺在碧绿的麦田里，开始清清楚楚地回忆往事，那些往事如碧空一样晴朗。

以前他有一辆机动三轮车，有一次下起大雨，他和老婆开着机动三轮车在雨中欢笑。他们每天去集市上卖鱼，卖不掉的鱼就存放在冷库里。他还记得那间冷库，房顶上耷拉着冰柱，地面上耸立着冰柱，地面上的冰柱是房顶上的冰柱造成的，滴水，迅速地冻结。老婆说，我冷。宝元抱住了她。儿子出生后，整夜地哭，他和他妈夜里轮流抱着孩子哄，他妈白天卖鱼的时候常常打哈欠。儿子渐渐长大，儿子向鱼群挥拳，鱼群散开。有一年冬天，他和儿子在院里堆了个雪人，然后父子俩笑着向着雪人狠狠揍去。

老婆并不漂亮，但是她站在月季、玻璃上的冰花、石榴或者夹竹桃后面的时候会显得很漂亮，他家墙壁上的相框里有些这样的照片。

儿子脸上有雀斑，很淘气，很馋，常常花一毛钱买汽水或者棒棒糖。

他妈爱吃卤煮的鸡头、猪肝、羊肺，这些东西是最便宜的。

后来，宝元迷恋上了赌博。

他妈，他老婆，他儿子，他们都成了一天到晚吃白菜的人。

现在他们全都已经离去，家门紧闭，寂静无声，再也没有什么值得一提。只有风吹过窗户，吹着灰暗破败的墙壁，吹着蚊帐，吹着蚊帐里吊着的小风扇，他们全都走了。宝元闭上眼睛，他看到了儿子，看到了老婆，看到了他妈。有些人和事物确实是需要闭上眼睛才可以看到的。在这时间和空间深处有一个弯道，类似于胡同的拐角，只需要闭上眼睛，就能够对往日岁月进行最后的眷顾。

宝元喃喃自语："我来了。"

他用水果刀割破了自己的手腕。

鲜红的血溅在绿油油的麦苗上。

三天后，警方发现了宝元的尸体，在清理遗物的时候警察发现他怀揣着一封信。纸上的墨迹并不一样，有时浓黑，有时很淡，可以看出这封信是在不同的日子里用不同的笔写下的，有些被水打湿洇开的字迹证明写信的人曾经哭过，警方始终没有搞明白这封信为什么没有寄出去。

摘抄如下：

妈，玲，鹏鹏，我现在外面给人家打工，过得挺好，这是一家汽修厂，等我挣了钱我就回去。不用担心我，我再也不赌了，我对不起你们，这几年不知道你们过得怎么样。咱再也不过穷日子了。妈，我给你买烧鸡，我知道你爱吃鸡皮。玲，一定要等我啊，我很想家，很想你们。我还带着家里的钥匙，天天都挂在腰上，没事的时候就看看。现在这钥匙就在桌子上，这一个是开大门的，这一个是开屋门的，这个是抽屉上的钥匙，还有一个，玲，是你自行车上的钥匙。我还记得那辆自行车，我带着你回老家钓鱼，你还记得吧，从公路上一直骑到河边。我钓鱼，你坐在旁边唱歌，把鱼都吓得不上钩了，我还记得你唱《心雨》：为什么总在那些飘雨的日子，深深地把你想起……我一听这歌就伤心地想哭，这些我都记得，我真想回家啊。

鹏鹏，爸爸想你，爸爸想抱抱你，我得有多长时间没抱过你了？你也想爸爸了，对不对，我知道你想了，我很想你啊，鹏鹏，写到这里，我哭了，爸爸对不起你。鹏鹏，你要是看到爸爸的信，你就喊声爸爸，我能听见。爸爸不是坏人，你以后要好好上学，一定要考上大学。再过几天就是你的生日了，爸爸送你什么东西好呢，爸爸真想在你生日那天回家，敲开咱家的门，手里提着方便兜，里面全是你喜欢的东西。到时候鹏鹏别忘了给爸爸开门，爸爸会把你抱起来，举起来，大声说，爸爸回来喽，再也不离开你们喽。

…………

周兴兴、画龙、寒冰遇失踪之后，大案指挥部立即行动，一个由武警和特警组成的抓捕大队一星期之内共抓获刀枪炮犯罪集团成员近百人，收缴大批赃款赃物。小刀落网，他开设的色情场所被取缔关闭，高飞、老枪、炮子、二吃子四人在逃，马有斋在家里束手就擒。

马有斋穿着袈裟，一个警察给他戴上手铐，他双手合十，说："阿弥陀佛！"

马有斋似乎一直在等待着这一天的到来，他身上的袈裟蒙着一层晨曦，他不知道是白天还是黑夜。这个睡眠颠倒的瞎子，即使是在夜里，也依然感觉到外面阳光灿烂。

警方审问每一个涉案人员，希望得知周兴兴、画龙、寒冰遇三人的下落。

一个月后，有个船伙计投案自首，他向警方交代了一个重大线索。当时大案指挥部总指挥白景玉正躺在凉席上，他出了一身汗，听到这个消息，立刻坐起来，汗津津的皮肤与草席分开的时候发出一种撕裂般的声音。他冲进预审室，顾不得自己的形象，抓住船伙计的领子就问：

"他们在哪儿？"

"在一个荒岛上。"

"活要见人，死要见尸。"白景玉下达命令，一定要把他们找到。

在那个船伙计的指领下，海警立即派出巡逻直升机，以最快的速度到达那个荒岛，然而岛上空无一人，也没有发现任何尸体，只有海浪冲刷着沙滩。搜救人员面面相觑，他们怀着最后一丝希望，在附近海域搜索了一小时，没有任何发现。

## 第二十三章　荒岛逃生

曾有个船长对水手说："这个指南针，不指南，也不指北。"

水手问："那它指向哪儿？"

船长回答："罂粟岛。"

很久以前，一些沿海的居民就有一个愿望，想在这荒岛上种出五谷杂粮。

他们一次次播种，又一次次失望。麦子和玉米就像野草，长不到抽穗就枯黄了。荒岛还是荒岛，种下的东西颗粒无收。清朝末期，一伙海盗乘船登陆，他们在岛上种植罂粟，大获丰收，从那时开始，人们就把这个岛称为罂粟岛。

太阳从海上升起，天边，云层的缝隙中漏出玫瑰色的朝霞，海面风平浪静。

寒冰遇脸色苍白，依然昏昏沉沉的，画龙和周兴兴帮他脱掉上衣，子弹打穿了胳膊，伤口露着白骨，触目惊心。脱掉上衣的寒冰遇显得比较胖，荒岛上缺医少药，伤已经感染化脓，用不了几天，这个胖子就会变成死胖子。

他们已经一整天没有吃东西了。

第二天，他们搭建了房子。

第三天，他们吃掉了房子。

所谓的房子就是在土坡上挖了一个坑，上面搭着几片海带。海岛的晚上很冷，整个晚上都刮着风，白天又很热，太阳晒的人头昏脑涨。海带是画龙在沙滩上捡到的。海浪把一团海带冲到沙滩上，画龙捡回来，本来想做遮阳挡风之用，但他们又饿又渴，填饱肚子是迫在眉睫的问题。

饥饿是什么感觉？

一些上了岁数的老年人，他们在回忆往事的时候，依然会感到恐惧。曾经有个老人讲起他是怎样将一把扫帚吃下去的。三年自然灾害过后，有个生产队长种植的土豆获得丰收，他饿怕了，他将土豆煮熟，捣烂成泥，在自家的院子里用土豆泥砌了一面墙，等到灾荒再次来临的时候可以吃墙度日。

画龙说："我现在可以吞下去一头牛，如果有人请我吃饭，我会把今天的、昨天的，还有前天晚上的饭一块吃下去。"

"嚼起来像牛肉干，很筋道。"周兴兴撕下一片海带，示意寒冰遇要不要尝尝。

寒冰遇摇摇头，过了许久，说出一个字："水！"

失血过多的人必须补水，海带的味道是咸的，吃多了更感到口渴。

周兴兴吃完一片海带，仔细观察着海带的根，试图从上面找到什么。根系粗壮，发达，这说明海带正处在成熟期，海浪能将海带冲上沙滩，这说明附近海域生长着大量的海带，这样也就解决了吃的问题。他让画龙去周围的海滩看看，一会儿，画龙回来了，不出所料，他又抱回来一团海带。

周兴兴找了一个凹坑，在坑的周围铺上海带，压上石块，免得夜里被风吹跑。

画龙问："你这是干吗？"

周兴兴回答："明天就有水了。"

到了夜晚，海上的潮气和雾气会凝结成水珠，水珠顺着海带流到凹坑里，积少成多。第二天，画龙和周兴兴去看，不禁大失所望，水，确实是有了，但是只有一点点，他们必须在太阳升起之前喝掉，否则就会被阳光晒干。周兴兴和画龙把这仅有的一点水让给了寒冰遇，寒冰遇毫不客气，两口喝光，周兴兴和画龙只能吞咽口水。

周兴兴尝试着用干净的沙子过滤海水。他挖了一个坑，装上沙子，将海水倒进沙子里，经过沙子层层过滤后，再由坑下方的一个出水口流出来。然而海水经过沙子过滤后，水质并不会发生根本的改变，喝起来依然又苦又咸，不能饮用。

画龙焦躁不安，周兴兴坐在沙滩上沉思，两人嘴唇干燥，他们已经三天没有喝水了，肚里只有一些海带。沙滩上很干净，没有蜗牛和贝壳，周兴兴站起来，叹了口气，大海让他感到失望。他把目光转向荒岛，荒岛地势平坦，一些洼地里有些干枯的海带，已经不能食用。那些海带成熟之后，根部脱离礁石，被海水冲上沙滩，被阳光晒干，又被风吹进洼地。

周兴兴惊喜地大叫了一声："有水啦！"

画龙跑过来："在哪儿？"

周兴兴指了指大海。

画龙说："操！"

周兴兴蹲下，用手将面前的土聚拢成一堆，他问画龙。

"你怎样用这堆土杀死一个人？"

"用土迷他眼睛，然后……"

周兴兴呵呵一笑，说："这堆土也是杀人凶器，只需要用水、用火，它就会变成一块砖头。"

画龙说："是的。"

周兴兴说："除了砖头，这堆土还可以变成别的东西。"

画龙说："什么？"

周兴兴回答："锅！"

画龙点点头，又疑问道："没有水，要锅又有什么用？"

周兴兴说："有了锅也就有了水。"

我们在中学时都做过一个物理实验，将一张纸叠成船的形状，纸船里放入水，点燃蜡烛，在纸船底部烧，纸船不会烧着，而纸船内的水会烧开。

假设在远古时期，某个山洞里住着两个猿人，一个会使用水，一个会使用火，如果他们是一雄一雌，则可能会交配，他们的孩子长大，懂得使用石头、土、树枝等简单的工具，孩子的孩子长大——一个器皿就出现了。在石器时代和铜器时代之间出现了一些碗、陶罐和盆。

周兴兴做的是一个砂锅！

他用袜子筛土，掺入细沙，沙子经过高温会结成圆润的晶体，这样使得砂锅表面圆润，可以耐高温，更结实。他用水和泥，制坯，晾干，在土坡上做了个简易的窑洞，经过高温，一个砂锅就烧制成功了。

我们不得不说，这个砂锅的样子很丑，像一个很大的砚台。

另外值得一提的是，画龙钻木取火试图点燃那堆干枯的海带的时候，寒冰遇将一个打火机扔到他脚下，寒冰遇抽烟，所以随身携带着打火机。

周兴兴用同样的办法烧制了一个锅盖。

等到这一切都做好之后，画龙问："水在哪儿？"

周兴兴说："等着看！"

他在锅里加入海水，在下面烧火，一会儿，海水就沸腾了，蒸发为蒸汽，盐留在锅底，蒸汽冷凝为蒸馏水，水珠沿着锅盖预留的缝隙不断滴落出来，这即是淡水。蒸馏法的原理很简单，像新加坡、瑙鲁等岛屿国家也是采用这种海水淡化技术。

他们用石板做了个简易的蓄水池。

画龙高兴地说："我请你们俩喝海带汤，我的手艺不错呢。"

周兴兴说："晚上，我们吃清蒸螃蟹！"

画龙说："没有螃蟹。"

周兴兴说："有。"

画龙说："我怎么没看见？"

周兴兴说："沙滩上有螃蟹的脚印，你到退潮的时候去看看吧。"

等到晚上退潮的时候，画龙果然在沙滩上捕捉到一些螃蟹，还有活蹦乱跳的小虾小鱼。他们三人饱餐了一顿，寒冰遇的状况似乎也有所好转。蒸馏淡水需要大量的燃料，很快，海岛上干枯的海带就烧完了。画龙每天都去打捞海带，他从一块礁石游向另一块礁石，每块礁石周围都生长着大量海带，海带属于浅海植物，画龙并不需要多么高明的潜水本领就可以捞到很多，在沙滩上经过暴晒，就可以作为燃料了。

太阳升起一次，周兴兴就在石头上画一条线，时间过得很快，他们被困在海岛上已经七天了。那天下午，他们三人正在闲聊，寒冰遇指着天边突然说："快看！"

三人站起来，不禁看得呆了。

乌云从天边翻滚而来，海面静得出奇，顷刻间，狂风大作，天空一刹那阴云密布。平静的海平面涌出很多气泡，乌云越压越低，一个大气泡升起，破裂后海面上出现了一个巨大的漩涡。一股细细的黑色云柱从乌云中向下伸展，底部下垂的漏斗状云柱渐渐与漩涡相接，水面"砰"的一声，海水开始快速旋转，逐渐形成水柱冲天，与黑云相连在一起。

画龙惊呼道："海龙卷！"

他们从来没有见过如此壮观而又恐怖的场面，人在大自然面前显得太渺小了。

周兴兴大声喊道："那边还有一个！"

天边又出现一个海龙卷，从东南方向缓慢移动，它的上端与雷雨云相接，下端直接延伸到海面，很快，两个海龙卷慢慢接近，巨大的能量使云层打转，云的转动也带动了空气的转动。海龙卷越转越快，一瞬间，两个海龙卷合二为一，一个巨大的海龙卷出现了，旋转飞舞，气势汹汹，周围的云层释放出闪电，海龙卷的根部四溅着如蛇的水花，场面惊心动魄，非常壮观。

龙卷风是一种强大的风暴，它与低气压和旋转的风向有关。当地表和海面的空气被加热，柱状空气从积雨云风暴的上部下降，龙卷风发展的迹象就变得非常明显——空气低压区域开始剧烈旋转。

海上的龙卷风可引起海龙卷，水中的鱼虾，甚至搁浅的沉船都会被卷入空中，一只水母在浪花的蕊间被抛出来，在天空打开裙裾，一只飞鸟的眼神也在此时闯进一条鱼的回忆。沿海的居民有时会看到奇怪的景象，海龙卷过后，鱼从天而降，落在他们家的院子里。

有些龙卷风只能保持几秒钟，有些会持续一小时以上。

二十分钟后，龙卷风消失在云层中，暴雨夹着冰雹倾盆而下。

周兴兴和画龙躲避进坑洞里，寒冰遇让他俩出来。

画龙问："干吗？"

寒冰遇说："老天有眼，这场雨下得好。"

周兴兴说："明白了。"

他们冒着大雨和冰雹，在岛上建立了几道堤坝，拦截雨水，等到雨收云住，他们将积水引导在一起，就形成了一个池塘，这样就彻底解决了淡水危机。

岛上的生活孤独而又平静，他们用海螺喝水，用砂锅煮海带、螃蟹、鱼和虾。他们看到过一条海蛇断成三截，依然还会活着。有时，海面上会漂着一片片红色的树叶，他们觉得那叶子实在太美了，于是把手伸进水里，想捞片树叶瞧瞧，然而意想不到的事情发生了。"树叶"竟然漂动起来，一会儿没入水中不见了。原来，这不是什么漂亮的树叶，而是叶形鱼在水面上闭目养神！叶形鱼总是把自己装扮成树叶，可以骗过人的眼睛。

自从那场暴雨过后，寒冰遇的伤口就恶化了，大面积溃烂。他的胳膊已经抬不起来，浑身都散发着臭气，更糟糕的是被雨水淋了之后，他开始发高烧，如果不加以治疗，周兴兴和画龙只能眼睁睁看着寒冰遇慢慢死去。

画龙对寒冰遇说："把你的胳膊砍下来吧？你看整条胳膊都烂掉了，还有这味道真的很让人作呕。"

　　周兴兴说："把胳膊砍下来也不一定能保住命，那样会出现一个新的伤口，再说，我们没有刀子，拿什么砍，难道要用石头砸？"

　　画龙说："那只有慢慢等死了。"

　　寒冰遇不说话！

　　当一个人快要死去的时候，他会听到苍蝇的嗡鸣。

　　寒冰遇的脑子就嗡嗡响，连说话的力气都没有，他一天到晚躺在土坑里。

　　有天傍晚，一只海鸥，在飞行中突然死去，落在海岛上。

　　周兴兴和画龙跑过去看，这只海鸥应该是死于谋杀，凶手是风、疾病和人类。它的一只脚爪受伤了，可能是在捉鱼的时候不小心弄伤的。污染的大海，到处乱扔的垃圾，这些是它致命的死因。

　　画龙说："老天要是能空降一个医生过来就好了，并且带着手术刀、药品，还有青霉素。"

　　周兴兴看着海鸥沉思："会有医生的。"

　　画龙半信半疑地问道："什么时候？"

　　周兴兴语气坚定："明天早晨。"

　　画龙嗤之以鼻："骗人。"

　　周兴兴说："再耐心地等一个晚上。"

　　画龙说："我们打赌，如果明天看不到医生，那你就去捞海带。"

　　周兴兴说："好！"

　　第二天，海鸥的尸体腐烂了，发出难闻的臭味，周兴兴坐在地上，对着海鸥自言自语。画龙走过去，问他医生在哪儿，周兴兴低头不语，过了一会儿，周兴兴问海鸥："你从哪来？"

　　海鸥不回答。

　　周兴兴继续问："你有没有看见医生？"

　　海鸥一动不动。

　　画龙不解地问道："周兴兴，你是不是吃海带吃成傻子了？"

　　周兴兴继续审问海鸥："你想顽固到底是不是，我们的政策难道你不知道？"

画龙哈哈大笑："你可以对它严刑逼供。"

周兴兴严肃地说："我是一个刑警，也干过多年的预审，现在我在审问海鸥，请不要打扰我好吗？"

画龙说："它要是能开口，也只会对你说——我死了。"

周兴兴回头瞪他。

画龙忍住笑，看周兴兴到底想干什么。

周兴兴问道："你有没有看见过苍蝇？"

画龙说："我看到过。"

周兴兴不理他，对海鸥说："看来我只有验尸了。"

周兴兴拔掉海鸥的羽毛，撕开它的身体。海鸥的五脏六腑已经生了密密麻麻的小蛆，一股臭气弥漫开来。画龙捂住嘴，感到一阵阵恶心。周兴兴用两根手指小心翼翼地捏起一只小蛆，他对画龙说：

"在这里，这就是医生！"

死亡的第一个见证者通常是苍蝇。这是因为苍蝇的嗅觉非常敏锐，它们往往在几公里之外就能嗅到新鲜的尸体。一只雌蝇只需十分钟就能找到一具尸体，然后在上边产卵。这些卵经十到十四小时，即可孵化成蛆。从蛆的孵化、吃掉尸体组织。发育到蛹阶段，最后作为成虫飞走，这一全过程需要八至十四天。法医也是因此来推断一具尸体的死亡时间。

蛆虫确实是最好的外科医生。

医院对伤口腐烂经久不愈的病人常常感到束手无策，因为腐烂组织用人工方法很难清理干净。在几个世纪前，蛆就已经被用来治疗伤口感染，从滑铁卢战役到索米战役，以及美国内战时期，蛆的治疗作用就被战场上的外科医生发掘利用。在伤口处放入蛆，蛆可以吃掉腐烂的伤口中坏死的组织和细菌，蛆是一种食腐幼虫，对新鲜的肉并不感兴趣，所以不必担心蛆会把整个人都吃掉。在战争时期，很多野战军人在没有药品的情况下，就是用这种方法来治疗的。

周兴兴把一些小蛆用盐水简单地消毒，然后放进寒冰遇的伤口，他撕破衣服，帮寒冰遇包扎好伤口。

寒冰遇说："谢谢。"

画龙问："你现在是什么感觉，要知道，蛆正在你的胳膊里爬呢。"

寒冰遇回答："有点痒。"

周兴兴说："蛆必须经常更换，要不然，你的胳膊里会飞出来苍蝇。"

十天之后，寒冰遇奇迹般地好了，蛆不仅吃掉了溃烂组织，还促使伤口生成一种有助于新组织生成的生物酶。这样，伤口很快长出了健康的新组织。

1998年9月2日，两只鸟在一个人的头顶飞过，后来，那鸟的羽毛出现在他的羽绒服里。

1999年4月19日，一个渔民放生了一只海龟，他在龟壳上刻下了四个字：福寿延年。

2001年6月20日，也就是周兴兴、画龙、寒冰遇三人被困在岛上的第二十八天，一只海龟刚刚爬上沙滩，就被画龙捕获，周兴兴和寒冰遇看到海龟背上刻有"福寿延年"的字迹。

画龙说："海龟肉，味道不错的。"

寒冰遇说："放了它吧。"

周兴兴说："现在已经进入海龟的产卵期，会有很多海龟上岸的。这只，就放生吧，也许会给咱带来好运。"

海狮最先爬到岸上交配，这种动物吼声如狮，且个别种类颈部长有鬃毛，又颇像狮子，故而得名。画龙的拳脚功夫终于有了用武之地，他在沙滩上和海狮搏斗，最终那只海狮战败，被他们三人吃到了肚子里。海豹和海狗又陆续登岸，它们必须上岸来交配和繁衍，年年如此，代代相传。海豹就像一个履带式挖土机一样用腹部爬行，海狗的毛皮珍贵，雄性海狗鞭更有壮阳补肾之效。当然，这两种动物也进入了周兴兴他们的肚子。

第二天，大批海龟登陆了。

海龟在各地产卵的时间不尽相同，4月~7月为繁殖旺季。雌雄海龟群居在珊瑚岛周围，互相追逐，选择配偶。有时雌海龟对求爱的雄海龟看不上，就用头对着雄海龟，不让雄海龟爬上背后，雄海龟总想方设法从旁边绕至雌海龟背后，雌海龟也总是随机应变，转过身去用头顶着对方，不让雄海龟得逞。若二者满意，情投意合，雄海龟就爬到雌海龟背上，用前肢爪钩住雌海龟背甲，长长的尾巴同下往前弯曲，交接器插入雌海龟的泄殖腔中，交配的时间可长达3~4小时之久。

周兴兴观察到，海龟上岸产卵的时间，一般是晚上10点以后。它们用鳍状四肢笨拙地向前爬行，沙滩上留下两条宽宽的与履带车痕迹相似的龟道。在海水淹不到的沙滩处寻找产卵地点。此时的雌海龟虽然有些迫不及待，但却格外谨慎，略有风吹草动，它们就立即返回大海。因为捕龟者和一些野兽往往在这期间等待捕捉上陆产卵的雌海龟，或挖食它产下的卵。海龟一旦在陆上被掀得腹面朝天，就只能束手就擒，产卵期的海龟警惕性特别高。只有确认万无一失的时候，它们才会寻找适宜的产卵地点。海龟在产卵地点的选择上也是很认真的，既要有利于卵的孵化，又要不易被敌害发现和破坏，所以花的时间很长。

寒冰遇也在仔细观察海龟的产卵过程，他发现海龟选择好场地后，先用巨大的前肢挖出一个宽大的凹坑。坑的深度与龟体高度相当，将整个身体隐伏于坑内，然后再用两个较短的后肢，交替在生殖孔下方挖一个垂直的卵坑。尽管海龟老态龙钟，行动迟缓，但挖坑时后脚踏实地却像人手一样灵巧，像勺子一样将沙粒舀起，小心翼翼地提上来抛出坑外，有时抛得很远。产卵海龟多时会使整个海滩响起沙沙的挖沙声。坑有半米多深，边壁垂直，像一口小井。如果地点适宜，用不了十分钟就可以挖好。若遇塌陷或沙中有瓦砾等杂物，就需要用很长时间去清理。

卵坑挖好后，稍事休息，便开始产卵。产卵前，先用后肢向尾和泄殖孔处拍几下，将黏附的沙拍掉，然后泄殖孔向卵坑中排出几滴白色透明的液体，随即产出第一颗卵，卵很像一个白色的乒乓球，卵壳坚硬而富有弹性，不易破损。海龟一旦开始产卵，无论什么强烈刺激，它都全然不顾。整个产卵过程十分钟左右。这期间它一直不断地排出黏液，使整个卵坑都被带有黏液的沙粒包裹着。产卵结束后，就用后脚拨沙将卵坑掩埋起来，然后爬出掩体坑，再用前肢将坑填平，最后拖着疲惫的身躯慢慢爬回大海。

海龟蛋是一种美味，画龙在挖海龟蛋的时候，有些海龟一边爬向大海一边流泪。

这是因为海龟在吃水草的同时也吞下海水，摄取了大量的盐。在海龟泪腺旁的一些特殊腺体会排出这些盐，造成海龟在岸上"流泪"的现象。

经过细心的观察，寒冰遇对画龙说："我们有办法离开这荒岛了！"

画龙说："除非有船。"

寒冰遇说："我们可以自己造一条船。"

周兴兴说："我也想到了。"

画龙说："这岛上连棵树都没有，用什么造船？"

寒冰遇对周兴兴说："咱俩把答案写出来，看看是不是一样。"

周兴兴说："好！"

周兴兴和寒冰遇在沙滩上各自写了出来，画龙去看，发现他们写的都是两个字：海龟！

他们制造的船是由这些东西组成的：绳索、麻袋、死海龟、活海龟。

绳索是用海带的柄、茎以及纤维编织而成的。海带分为柄、茎、叶，市场上见到的海带多是叶片。海带的柄部很坚硬，茎也有柔韧性，他们去除叶片，将柄和茎抹上海豹油，经过烟熏水浸，这种自制的绳子也是非常的经久耐用。用海带做的绳子并不稀奇，很多水手也懂得用海藻制作绳子。

麻袋是和他们一起被扔在荒岛上的。他们将麻袋裁开，将绳索编织成网状，然后铺在上面。这样就造好了船身。

死海龟主要起到浮标的作用。溺水死亡的人，男尸脸朝下，女尸脸向上。这是因为骨盆构造的原因——女人的屁股比男人的大。溺水死亡的人，不管男尸女尸，都有一个共同的特点：浮在水面。在腐烂的过程中，尸体内会产生大量气体，这使得水中的尸体会漂浮在水面。海龟同样如此，将海龟翻过来，四脚朝天，死亡后扔到海里，死海龟也是漂浮着的。他们用绳子将十二只死海龟捆绑在"船身"上，这样就做成了一个气筏。

活海龟可以作为这气筏的动力。与陆龟不同的是，海龟不能将它们的头部和四肢缩回到壳里。他们用绳子系住活海龟的脖子，坐在筏子上，海龟会像骡子和马那样拉着筏子在海中前进，这样也就有了动力。他们挑选了四只健壮的海龟。海龟正处在产卵期，它们会凭借本能以最快的速度游向陆地。海龟是浅海动物，尽管可以在水下待上几小时，但还是要浮上海面调节体温和呼吸，所以不必担心海龟会一直潜进深海。

四天之后，他们的船造好了！

他们选择在中午起航，因为中午既不是涨潮也不是退潮时分，海面风平浪静。

画龙自告奋勇要当船长，他大喊了一声："出发！"

他们离开了荒岛。海龟划动四肢，一刻不停地游着，海龟拖着筏子在平静的水面上慢慢地行进，三人坐在筏子上，回头去看这座生活了一个月的荒岛，心里感慨万千，按照现在的速度，大概到黄昏时间就可以登陆了。

寒冰遇教授给画龙驾驶海龟的技巧，他告诉画龙必须得紧紧牵住海龟，不要让绳索绷紧到快要挣断的地步，如果海龟向下沉，千万不能猛地一拉，必要的时候给海龟放出绳子。通过绳索在水中的斜度来判断水下海龟的位置，一直控制海龟的路线不要改变。

画龙不耐烦地说："知道了，就好像你经常驾驶海龟似的。"

寒冰遇呵呵笑了："我也没什么经验，不过这和驾驶骡子、马，没什么区别嘛。"

周兴兴在观察筏子上绑着的死海龟，他用手按了按，发现浮力很大，足够坚持到他们登陆。

寒冰遇开始讲起一些趣闻，他说有的鲸鱼会自杀，它们自己游到岸边，搁浅在那里，胃里常有乌贼和章鱼活生生地爬出来，还有海龟从鲸胃里钻出来，在沙滩上还乱蹦乱跳。海龟极有灵性，在广东惠东县海龟湾自然保护区，有个叫"安安"的百年雌海龟，它能背着一个小孩在水中嬉戏。

他们渐渐远离了海岛，一直向西，就会抵达我国的海岸线。三人坐在筏子上，海水和天空一样湛蓝。突然，绳索迅速地上升，四只海龟全部浮到海面上，它们在水底似乎遇到了什么可怕的东西，惊慌失措，想四散奔逃。画龙竭尽全力拽住绳子，才没有使绳索挣断。

他们看到筏子旁边的水下有一条可怕的阴影游过，阴影渐渐变大，它转了个弯，慢慢升到了水面。

　　周兴兴喊道："鲨鱼！"

　　他们看清楚了，那是一条大青鲨，高耸的脊鳍像刀子般划破水面，水从它身上向两边直泻。他们注视着鲨鱼绕了个圈，再次逼近，它的力量和美，全都暴露无遗。鲨鱼猛地张开大嘴，吞下去一只海龟。

　　画龙喊了一声："糟糕！"

　　鲨鱼的出现不是偶然的。死海龟的嘴巴里一直在滴着污血，当那血迹在海里下沉并扩散的时候，鲨鱼在很远的地方就闻到了。它有着超强的嗅觉，它从水底深处上来，嗅到了血腥气的踪迹，就顺着他们的筏子所走的路线追踪过来，全然不顾一切，有时它迷失了气味，但是它又重新寻找到了方向。

　　很快，三只活海龟都被鲨鱼吃掉了。画龙试图保护最后一只海龟，他将海龟拽到身边，但是那条鲨鱼跃出水面，一口咬住了海龟。画龙瞅准机会，向鲨鱼的眼睛上猛击一拳，眼睛凹下去，迸出鲜血，血液在水中漂开去。一会儿，其他鲨鱼闻到了血腥味，很快也游了过来。它们很兴奋，因为饿昏了头。六七条鲨鱼开始袭击眼睛受伤的那只鲨鱼，受伤的鲨鱼在海面上翻滚着身体，扭动着尾巴，在挣扎中被同类吃掉了。

　　失去了动力的筏子开始在海面上打转，三人沉默无语。

　　过了一会儿，画龙说："我在想，咱们三个谁会被鲨鱼最先吞下去。"

　　周兴兴说："但愿是我，我不想眼睁睁地看着你们俩死在我前面。"

　　寒冰遇说："以前，我当兵的时候，我们进行野外生存训练，我们连长讲过一句话，这句话很管用，至少救过我三次。"

　　画龙问："你们连长说的是什么？"

　　寒冰遇说："最后一刻，也不要放弃希望。"

　　鲨鱼游走了，没有再来。鲨鱼不是食腐动物，所以那些作为浮标的死海龟安然无恙。

　　他们用手划着筏子，但是徒劳无功，因为海水中有很多暗流，他们双手的力量并不能前进多少。几小时过去了，依然看不到陆地的影子，他们感到筋疲力尽，只能任由筏子随着波浪浮动。

寒冰遇在水中捞出一簇黄色的马尾藻，把它抖抖，一些小虾就掉下来。小虾在麻袋上蹦跳着，甩着脚，像跳蚤一般。寒冰遇用拇指和食指掐去它们的头，连壳带尾巴嚼着吃下去。它们很小，可是营养丰富，而且味道也好。周兴兴和画龙情绪沮丧，甚至感到绝望，因为天就快黑了。

夕阳照着海水，波光粼粼中可以看见七色彩虹，晚霞布满了天边，太阳正在慢慢地落下去。

他们的筏子在大海中随波逐流，一条金枪鱼贴近海面游过，最后一线阳光照耀着它像金子般闪亮的鳞片。暮色渐渐苍茫，他们在这大海中漂荡，开始想念那座荒岛。他们感觉自己是这样孤单，也许每个人都是茫茫人海中的一座岛。他们背靠背，身子贴在一起，这样会感到暖和一些。

三个人都不说话，沉默着。

天已经黑了，没有月光，只有暗淡的星光。

海上渐渐地起风了，海浪随时都可能将这筏子打翻。黑暗中，风声呼啸，越来越大的风刮得波涛汹涌，一个大浪卷来，三人的身上都湿透了。

寒冰遇说："你们俩相信神吗？"

周兴兴说："我信。"

画龙说："我不信。"

寒冰遇说："画龙，以后你也会信的。"

他打着了打火机，向空中摇动着手臂。

夜空中，一架直升机飞了过来，螺旋桨旋转的声音，惊起成群的飞鱼。

海警并没有在岛上找到周兴兴、画龙、寒冰遇三人，他们在附近海域搜索了几小时，一无所获。他们向指挥中心汇报，白景玉勃然大怒，下令继续搜寻。很快，天黑了，海警请求返回，白景玉长叹一声，泪流满面，他慢慢摘下了自己的帽子！

就在搜寻的直升机准备返回的时候，一个海警偶然回头，看到漆黑的海面上闪烁着一点光。

那一点光正是寒冰遇手中的打火机发出来的！

## 第二十四章　丛林冒险

云岭镇有一家兽医站，兽医站只有一个医生。

在播种季节，这个医生也兼卖种子和化肥，兽医站门前的花盆里种着棉花、玉米、小麦和大豆。这些农作物长势茁壮，说明售出的种子品质优良。

医生姓陈，他擅长治疗鸡瘟，还会钉马掌、骟骡子、给母猪配种，闲暇时间也屠宰牲畜，也就是说，他有时是医生，有时是屠夫。

2001年5月24日清晨，陈医生刚打开大铁门的时候，一辆车停在兽医站门前，从车上下来三个人，抬着一个腹部血肉模糊、不停呻吟的人。

这三个人就是高飞、炮子、二吃子，抬着的那个人是老枪。

炮子："大夫，快救救我哥。"

陈医生："他怎么了？"

炮子："被枪打了，打中肚子。"

陈医生："枪伤啊？"

炮子："我们有钱。"炮子打开一个背包，拉开拉链，里面是一捆一捆的百元大钞。他们逃走时带走了赌场内的所有现金，有40多万。

陈医生："我是个兽医。"

高飞："不是兽医，我们还不找你呢。"

陈医生："我只给牲口看过病……"

二吃子："少废话！"

高飞从裤兜里掏出一把手枪，黑洞洞的枪口对着陈医生。

枪伤病人如果去医院治疗，医生肯定会查问中枪原因并报警，所以高飞、炮子、二吃子、老枪四人长途奔波一夜，来到这家小镇的兽医站。他们关上大铁门，逼迫陈医生尽快治疗，陈医生让他们把老枪抬进屋子，放在床上，老枪仍旧不停地痛苦呻吟。

陈医生戴上橡胶手套说："没有麻醉药，没有盘尼西林，只有磺胺粉。"

炮子问："磺胺粉是啥玩意？"

陈医生说："是用来做消毒的，不能止血，也不能止痛。"

炮子说："好吧。"

炮子又低头对老枪说："哥，你忍住。"

只用了五分钟的时间，陈医生就用镊子夹出了老枪腹部的弹头，然后清理了腹腔里的凝血块，撒上磺胺粉，用绷带包扎好伤口，整个过程一气呵成。

二吃子说："医生，活干的漂亮。"

陈医生说："我以前给一头毛驴做过手术。"

二吃子说："毛驴也中了枪？"

陈医生说："不是，毛驴吃下去一个秤砣，我给取了出来。"

陈医生忘了告诉他们，那头毛驴第二天就死掉了。事实上，老枪的脾脏破裂，陈医生在做清创处理的时候，还损伤了老枪的输尿管。一会儿，病床上的老枪就开始咳嗽、吐血，这是生命垂危的预兆。陈医生向他们表示吐血是正常的，弹头已经取出，回家后静养几天就好了。

炮子说："病情不稳定，我们得在你这儿待一天。"

陈医生说："你们还是走吧，我不要钱。"

高飞说："我们天黑再走，你最好老实点。"

陈医生说："警察在到处抓你们吧？"

二吃子说："警察不会到这里来的，除非你报警。当然，你就是报警，到时候你也是人质。"

陈医生问："什么是人质？"

高飞说："人质就是警察来的时候，你得站在我们前面。"

老枪停止了吐血，腹部缠着的绷带被鲜血染红了。

陈医生去取纱布的时候，趁他们不注意，掏出一张钞票，在上面写了一行字，扔到窗外的马路上。

俞芳利用灯光报警，秦林点燃自家的草垛报警，蒋存义把花盆推向楼下的行人身上报警。苗春莲在家遭遇入室抢劫，歹徒逼她说出信用卡密码时，丈夫打来了电话。苗春莲知道，这个电话可能是她获救的唯一机会，她并没有直接说出自己的危险处境，而是用平静的语气说："我想和我妈出门逛街，你在单位吃完饭再回家吧。"由于苗女士的母亲早已去世多年，因此，一下子引起了丈夫的警觉，立刻报警，没多久，警方将秦女士成功解救。

陈医生选择的报警方式也很巧妙，他在一张五十元钞票上写下"我是兽医站陈医生，我这里有坏人，请帮忙打个电话报警"。如果是写在纸上，被路人发现的可能性很小，写在钞票上，行人很快就能捡到，捡到钱时人们一般会观察是不是假钞，这样也就发现了钞票上的求救字样。

一小时后，警笛大作，辖区派出所民警接到电话报案迅速赶到，兽医站的大铁门被敲得砰砰响，高飞、炮子、二吆子扔下老枪，翻墙而逃，兽医站后面就是大山，山上是行人罕至的茂密森林。因为前几天刚下过雨，民警随着脚印一路追踪，高飞开枪射击，追踪被迫中止，中止的原因主要是因为民警都没带枪——很多警察一生中都未开过一次枪。

辖区派出所民警向上级汇报，上级领导火速派出当地武警支队前来支援，他们组成四个搜捕分队，牵着警犬，全面搜山追击，陈医生也自告奋勇加入了搜捕队伍。

高飞、炮子、二吆子，在山林里慌不择路地奔逃，他们刚一停下来喘口气，就听到山下警犬的叫声。三人惊慌失措继续逃命，前面出现一条小溪，高飞建议顺着溪流向上跑，这样可以让追踪的警犬失去嗅源，也使得警察找不到脚印。

溪水的源头是一个池塘，池塘边有一些野坟，野坟上长着未开放的菊花。坟应该是多年前的模样，只是小了一点。他们三人气喘吁吁，坐在坟头上休息。此时，已经听不到警犬的叫声，三人惊魂未定，却又各怀鬼胎。

二吆子走在池塘边，用手捧着水喝。

高飞拍拍炮子的背包，悄悄地对他说："小心二吆子！"

炮子面无表情，装作没听见，他折断一根树枝做拐杖，说："走吧，咱得翻过这座山。"

炮子在前，高飞在中间，二吆子在最后，三人专走羊肠小道，跋山涉水，崎岖而行。

高飞故意把手枪别在后腰上，诱惑一个人偷东西最好的办法就是把东西放在他触手可及的地方；二吆子只需一伸手，就可以把枪弄到。然而他不为所动，在攀登一块大石头的时候，高飞后腰上的手枪掉在了地上，正好掉在二吆子的脚下。

二吆子把枪捡起来，拿在手上。

高飞厉声喝问："二吆子，你想干什么？"

炮子也回头看着二吆子。

二吆子终于下定决心，枪口对着炮子，他冷笑一声，说："把钱给我！"

炮子说："你冷静点，我做过什么对不起你的事吗？"

二吆子说："以前，你逼我杀人，现在，你别逼我杀了你，把背包扔过来。"

高飞弯腰捡起两块石头。

二吆子说："别动。"

高飞说："你开枪啊。"

二吆子扣动扳机，脸色一变——他发现枪里已经没有子弹。

高飞拿着两块石头，炮子握紧手中粗壮的树枝，两人向二吆子扑过去，二吆子转身就跑，却跑到一个山崖边上。高飞举起石头，炮子举着树枝，步步逼近。二吆子一边求饶一边后退，他脚下一滑，从悬崖上失足跌落，一会儿，下面传来重物从高处落地时发出的沉闷的声音。

高飞对炮子说："放心，我对你的钱没兴趣，咱俩一块逃出这深山，就各奔东西，我去找大拇哥和丁不四，你想去哪儿就去哪儿。"

炮子说："好。"

当天晚上，他们在一个山洞里宿营。

森林的夜晚十分安静，只有几声鹧鸪的叫声，四处森然，令人压抑。

藤蔓植物挂满大树，那些古老的大树有着古老的哀愁，蛛网密集，树林安静的时候，风歇息在树叶上。借着月光，高飞发现了一个捕捉野猪的陷阱，旁边立着木质的警示牌，半夜里，高飞假装撒尿，偷偷把警示牌扔到了草丛里。陷阱旁有一株李子树，果实累累，高飞摘了几个李子，放在陷阱上，然后回到山洞。炮子躺在山洞里的篝火旁，他也是彻夜未眠，时刻保持警惕。

第二天，两人离开山洞，高飞装作脚崴了，故意走在后面。

高飞说："那边地上有几个李子，你不饿啊，咱俩可是一天一夜没吃东西了。"

炮子去捡李子，结果掉进了陷阱，他大声呼救。

陷阱很深，像一个井，高飞蹲在洞口，对炮子喊道："我去找根树枝，把你拽上来。"

炮子说："快去，快救我。"

一会儿，高飞回来了，他对炮子说："没有树枝，只找到一块大石头。"

炮子苦苦求饶，他把背包扔上去，求高飞饶他一命。

高飞恶狠狠地将石头砸下去，正好砸在炮子的头上，炮子闷哼一声，躺在井底，一动不动。

中午时分，高飞走出深山，走到盘山公路上，他拦了一辆手扶拖拉机，打开背包一看，里面竟然不是钱，而是树叶——原来钱已经被炮子调包了。

炮子并没有死，他当时被石头砸得眼冒金光，只觉得天旋地转，他索性躺在那里装死。等到高飞走了，炮子用腰带卡在陷阱内的墙壁上挖了几个小坑，他用脚踩着那些坑，像攀岩那样爬出了陷阱。

后来，炮子隐姓埋名，利用这些钱东山再起，成为了一个传销组织的头目。

●●● 十宗罪前传

# 第七卷　终极决战

●●● 十宗罪前传

## 第二十五章  传销恶魔

在莱阳市，每到早晨6点和下午6点，街头巷尾、广场、公园，以及河边的空地上，都有一大群人，像赶集一样，然而不买东西，也不卖东西。他们无所事事，游手好闲，为什么像幽灵似的汇聚在一起呢？首先，为了堵塞交通，然后为了让人感到恐怖。

这恐怖画面是在白天出现的。

这是些什么人？

一群整天吃白菜的人。

一群混迹于城乡结合部的人。

一个所有成员都睡地铺的集体。

一个不敢对亲人说出自己真实职业的组织。

这些人数以万计，他们坚信自己将在几年后成为"百万富翁"。

因为人太多了，这些百万富翁每天早晨都排队上厕所，每天最主要的工作就是打电话。一条破旧的巷子口有个电话亭，一个男人，穿着皱巴巴的西装，还系着条猩红的领带，他打了三个电话。

一、"喂，二舅吗，我现在开了家广告公司，你以前不是干过司机吗，来给我开车吧，每月3000元，包吃住……我能亏待你吗……对，驾驶证来到这里再办吧……喂，你别挂电话，等等，我不是在干传销……喂，喂……"

二、"姑父，您老身体怎么样，打电话给你问个好，我做老板了，开了家网络公司……你来入股吧，就是投资……不懂网络没关系，我刚开始也不懂啊……脱不开身，那就把家里的牛卖了，想赚大钱就做出点牺牲啊……好，那再说吧。"

三、"石头，是我……你忘了啊，以前咱在一个工地上，我是电工组的……是啊，好几年没联系了，我现在做房地产呢，圈了一块地……对，哈哈，我现在就是包工头……难听，还是叫我王老板吧，你在家干建筑能挣多少钱啊……来帮我吧，每月不少于3000……好，你到了车站我去接你，就这么说定了。"

石头来了。

噩梦从此开始了。

石头一下火车就受到了热情接待。当年的电工，现在的王老板，一见面就给他一个拥抱，另一个自称苗主任的女人帮他拎着行李，他的行李中装着瓦刀、锤、钎——他是一个建筑工人。他们七拐八拐走进一片杂乱的居民区，走进一幢破旧的楼房。

进入房间，地上横七竖八像尸体般躺着一些人，见到石头进来，"尸体"纷纷复活，向石头握手，说辛苦了。屋里的人都热情洋溢地迎接他，给他递毛巾，倒开水，弄得石头很不好意思。晚上吃饭，四菜一汤，有鸡有鱼，取"机遇"之意。石头后来知道，只有新人加入的时候才会吃到鸡和鱼，平时就是吃白菜和土豆。十几碗米饭，上面竖着筷子，齐刷刷两排摆在厅里的茶几上，他们端起饭之后就开始喊：

"领导请吃饭，老板请吃饭，大家请吃饭，我也吃饭。"

口号整齐划一，非常洪亮。石头突然想笑，绷住脸，还是没憋住，扑哧一下笑了。他怎么也没想到，以后他也会成为一个吃饭前喊口号的人。为了在新人面前展示激情，吃饭要"抢"，大家抢着盛饭，抢着添饭，抢着给新人夹菜，每个人都吃得津津有味。吃之前要感谢领导，说的时候还配合一些手势，说到经理、总裁什么的还来个中国式的抱拳行礼，表示敬仰！吃完饭，大家开始玩游戏，剪刀石头布，成语接龙，猜数字，实话实说，都是幼儿园小朋友玩的那种幼稚游戏，输了的人要表演节目，有的唱一首歌，有的讲一个故事。

石头输了，大家开始有节奏地鼓掌，要求他表演节目。

腼腆的石头表示自己什么都不会，就给大家鞠个躬吧。

晚上睡觉，男的一个屋，女的一个屋，都是呈一字形排开大地铺。睡觉前，一个挺漂亮的女孩给石头洗脚，石头死活不让。

女孩说："我们不是一家人，但胜似一家人。"

石头说："汗脚，臭，我自己来吧。"

女孩固执地按住他的脚，把鞋脱了下来，一股臭味在房间里渐渐弥漫。石头的脸红了，女孩却不嫌弃，很温柔地给他洗脚，还没洗完，旁边已经站着一个人拿着毛巾准备给他擦脚了。石头是一个建筑工人，何尝受过这等待遇，心里暖暖的。

王老板走过来说："石头，这里就是家。"

石头问："咱的工地在哪儿？"

王老板说："明天，我带你过去。"

第二天早晨起床时，大家边唱歌边穿衣服，早饭是米粥，这米粥的特点是看不到米。吃完所谓的早餐，王老板说带石头出去走走，在路上，王老板向石头郑重地表示自己根本没有什么公司，但是自己在从事一种新兴的行业，两年就可以赚到380万。石头并未对这种欺骗感到愤怒，只是淡淡地说了一声:"哦。"

他们来到了一处二层小楼,王老板敲门先敲两下,隔一会再敲一下,像对暗号一样。门开了,进入一个四周封闭的房间,窗户被窗纸封上了,还有厚厚的窗帘。屋里坐满了人,整整齐齐的,都是坐在塑料板凳上。

石头悄悄地问朋友:"是不是要放黄色录像啊?"

朋友大声说:"我带来一个新朋友,大家欢迎。"大家都站起来,掌声雷动。

一个穿西装的女讲师走在黑板前,大家安静下来,王老板也拉着石头坐在小板凳上,开始认真地听。

讲师说:"我们来到这个小小的课堂,无非就是一个'缘'字,简简单单一个'缘'字,把我们来自五湖四海异地他乡的心,紧紧地连在一起。当我走出家门的时候,有人问我为什么,我说我要寻找我心中的梦,当我在风雨中接受洗礼的时候,有人又问我为什么,我说我要实现我心中的梦。人生有梦,人生如梦,但是人生毕竟它不是梦,我们在这里可以将梦想变成现实。文凭不等于水平,学历不等于能力。不管你是大学研究生还是小学毕业,在我们这里都一视同仁。我们每个人都是平等的,我们来自五湖四海,我们组成一个大家庭,我们有一个共同的信念,我们一定会获得成功。"

讲师问石头:"这位新来的朋友,你是被骗来的吧?"

石头小声地回答:"是的。"

讲师说:"小时候,妈妈说打针不痛,妈妈为什么要说谎?因为说一个美丽的谎言,孩子就能勇敢地接受。如果别人对你说这里有一座金山,你会来吗?你会反问他吃药了没,并且准备提着一袋水果去医院看望他……"

众人哄笑起来。

讲师继续说:"第一个发现商机的是天才,第二个发现的是庸才,第三个发现的是蠢材。为什么我们这个行业成员都是亲朋好友,因为这个商机知道的人越多,我们的机会也就越少。我们要做天才,而不是蠢材,我们骗亲朋好友来,就是为了他们好,我们要和亲朋好友一起挖取成就事业的第一桶金。你不相信奇迹,奇迹就不会发生。"

众人鼓掌欢呼。

讲师示意大家安静，说："我们连锁销售是个新兴的行业，这套模式是从美国引进。只要投入3800块，发展三个下线，最后成功出局，就可以赚到380万。我们群蜂生物科技公司总部是在韩国，我们分五级三阶制，E.业务员、D.组长、C.主任、B.经理、A.总裁……虽然你现在不是一个百万富翁，但你以后肯定是一个百万富翁，虽然你现在睡的是地铺，吃的是大锅饭，但是会吃苦的人吃一时之苦，不会吃苦的人吃一辈子的苦，一切都让事实说话，下面请几位成功人士上台现身说法。"

一个人上台鞠躬，对大家说："我现在每月拿1.9万，1.9万够不够？"

下面的人精神百倍，齐声高呼："不够！"

另一个人上台说："我现在已经做到主任级别，我为从事这项伟大而崇高的直销行业感到幸运，我要感谢我的上线，现在我免费地把自己推荐给大家。我来自……欢迎台下在座的各位百万富翁千万富翁抽出你们百忙之中的宝贵时间莅临我寝室指导……"

最后，讲师问石头："这是一个改变你个人和家族命运的时刻，你愿不愿意加入百万富翁的队伍？"

石头说："好，我加入。"

众人站起来，发出潮水般的掌声，穿西装的女讲师上前拥抱石头，石头只觉得热血沸腾，豪情万丈。

石头开始向家里要钱，他母亲卖咸水花生，他姐姐开着一家油漆店，3800元对他家来说不是小数目。打电话之前，苗主任帮他写好电话稿，石头拿着一个鞋刷子放在耳边自言自语，时不时地将语调提高，然后和风细雨地说着什么。他先模拟打上几遍，这样可以提高成功率。

石头终于鼓起勇气，拨通了村委会的电话，村长把他母亲叫过来，他母亲慌里慌张地问怎么了。

石头说："妈，我和朋友承包了一个修路的工程，急需用钱。"

母亲说："家里没钱，你姐姐开店，钱都给她进货了。"

石头说："这是个赚大钱的机会，错过了可就晚啦。"

母亲说："咱没有发财的命，你就好好地当个泥水匠，挣多花多，挣少花少。"

石头说："妈，求你了，我给你跪下了。"

电话打了二十多分钟，整个过程他都跪在地上，可怜天下父母心，母亲终于答应借钱汇给他。

一个月后，石头声称自己承包工程发了财，把姐夫骗了过来。

姐夫对投入3800元就能赚到380万感到怀疑，一屋子人轮番对其洗脑。

非法传销洗脑一般分三步。

第一步是答疑解惑，通过互相沟通，以问答形式消除成员心中疑惑，解决其付诸行动的各种障碍问题，比如讲"骗有善意和恶意之分，将人们骗来是为了让他们发财"，消除其骗人内疚感。

第二步是煽情授课，深入洗脑。在一个封闭的环境中，通过授课、成功人士的经验介绍，描绘出美好前程，短期即可达到高额回报率，点燃新人投入非法传销团伙的狂热欲望。

第三步是课后沟通，强化洗脑。主要是在寝室营造"大家庭"氛围，由"培训员"向成员传授与他人的沟通技巧及传销的战略战术和手段，反复灌输传销快速致富理念，强调一开始付出多回报少，越往后付出越少回报越多的发财路径，将成员传销致富的梦进一步固化、放大。

石头劝说姐夫："我能骗你什么？你是我姐夫，我顶多骗你一张火车票，你先了解一下我们这个行业，仔细琢磨一下这是不是个发财的机会。"

姐夫说："我不太相信。"

一个秃顶男人对姐夫说："我开着三家中介所，我都放弃了，你看我是傻子吗？"

姐夫笑而不答。

一个中年妇女说："我大姑排在前面，大姑的下线是我爸爸，爸爸下面是我的小女儿，小女儿下面是大女儿，我现在帮小女儿做发展。下个月，小女儿就有工资发了。"

姐夫问："多少？"

中年妇女说:"三四百块,要知道,我小女儿只有6岁,6岁就拿工资了。"

一个梳着小分头的青年走过来说:"我表哥来十一个月了,他都挣100多万了,现在他买车买房,还在家搞了几十亩的香蕉地。"

姐夫说:"我考虑一下吧。"

科学家做过一个试验,将六个人关在一个封闭的屋子里,屋子里有一个苹果和一个橘子,五个人说这个橘子比苹果大,剩下的那个人就会相信;五个人说今天是星期二,剩下的那个人尽管知道不是星期二,但也会对自己产生怀疑,最终被别人说服。人类有着盲从的心理,20世纪六七十年代流行打鸡血就是个例子。

石头的姐夫听了几堂课之后,就陷入了传销的深渊。他先把自己的侄子发展为下线,侄子王勇又以招聘为借口拉来一个同学。

这个同学叫陈磊,刚来到就感觉不对劲,好多人在屋子里,他们也不谈招聘的事情,就是不断地嘘寒问暖,陈磊就警惕了起来。一会儿,有个女孩把他的手机借走了。他当时没想太多,过了一会儿,王勇来了,根本不提招聘的事,而是介绍连锁销售,说了半天,然后告诉他,其实是把他骗来的,让他做这个销售。

陈磊感到非常愤怒,他咆哮着说:"王勇,咱俩从小学就是同班同学,咱俩好得穿一条裤子,你竟然把我骗来,骗来搞传销。"

王勇急切地辩白:"这是直销,不是传销。"

陈磊举起拳头,想打王勇,却下不去手,他就用拳头打墙,墙霎时红了,石头和石头的姐夫上前将他抱住。

王勇哭喊着说:"你打我吧,别折磨自己。"

陈磊说:"这竟然是真的,我们多年的朋友,你能这样骗我吗?"

王勇说:"我把你骗来是为你好,我就想咱俩一起创业发财,大展宏图,我们以前在学校不经常这样说吗,这是个机会,我用一辈子的友情,来换你这几天的时间。你留下来,我不勉强你加入这个行业,你留下来帮我看清楚,即使是火坑,你看清楚了也好拉我出来呀。你现在刚来,好多东西都没有看到,好多东西都不了解清楚，你就这样下结论。看在友情的分上，这么多年来，你还不了解我吗？"

陈磊也哭了，心里想，是啊，即使是火坑，我也应该把他拉出来呀！以前听说的那些关于传销的事情一幕幕都在他眼前出现。

石头的姐夫看到陈磊精神状态很差，就说先休息一会儿吧，然后叫了一群人进来看着他，怕他再冲动。他们还不断地说不用为人身财产安全担心，只是先在这里面待几天，好好地了解行业，过几天了解明白了，做与不做都可以。陈磊感到心力交瘁，坐了近三十小时的火车，又碰到了这种事情，太痛苦了。他就坐在那里处于一种呆滞的状态，不断地听他们喋喋不休地讲。

过了一会儿，外面进来一个人，把陈磊叫到了另外一个房间，说他女朋友已经打了几十个电话了，让他给女朋友回个电话。

电话接通了，女朋友带着哭腔的话一下子就传进他的耳朵，她不断地问陈磊怎么了，是不是不要她了，是不是遇到什么事情了。女朋友说她已经在电话前坐了一整天了，每隔十分钟就打一个电话，非常担心。陈磊鼻子一酸，强忍着没有让泪水流下来，尽量平静地和女朋友说："我没事，就是遇到了一些意料之外的事情。"

女朋友说："是不是被人绑架了，被人骗了？"

陈磊说："不是。"

女朋友问："是传销吗？"

陈磊回答："是。"

女朋友在电话里哭了，屋里的那几个人听到"传销"非常生气，他们冲过来，想抢夺陈磊的手机。陈磊跑进卫生间，用洗衣机顶住门，开始给亲朋好友打电话，手机却欠费了，他连忙把自己所在的位置写到短信里，用群发功能一遍一遍地发，始终是发送失败。时间一秒一秒地过去，他焦急万分，真真切切地听到了自己的心跳声，就在厕所门被撞开的一刹那，消息发送成功！

几个人冲进来，把陈磊拉回房间，一个人夺过手机，检查了一下，发现欠费了，就把手机还给了他。陈磊愤怒地说："你们还有没有良心，我女朋友哭得嗓子都哑了，你们有没有一点点同情心，如果有，你们就放我出去。"

王勇说："你现在情绪不稳定，等你冷静下来，我们再让你走。"

陈磊说："你们既然是正当的行业，为什么限制我的人身自由？"

王勇说："我们是直销，你误会成传销了，万一你出去报警，会给我们带来麻烦。"

陈磊明白自己的朋友已经深陷其中，他想，为了父母，为了女朋友，为了家人，为了自己，拼了！他冲到门口，却发现门已经反锁了，几个人想拦住他，他又跑到阳台上，想跳下去，阳台上安装了护栏，他绝望地对着漆黑的天空，像受伤的狼一样扯着脖子大喊女朋友的名字。

当天晚上，他失眠了，第二天上午收到两条短信。一条是"交费成功，交费金额为100元"，另一条是女朋友发的："磊，虽然我们还没结婚，但我已经把你当成老公了。我给你交了话费，怕你手机欠费失去联系，现在你爸爸和我爸爸，全家出动去解救你，这两天你要照顾好自己，千万不可和他们硬来，要冷静，我永远爱你！"

陈磊握着手机，一阵幸福的战栗传遍全身，眼睛湿润了。他仔细审视了自己目前的危险处境，他不敢贸然报警，因为他上厕所都有人跟着他，只能安静地等待，他把手机调成振动，等到晚上大家都睡着的时候，偷偷地给父亲发短信。传销的第一步往往是非法拘禁，在这个灵魂扭曲的环境里，没有人可以信任，不要以为能说服谁，被洗脑的人是不会听道理的，和一群疯子辩论完全没有必要。他们将传销窝点称之为"家"，有不少是拖家带口，卖牛卖房，甚至贷款来从事这个行业，在传销组织里没有夫妻等亲人关系，丈夫见了老婆也要称呼老板好。

传销的本质就是——一个人的更富建立在另一个人更穷的基础上，另一个人就是自己的亲人。

陈磊冷静下来，假装配合那些传销人员，也去听了几堂课，两天后传销人员举行了一个大型的分享会，地点在朝天电影院。十几个成功人士现身说法，气氛用"疯狂"两字形容一点也不为过。近千人的大会场里掌声如雷，连绵不断。

主持人对大家说："今天，我们的马总裁也来到了分享现场，大家欢迎。"

在掌声中，一个穿黑色西装、梳着大背头的男人步入会场，身后跟着一个气质非凡的女秘书，女秘书拿出一沓发言稿，他示意不用。他走上台，向会场扫视一周，会场安静下来。

"我就说一句话，"马总裁看着大家，"我的今天，就是你们的明天！"

会场里爆发出雷鸣般的掌声，大家全部站了起来，两手举过头顶，开始有节奏地鼓掌。

这时，会场里的陈磊突然感到背后有人捅了他一下，他回头一看，惊喜万分，原来是他爸爸。爸爸把手指放在嘴唇上，轻轻地说"嘘"，然后做了个走的手势。当时，台上的马总裁正在向B级别传销人士发放奖金，那一捆一捆的人民币让会场里的人看得热血沸腾，谁也没注意到陈磊和他爸爸偷偷地溜出了会场。

走到门口的时候，陈磊的爸爸回头一看，觉得站在台上的马总裁非常面熟。

他对儿子说："想起来了，我见过这个人，我得赶快报警。"

陈磊的爸爸就是云岭镇的陈医生。

马总裁就是炮子。

一小时后，炮子刚走出会场，一副锃亮的手铐铐在了他的手腕上。


渌城广场附近有一面墙，这面墙已经有着三十多年的历史了。

三十年来，每过一年，墙就矮一点。

如果一个人站在墙之前，如果他站立三十年，会靠近又远离某种永不能触摸的东西，那就是这公共墙壁上的字记载着的历史，从那一年的大字报，到计划生育的标语。

这面墙与所有的墙相连在一起。墙面已经风化，剥痕斑斑，弹孔记录着射程，而后枝蔓生出，在整整四年时间里，墙面被绿色的爬山虎所覆盖，成为了一些过路行人在自家院子里种植花木的最初动机。

1993年，墙上贴了狂犬病流行的告示，城里的打狗队到处捕捉流浪狗，在那一年，有一只老狗以惊人的力气跳过了这面墙。

1996年，一个工人粉刷掉旧日时光，墙面换成了一家电器公司的广告，也就是从那时开始，广告上面开始覆盖着广告，写着治疗性病、办证、公关招聘、卖肾，出售透视扑克的牛皮癣滋生出来。

2001年10月29日，墙上贴出了法院的布告。

一个小学生站在布告前认真地念：

被告人马有斋，男，五十三岁，犯贩卖毒品罪、黑社会组织罪，判处死刑立即执行，剥夺政治权利终身，并处没收其个人财产上缴国库。

被告人马有炮，外号"炮子"，男，二十五岁，犯贩卖毒品罪、黑社会组织罪、聚众持械劫狱罪、非法持有枪支弹药罪、非法经营罪，数罪并罚，判处死刑立即执行，剥夺政治权利终身，并处没收个人全部财产。

被告人寒保三，外号"三文钱"，男，五十岁，犯贩卖毒品罪，教唆未成年人运输毒品，情节恶劣，判处死刑立即执行，剥夺政治权利终身，并处没收个人全部财产。

张木德，外号"大怪"，男，三十四岁，犯贩卖毒品罪、故意杀人罪，判处死刑立即执行，剥夺政治权利终身。

法院在漯城广场举行了公开宣判大会，依法对四十多名犯罪分子进行公开宣判。白景玉亲临会场，画龙也做了精彩发言。千余名各界群众旁听了此次公开宣判大会，每宣判一个犯罪分子，路口的群众都爆发出欢呼声。公诉机关对其他犯罪分子进行了宣判：

铁军武，外号"铁嘴"，屠春明，外号"屠老野"，两人犯抢劫罪、逃脱罪，判处死刑，缓期两年执行。

库班，犯盗窃罪、贩卖毒品罪，判处有期徒刑十八年。

丁万祥，外号"丁老头"，刘朝阳，外号"耗子"，两人犯盗窃文物罪、加工毒品罪，判处有期徒刑十三年。

马有刀，外号"小刀"，犯组织卖淫罪，判处十年有期徒刑，并处罚金。

寒少杰，外号"寒少爷"，犯贩卖毒品罪，其被抓获后能坦白交代犯罪事实，有立功表现，对破案起了一定作用，故酌情从宽处罚，判处十年有期徒刑。

至此，除大拇哥、丁不四、高飞三人在逃之外，新世纪一号大案犯罪成员全部落网。

当晚，白景玉在电视上发布了A级通缉令，他号召公安各部门积极行动起来，全民发动，全面出击，布下天罗地网，使犯罪分子无藏身之地，无逃跑之处。对于发现线索破案或直接抓获一名犯罪嫌疑人的，由公安部门奖励10万元，全部抓获的将奖励30万元。白景玉公布了举报热线电话，并对记者信誓旦旦地声称：

三名犯罪嫌疑人一天不落网，大案指挥部就一天不撤销！

## 第二十六章　　水落石出

故事趋向于完整，也接近于尾声。

我们在下面从头至尾地将那些不为人所知的内容呈现出来。

几十年前，一群赤裸裸的农民在夜里挑担子进城，担子里装着萝卜，他们脱光衣服有两个原因：

一、因为天热。

二、因为省布。

那些对遥远的事还有些记忆的老人，如果他们对往日的苦难生活还没有完全忘记，便能体会到"省布"二字的全部含义。

这群光屁股的男人在夜里看到了奇怪的景象：两个黑衣人在长街上晃晃悠悠地走，都披着肥大的黑色长袍，头戴高筒毡帽，额上贴着几张书着符的黄纸，垂在脸上。前面有一个样子古怪的老头，背着竹篓，摇着黑色的铃铛，他一面引领着身后的两个人前行，一面抛撒着纸钱。

"他们是干吗的？"一个光屁股的年轻人问一个老年人。

老年人面露惧色，说："吆死人的。"

年轻人继续问："什么意思？"

老年人回答："就是赶尸，后面那两个穿黑衣服的是死人，前面走的那个是赶尸匠。"

一个人搭话道："拇哥，你胆不是挺大的吗，你敢不敢把尸体戴着的帽子抢过来？"

年轻人说道："这有什么不敢的，你们等着。"

这个年轻人就是大拇哥。

大拇哥很快就追上了那三个人。他蹑手蹑脚从后面接近，赶尸匠警觉地发现了他，立刻摇动铜铃，两具尸体便站在墙边一动不动。

赶尸匠轻轻地说了句："夜半赶路，生人回避。"

大拇哥发现靠在墙边的确实是两个死人，蜡黄的脸，紧闭的双眼，额头上贴着画符的黄纸。大拇哥揭开那张符，死人突然活了，从长袍下伸出一个有力的拳头，正好打在大拇哥小腹上。

大拇哥痛得弯下腰，好一会儿才站起来，发现他们已经走了。

大拇哥琢磨了半天，觉得非常蹊跷，死人绝不可能走路，更不会用拳头打人。

他沿着地上的纸钱，一路跟踪，从此再也没有回来。

人死后讲究落叶归根，要到故乡安葬。客死异地的外乡人，其遗愿一定是入葬祖茔，孝子贤孙必得搬丧回籍，但人们对于尸体非常忌讳，所以并没有船或马车愿意运送尸体。再加上交通并不发达，道路崎岖，常常要跋山涉水，这便出现了赶尸这个独特而神秘的职业。

赶尸其实就是背尸。由赶尸匠在前边领路，徒弟背着尸体在后面跟随，日宿夜行，像幽灵似的走在荒郊小道，或僻静的小巷，摇晃铜铃，抛撒纸钱其实是故弄玄虚，营造一种阴风习习的气氛，使人不敢与之接近。

赶尸匠收徒必须满足三个条件：个矮、貌丑、胆大。

天明时分，大拇哥在一家客店找到了他们。赶尸匠向大拇哥坦白了秘密，他自称姓孟，湘西人氏，收了两个侏儒为徒，这两个侏儒就是丁不三和丁不四。大拇哥表示自己不会说穿，也不会难为他们。

大拇哥成了赶尸匠的第三个徒弟。

大拇哥有父母，但却是孤儿。父亲整日酗酒，母亲改嫁他乡，家也不是家，那时的他就是野地里的一株草，没人管没人关心，童年一过整个人生也就完了，正如天一黑什么都黑了。他本可以像邻居家的孩子那样，从14岁就开始帮家里糊火柴盒，一天要糊上千个火柴盒，一糊就是好几年，然后娶妻生子，用一生的辛苦给孩子盖一所房子，自己老了，孩子长大，孩子重复这春夏秋冬无穷无尽的平淡生活。

他选择了离家出走，踏上另一条茫茫未知的道路。

赶尸匠有一个体重240斤的女儿，她就是孟妮，后来她的体重增至350斤。赶尸匠想招大拇哥做个上门女婿，大拇哥拒绝了。他并不嫌弃她胖，他是这样说的："我讨厌女的。"

赶尸匠死后，大拇哥、孟妮、丁不三、丁不四，他们四人组建了一个红白喜事器乐班子，遇到婚丧嫁娶，就吹响唢呐，敲起锣鼓。农村里结婚或发丧的时候都有一班这样的人。由于这四人相貌奇特——两个侏儒，一个比猪还胖的女人，一个丑八怪——所以他们格外受欢迎，他们一出现，就吸引了人们的目光，以至于出殡的孝子忘记了哭，结婚的新人忘记了笑。

这个器乐班子也是马戏团的前身。

过了一段时间，器乐班子收了一个新成员，他叫寒保三，外号"三文钱"，会杂耍，会吹笛子让一条眼镜蛇翩翩起舞，有过走南闯北江湖卖艺的经历。在三文钱的提议下，一个马戏团出现了。

三文钱在描绘锦绣前程的时候是这样说的：

"赚很多的钱，想买什么就买什么，叫一桌酒菜，只吃一口，天天旅游，玩遍所有好景也玩不够。"

我们在前面说过，三文钱看上去像个杀人犯，一双小眼睛差不多被蓬乱的眉毛掩盖住，总是露着凶巴巴的眼神，宽背，罗圈腿，肌肉结实，老茧百结的大手说明他吃过不少苦。尽管三文钱非常丑陋，但是大拇哥却觉得他简直就是个美男子。

大拇哥讨厌女人，这是因为——他喜欢男人。

在当时的那个年代里，一男一女自由恋爱会被视为有伤风化，即使是夫妻在街上拉手也会被人鄙夷嘲笑，同性恋在当时无疑是一种更大的罪恶，一种被千夫所指万人唾骂的行为，一个只能埋藏在心底的天大的秘密。

如果不算是亵渎爱情的话，我们要说——大拇哥爱上了三文钱。

他爱上了他。

他们之间有过怎样的痛苦与挣扎呢？

从试探到拒绝再到接受又经历了怎样惊心动魄的过程呢？

一个男人要胸怀多少乌云才能制造和藏匿另一个男人心中转瞬即逝的闪电？

他们浪迹天涯，他乡有牡丹盛开，他乡有苹果落地。

1980年，他们买了一筐烂苹果，大拇哥削了一个苹果，从形状可以看出那是一筐烂苹果中不算很烂的一个。那个苹果放在桌上，给三文钱留着。

从1980年的那个苹果开始，他们到死都保持着单身，都没有娶妻结婚，但是他们有了一个儿子。三文钱在垃圾箱里捡到了一个怪胎，他给这弃婴起名为寒少杰，丁不三和丁不四称呼他为寒少爷，孟妮称呼他为大头，三文钱和大拇哥称呼他为儿子。

寒少爷孤僻、内向、腼腆，这个孩子唯一的爱好就是穿上雨衣，只有在下雨的时候，只有在穿上雨衣的时候，才能遮挡住脖子上的大瘤子，才能像一个正常人那样不被围观、不被嘲笑。我们忘记了说一件事——2000年11月21日，那天，他第一次也是最后一次表达自己的爱情，他在走进那个包子店之前，在见到那个卖包子的女孩之前，他曾经向警方要求给自己穿上一件雨衣，由于当时艳阳高照，并未下雨，警方拒绝了这个看上去荒唐的要求。

他和她说过的话一共不超过十句，但每句话都带有香味，在寒少爷以后的铁窗岁月中芳香弥漫。

他们的马戏团里只有一匹马，当然，所有的马戏都和马无关，马是用来拉车的，拉帐篷以及各种道具。后来，马死了，他们吃了它。这个草台班子行走到边境的时候，新加入了两个成员：马有斋和山牙。

马有斋会变戏法，山牙是个耍猴艺人。大拇哥让其加入的主要原因是他俩提供了新的交通工具，山牙告诉大拇哥附近山上的热带丛林里有大象出没，他们在山上守候了一个星期，捕获到一头小象。

小象拉车，越长越大，最终长成了大象，最终也死掉了。

大象死了，他们整整吃了一个冬天。大象越来越小，最后只剩下一副骨架。他们拿出全部的积蓄买了一辆快要报废的卡车。山牙担任司机，那时他的双腿还完好无损，卡车有时陷在泥浆里，他用千斤顶，对抗暴风雨。

有一年冬天，他们在上桥的时候，卡车熄火了，山牙用石头挡住车轮，马有斋爬到车下检修故障。因为地面结冰，石头滑动了，卡车慢慢地向坡下后退，如果不及时让卡车停住，那么卡车下的马有斋会被碾死，整辆卡车也会掉进桥下的壕沟。

所有人都大喊起来，危急之中，山牙把自己的腿伸到了车轱辘之下，卡车停住了，山牙从此成为了瘸子。

后来山牙被捕的时候，马有斋要炮子想尽一切办法把山牙救出来。

他们父子俩有过这样一段对话：

炮子说："山牙叔在监狱里，怎么救？除非喊上人，都拿着枪去劫狱。"

马有斋说："那就劫狱！"

炮子问："为啥非要救他？"

马有斋回答："我这条命是他的一条腿换来的。"

炮子说："成功的可能性很小。"

马有斋说："我就是想让他知道。"

炮子问："知道什么？"

马有斋说："知道我不是忘恩负义的人。"

山牙在监狱里听到枪响，一切都明白了，他跳楼，也不是为了逃跑，而是为了自杀。

他在空中尚未落到地面的短暂时间里，那些消失的事物一一重现。他想起他们在帐篷外的雪地上点燃篝火，大雪依旧下个不停，他们喝酒，马有斋搂着山牙的脖子，大拇哥搂着三文钱的膀子，一对是兄弟，一对是恋人，马戏团是他们的家。

马有斋："我要和你拜把子。"

山牙："现在不是兄弟啊？"

马有斋："咱得举行个仪式。"

大拇哥："咱们赚了钱，就去我老家吧，和缅甸人做水果生意。"

马有斋："我们那有林场，都是红松，可以包一片林场，还可以打猎。"

山牙："我老家有矿山，以前有，现在没有了，现在只有石头。"

大拇哥："这几天的收入没有以前多了。"

山牙："要是没有收入怎么办，没人来看马戏怎么办？"

三文钱："大不了，我去当乞丐。"

大拇哥："我不会让你当乞丐的，我会让你有很多钱。"

山牙："要是解散，那时，我们就见不到对方喽。"

马有斋："天下没有不散的筵席。"

山牙："那时，只有小烟包和我在一起，你们都不知道干吗去了。"

既然故事接近尾声，那么不能不谈论到马戏团的另一个家庭成员——小烟包。这只吸毒的猴子在动物园关了几年，最终被放生到野生动物保护区。

还有，我们不能忘记那个小偷，那个在动物园偷了一串香蕉的孩子：巴郎。

巴郎的妈妈——古丽迅速地苍老下去，这使得她的皮肉生意一落千丈，有时会一连半月都没有一个嫖客多看她一眼，她最终不得不带着巴郎回到老家。他们种棉花，种薰衣草，为了不让这个孩子调皮捣蛋，古丽把他送进了学校。这对巴郎来说应该是一个很糟糕的结局。

这个快乐的小精灵游荡在薰衣草田地里的时候，在课堂上发呆的时候，有时会想起他的小狗弟弟，那个叫旺旺的小男孩应该回到家了吧！

下面来讲讲孟妮的结局。

孟妮在很长的一段时间里都感觉自己是世界上最幸福的女人，她被两个男人爱着。这两个男人都是侏儒，长得一模一样，他们的爱是何时产生的呢？

他们背着尸体行走的时候在想些什么呢？

冬天是怎样过去的呢？

月季花是怎样悄然开放的呢？

曙光是怎样照耀在五月的橘子树上，雨露又是怎样打湿十月的高粱的呢？

只要心中有了爱，就知晓了全部的秘密。

他们用喜鹊的声音寄托相思，用春天的百花和秋天的落叶来传递书信，用月亮和星光甚至整个宇宙来吐露心声。当赶尸匠决定把孟妮嫁给大拇哥的时候，这两个侏儒，一个在城南流泪，一个在城北哭泣。

他们彼此分娩，哥哥生出恨，弟弟生出爱。他们俩的内心热情如火，他们俩却如同这世界的两极冰冷无情。哥哥三天没有和孟妮说话，三天对他来说已经是自己所能忍受的极限。第四天，丁不三问孟妮：

"妮，你要嫁人啦？"

孟妮回答："我要嫁给你。"

丁不三离开后，丁不四跑来问孟妮：

"我知道你想给大拇哥当老婆，对不对？"

孟妮回答："我要给你当老婆。"

她爱的是两个男人，她无法在哥哥和弟弟之间做出选择。直到后来，她才知道，她真正爱着的是弟弟。她曾经带着丁不四去过民政局，她对负责结婚登记的人说："我要结婚。"民政局的人问她："你丈夫呢？我是说，你未婚夫呢？"

她的丈夫在她的裙子下面。

这个害羞的侏儒死活不肯出来，他不肯伤害自己的哥哥。

多年以后，丁不三死了，丁不四被枪毙了，当年的孟妮已经是杀狗卖肉的孟婆婆，孟婆婆从刑场领回了丁不四的尸体。

在那个槐花盛开的乡村，孟婆婆躺在邻居家的一堆稻草上睡了一会儿，冬日正午的阳光暖洋洋地照着，稻草垛就在路边，很多过路的人都看到了她那肥大无比的身躯。她旁若无人地午睡，鼾声如雷，人们不明白她为什么睡在这里，但人们清楚地记得那是最后一次见到她。

过了一年，当地修路拆迁，人们发现孟婆婆的房门被木条从里面钉上了。

透过破旧的被白蚁蛀食过的窗子，可以看到屋内桌上的塑料花蒙了灰尘，结了蛛网。拆迁工人用把斧子劈开门——人们发现这位孤苦伶仃的老人已经死了，她躺在床上，化成了骷髅，在她的身边还躺着一具骷髅。

## 第二十七章　风暴前夕

护隆县大光路菜市场像是一个人的臀部，有两条街可以通向这里。这个菜市场在白天喧闹繁华，白菜、萝卜、黄瓜、茄子都代表着生活的安详。这个菜市场在夜里阴森森的，没有一个过路的人，谁会在晚上去买菜呢？

路灯被坏孩子砸烂了，风吹着塑料袋滚过街角，周围的矮墙沉默不语。

到了午夜12点，菜市场里就陆续来了一些鬼鬼祟祟的人。他们嘀嘀咕咕，天亮前便匆忙离开。每天都是如此，夜维持着秩序，他们在黑暗里进行着秘密交易。自从禁放烟花爆竹之后，这里便成了私自贩卖烟花爆竹的聚集地。后来一些不法分子也来这里销售违禁物品。这边阴影里有几个走私贩子在贩卖文物，那边阴影里有几个小偷在销赃，左边墙角处在销售假烟假酒，右边水泥台子上摆满了各种各样的黄色书刊和盗版光盘。

有时候顾客很多，人头攒动。这个黑市在法律之外，只有供求关系在相互作用。

警方多次打击，然而收效甚微。他们常常在警方出击前就已经知道了消息，翻过矮墙，总有一些阴暗的、拐弯抹角的地方可以让人顺利地逃跑。

2001年10月28日，午夜时分，有三个人走进大光路菜市场。

他们就是：大拇哥、丁不四、高飞。

他们在贩卖雷管的摊位前站住了，一个女摊主露出那种对待顾客的微笑询问着什么，一会儿，买卖成交。他们买了三包炸药，那是一种TNT工业炸药，多用于开山、矿井爆破，其威力无比，黑市上常常有不法分子出售。

他们和女摊主鬼鬼祟祟地嘀咕了几句，女摊主压低了嗓门说跟我来。她领着他们穿过几条街，拐弯抹角走过几条黑暗的小巷，最终在一个死胡同的尽头停下了。

女摊主敲门，门开了，一个穿军大衣的男人出现在略微打开的门缝里。女摊主和他说了句什么，他露出惊愕和狡猾的神情，小声问道："你们要买枪？"

大拇哥点点头。

穿军大衣的男人让他们进来，插上门，走过一个有井的院子，进入堂屋。男人警惕地询问着什么，察言观色，确认他们是不是警察。

高飞说："拿出来吧。"

穿军大衣的男人从衣柜的夹层里拿出一个油布包，布包展开，里面有一把锯断了枪管的猎枪，他说："在这儿。"

大拇哥失望地摇摇头。

穿军大衣的人说道："这是我从山上捡到的，你们看着出个价吧。"

丁不四说："我们不要。"

高飞说："用这枪射五十米外的人，还不如射击月亮，他们打中目标的机会都是一样的。"

丁不四说："我们要买的是能杀人的枪，不是打鸟的枪。"

大拇哥说："枪，还有子弹。"

穿军大衣的男人说："没有。"

大拇哥说："走吧。"

他们快要走到院门的时候，穿军大衣的男人和女摊贩交头接耳商量了一下。"等等，别先走。"他叫住了他们。

穿军大衣的男人说："我有，你们带够钱了吗？"

大拇哥拍拍自己的口袋。

男人脱掉大衣，走到院子里的井口处，他顺着绳子滑下去，女人再用辘轳把他拽上来。他从井底拿出一个油布包，包里有三把枪，两把带有瞄准镜的长枪，一把左轮手枪。

大拇哥拿起那把左轮手枪，问道："多少钱？"

男人说："这是外国货。"

大拇哥又问了一句："多少钱？"

男人继续说："英国警察都用它。"

丁不四有点不耐烦："你就说多少钱吧。"

男人依旧絮絮叨叨地说："这可不是用废铁造的，有的人造出的枪都是哑巴，他们用钉子，用马蹄铁，把这些生锈的东西全倒在锻铁炉里。"

高飞说："看得出。"

男人补充了一句："还有破镰刀。"

大拇哥耐心地等他说完。

男人终于开价了："左轮手枪6000元，白送60发子弹。这两把长的，一把7000元，三把就是2万元。"

大拇哥问："左轮，5000卖吗？"

男人斩钉截铁地说："不卖，这枪可是铜造的，"

丁不四说："这样的话，买卖吹啦。"

男人装作把枪收起来："也好，我就留着吧，会有识货的人来买的。"

大拇哥说："5000，是现款，现在就给钱。"

男人生气了："你们不识货，这枪只要一掏出来，就会吓得人拉屎。"

大拇哥转过身，靠近高飞的耳朵，低声问："东西好吗？"

高飞点点头。

大拇哥说："我们全都买了，还有那两把长枪。"

男人纠正道："错，这不叫长枪，这叫狙击枪，也是外国货，我再送你们两个消声器。瞧这瞄准镜，可以当望远镜。别说打鸟，就连凤凰都能打下来。"

大拇哥说："三把枪，我们买了。"

护隆县是中国三大黑枪基地之一，穿军大衣的男人卖出的三把枪也不是所谓的外国货，而是当地农民自造的。因为该县贫穷，为了挣钱养家而造枪、卖枪的情况非常普遍，一些人农忙时种田，农闲时造枪。1992年以来，当地民间制贩枪支逐年增多。警方提供的数据显示，1992年至1996年6年间，收缴各种非法枪支共8772支。

这个抗日战争时期就闻名全国的地下兵工厂，造枪的历史非常悠久，他们精通军工技术，造出的枪支非常精致，子弹标准，杀伤力相当惊人，丝毫不逊于正规的军事枪支。

## 第二十八章　天罗地网

潆城书石路有个派出所，所长叫马修，再过一个月，他就该退休了。

他唯一的爱好是在家门口的菜地里拉二胡。

门前的菜地四季常青，春天种的是韭菜，夏天种的是黄瓜，秋天种的是菠菜，冬天种的是大白菜。

2001年10月31日，早晨7点58分，这个在白菜地里刚拉完二胡的人，这个再过一个月就要退休的警察，他骑着自行车去上班，刚走到单位，值班室里的三位同事叫住他，说有人送了个大蛋糕给他。

马所长感到茫然："今天不是我生日啊，谁送的？"

同事说："是个戴鸭舌帽的年轻人。"

马所长问："他有没有说自己叫什么？"

同事回答："高飞。"

马所长摸了摸头皮："不认识。"

马所长打开盒子，"轰隆"一声巨响——蛋糕爆炸了。浓烟伴随着火光冲天而起，砖石乱飞，强大的冲击波震碎了附近民房的玻璃，尘埃落定之后，派出所的值班室变成了一片废墟。马所长和两名民警当场牺牲，另一名受重伤。

中午1点30分，大案指挥部召开案情分析会，白景玉亲自主持，周兴兴、画龙、寒冰遇都做了发言，一个女接线员敲门走进会议室。

白景玉对她说，正开会呢，有什么事等会再说。
　　女接线员："有人打来一个奇怪的电话，你最好去接一下。"
　　白景玉："怎么奇怪了？"
　　女接线员："咱们不是悬赏通缉高飞吗？"
　　白景玉说："是啊。"
　　女接线员："那人说他就是高飞！"
　　白景玉以最快的速度冲出会议室，拿起电话，周兴兴、画龙、寒冰遇随后也跟过来，站在旁边侧耳倾听。
　　白景玉："喂，请讲，我是大案总指挥白景玉。"
　　高飞："我是高飞，砰，你们都听到了吧，放爆竹的声音。"
　　白景玉："浑蛋，你也太嚣张了！"
　　高飞："我们来谈个交易，怎么样？"
　　白景玉："什么交易？"
　　高飞："我在另一个地方又放了一个炸弹，那个地方至少有上百个孩子。"
　　白景玉："你到底想干什么？"
　　高飞："我想用这一百个孩子换两个人。"
　　白景玉："谁？"
　　高飞："三文钱和马有斋，把他俩放了吧。"
　　白景玉："他俩已经判了死刑！"
　　高飞："那就只换三文钱一个人。"
　　白景玉："我们不会和你讨价还价，更不会受你威胁。"
　　高飞："这样，你们还是考虑一下，要知道，你们只有三十分钟的时间。如果不答应，那一百个活蹦乱跳的孩子会炸得满天飞。想想你们真的很沾光，一百个孩子的命换一个人的命，还是很划算的……"
　　白景玉不说话了，看着周兴兴他们，周兴兴接过电话，语气坚定：
　　"我们会将三文钱和马有斋立即押送刑场，执行死刑！"
　　电话那边一片沉默，随即挂断了。
　　大案指挥部里气氛凝重，白景玉在房间里走来走去，思索着什么，所有人都看着他。终于，他拿起对讲机，下达命令：

"所有警员，立刻放下手中的工作，全部待命，放假的警员立即召回。我再强调一遍，所有警员全部待命，不管是武警、刑警，还是交通警、消防警，还是片警、法医、预审人员，户籍管理人员，全部放下手中的工作，一切都为大案让步，这不仅仅是犯罪，这是一场战争。"

白景玉："拆弹小组立刻准备，五分钟之内集合。"

画龙："可是我们得知道炸弹在哪儿？"

白景玉："什么地方有上百个孩子？"

周兴兴："学校，幼儿园，儿童游乐场。"

白景玉："立刻联系教育部门，提供这个城市所有的学校和幼儿园名单，警员全部出动，在三十分钟之内，协助他们疏散所有学生，让孩子放假回家。"

寒冰遇："还得调查一下那个电话是从哪儿打来的。"

二十分钟之后，警察调查出了高飞是在一个小卖部打的电话，小卖部处在城乡结合部，人员复杂，流动量非常大。据小卖部老板说，打电话的是个戴帽子的年轻人，他留下一张字条，说一会儿有人会来找他。

白景玉拿起那张字条，发现上面写着一行字：你们来晚了！

下午2点整，炸弹爆炸了。尽管已经出动了全部警力疏散学生，但是警方遗忘了一家孤儿院，那家孤儿院是由全市人民捐款建立的，大多是在监服刑人员的子女和流浪儿童。所有老师都是义务支教的大学生，在这里请记住一个老师的名字：秦卜慧。秦老师接到教育部门的通知，立即让所有学生离开教室，因为那些学生无家可归，他们就聚集在楼下的草地上做游戏，希望这只是一场虚惊。草地旁边有个铁皮垃圾桶，秦老师越看越可疑，在垃圾桶里她发现了炸弹，这位可敬的老师抱着炸弹冲向空旷的操场……炸弹爆炸了，秦老师当场死亡，113名孤儿除两个孩子受轻伤外，其余均安然无恙。

下午2点15分，大案指挥部的电话再次响起。

高飞："我很失望，我在城市的另一个地方又放置了炸弹。"

白景玉："要我们释放三文钱和马有斋，你休想。"

高飞："我现在改变主意了。"

白景玉："要钱是吗？"

高飞："你让周兴兴接电话。"

周兴兴接过电话，说："听着，我现在发誓，我向我去世的妈妈发誓，我会亲手抓住你。"

高飞："画龙和寒冰遇也在吧，你和你的这两个伙计，你们三人来抓我吧。"

周兴兴："好，你说你在哪儿？"

高飞："来吧，人民公园的假山下面。"

周兴兴："如果我抓不住你，我就再也不当警察！"

高飞："记住，你们三人脱光衣服，只许穿一条裤衩，不能坐车，只能跑着来。还有只能是你们三个人，如果我在那假山下面发现第四个警察，我就引爆炸弹，如果2点30分我看不到你们三位，我就引爆炸弹。"

周兴兴："你再说一遍，我没听清楚。"

电话挂断了，发出嘟嘟的声音。

周兴兴、画龙、寒冰遇互相看了一眼，开始脱衣服。一个女警员问白景玉，为什么非要他们光着身子去呢？

周兴兴接过话，回答："为了防止我们带武器。"

画龙还不忘开玩笑："除非我们可以把枪藏在屁眼里。"

寒冰遇补充道："还有，这样很容易认出我们。"

三人迅速地脱掉了衣服，白景玉一脸的凝重。

画龙对白景玉说："老大，有什么指示吗？"

白景玉说："我只有一个要求，你们三个必须活着回来见我，少一个都不行。"

周兴兴说："有点冷。"

寒冰遇说："跑起来就暖和了。"

白景玉开始部署，他命令警员全部穿便装，将人民公园周围严密布控，在外围他安排了八十多名警察，在公园里面安排了二十名警察，他要求所有便衣警察密切注意一切可疑人员。

周兴兴、画龙、寒冰遇跑出警察局，跑过繁华的商业路口，立即引起了喧闹。三个光身子的男人一起裸奔，这是多么奇特的景观，街上的行人都惊愕地大张着嘴，纷纷指指点点。三人跑过一个孩子身边，孩子吓得大哭起来，惊魂未定的妈妈拉紧孩子的手对丈夫说："肯定是翻围墙跑出来的。"丈夫点头说："我知道，这不算什么，他们还会当街撒尿，或者把大便拉到裤子里，我看应该给你二舅打个电话，问问他们精神病院有没有人跑出来。"

画龙："其实我早就想这么干了，不穿衣服在大街上跑。"

周兴兴："我们就当是在跑马拉松。"

寒冰遇："马拉松？看到别人的眼神了吗？别人看咱们就像是三个疯子。"

十分钟后，三人站在公园的假山下面，累得筋疲力尽，气喘吁吁。公园免费开放，游人很多，空旷的地上有一处很小的假山，假山上有个自来水龙头做的喷泉，水流下来，形成一个池塘，池塘里有金鱼游来游去。

三人四处张望，仔细观察。一对青年情侣走到亭子里坐下，一个生意人站在路边大声地打电话，竹林旁边坐着一个看书的学生，草坪上有个打太极拳的老头，这些都是乔装改扮的警察。

高飞不会来的，他没那么傻。

那他干吗要咱们到这里来？

只有一种可能，这公园里也有炸弹，他想炸死我们。

如果你是高飞，你会把炸弹放在哪儿？

三人的目光扫视了一遍，最终落在身后的假山上。这假山确实是个放置炸弹的最佳地点，一旦引爆，石头乱飞，威力加倍。他们跳进池塘，在假山上看到了一堆石头，寒冰遇小心翼翼地搬开几块，里面赫然发现一个定时炸弹。

寒冰遇说："你俩快跑，跑得越远越好。"

画龙说："你呢？"

寒冰遇说："我试试能不能拆除它。"

周兴兴说："我陪着你。"

画龙说:"这玩意儿要是爆炸,会怎样?"

寒冰遇说:"你会撒得满地都是,你的鼻子离你的脚指头会有二十米远。"

周兴兴对画龙说:"你是一个女孩的爸爸,你应该尽快离开这里。"

画龙说:"我可不想让我女儿说自己的爸爸是个胆小鬼,这玩意儿什么时候会爆?"

周兴兴说:"2点30分,因为高飞要求我们2点30分跑到这里。"

闹钟显示2点29分,还有一分钟,炸弹就要爆炸了。一分钟之内让公园里的无辜游人退到安全地带根本来不及。

三人趴在了地上,屏住呼吸,心跳得厉害。

炸弹和钟表用胶带绑在一起,放在一个铁箱子里。目前世界上最小的定时炸弹已经可以做到豆粒大小,而它的威力足以炸碎一个人的脑袋。铁箱子里的炸药有两公斤左右,如果爆炸,整座假山会被夷为平地。钟表和炸药以及和电路板连接在一起,看不到雷管,应该隐藏在底部,外面只露着红、黄、蓝三根导线。离爆炸时间只有30秒了,必须迅速切断连接定时器的电线。但是又该切断这三色电线中的哪一根呢?万一弄错,引发电路回流,立时就会爆炸。

周兴兴说:"你以前不是当过特种兵吗?"

寒冰遇满头大汗:"可是我没拆过炸弹。"

时间一秒一秒地过去,寒冰遇闭上眼睛,把红色的导线拽了下来。钟表停止了,炸弹安然无恙,并未引爆。

画龙说:"特种兵,真是无所不能,你怎么知道应该拆红色的?"

寒冰遇说:"我瞎蒙的,运气不错。"

三人长出了一口气,站起来,从假山上下来。

画龙说:"你今天应该去买彩票。"

周兴兴说:"咱们得赶快离开这里,我总感觉不对劲,我的眼皮直跳。"

正在这时,寒冰遇突然直挺挺地摔倒在地,画龙也"哎哟"惨叫一声,倒在了地上——两颗子弹是从远处射来的,一颗子弹击中了画龙的肩膀,另一颗子弹打中了寒冰遇的头部。

这突然的变故让周兴兴呆若木鸡,他回头去看,背后并没有人,他环顾四周，公园周围都是高楼大厦，每一个窗口，每一个楼顶都有可能是埋伏射击的地方。

公园里的所有警察都跑了过来，救护车很快也赶来了，现场一片混乱，画龙被抬上了担架。一个警察捡取弹头，弹头很尖，形状细长，适合远程射击；另一个警察检查寒冰遇的伤势，子弹从前额射入，穿透颅骨，从脑后射出，寒冰遇当场牺牲。

"把他扶起来。"周兴兴对那两个警察说。

"他死了。"两个警察说。

"我再说一遍，把他扶起来。"周兴兴提高声音。

"你冷静一点，也别太难过了，唉。"

"浑蛋，王八蛋！"周兴兴大吼着说，内心的悲伤和愤怒再也压抑不住，眼泪夺眶而出。

这时，白景玉也赶到了现场，寒冰遇躺在冰冷的地上，白景玉只看了一眼，就迅速地把头扭向旁边，不忍再看。

周兴兴对白景玉说："我有个要求。"

白景玉说："什么要求？"

周兴兴说："我要担任总指挥，我要亲手抓住他们。"

白景玉毫不犹豫地说："好，我给你当助手。"

周兴兴对那两个警察说："把老寒扶起来。"

一个警察嘀咕了一句："人都死了，把他扶起来有啥意义。"

另一个警察也摊开手，表示无奈。

白景玉面无表情地说："你们俩扣发全年奖金，记过处分，再有不服从命令的，不管官职大小，一律停职查办。"

显然，这句话起到了作用。

两个警察立刻把寒冰遇扶起来，他们俩架着寒冰遇，一动不敢动。

白景玉说："要不要等痕迹鉴证专家……"

周兴兴打断他的话："不用，我要一个人勘察现场。"

白景玉："现在没有检验弹道痕迹的仪器设备。"

周兴兴:"就地取材。"

白景玉说:"现在你是总指挥,听你的。"

周兴兴说:"封锁现场。"

警戒线马上就设置好了,一些围观的群众被拦在外面。

周兴兴说:"那边亭子处有片竹林,谁去找一根笔直的竹子过来?"

很快,竹子找到了。

周兴兴说:"刀子。"

一个武警把一把军用匕首放在他手里。

周兴兴用匕首削除竹子的枝叶,削成一根笔直细长的竹竿。

围观的群众不明白他为什么要这么做,交头接耳,议论纷纷。

"对不住了。"周兴兴把竹竿的一端插入寒冰遇头上的弹孔,他调整着方向,把竹竿的另一端放在弹头落地的位置。

"老寒,告诉我,他们在哪儿?"周兴兴自言自语,泪水再次模糊视线。

子弹从远处射来,穿过寒冰遇的颅骨,嵌入地上。按照三点成一线的原理,只需要用一根竹竿,以弹着点为起点,经过寒冰遇头部的弹孔,指向的位置就是发射子弹的位置。正规的弹道检验一般使用镭射激光,周兴兴削的这根竹竿也同样有效,他瞄准,顺着竹竿指示的方向,看到了一栋楼上的一个窗口。

那是一家宾馆的一个房间,打开房间,里面空无一人。

周兴兴把大案指挥部临时设置在宾馆里,要求痕迹鉴证专家把房间的每一个角落全部检验一遍,任何蛛丝马迹都不能放过。经过技术检验,很快,在茶杯上和电视的遥控器上找到了指纹,在抽过的烟蒂上提取到了DNA,在卫生间发现了几枚清晰的鞋印,经过对比,和高飞、大拇哥、丁不四三人吻合。

半小时后,在窗帘上检验到了微小的火药颗粒,说明他们在这个窗口开过枪。

周兴兴让鉴证专家用吸尘器把床单和地板吸了一遍,其中发现了几根长头发,他们三人都是男人,这是很值得怀疑的事情。一个痕迹鉴证专家分析说,会不会是服务员的头发?周兴兴要求立刻找到打扫这个房间的服务员,看看是不是长头发。很快就找到了，那个服务员确实是长发。

鉴证专家从垃圾箱里找到了一些食品的包装袋，经过三十多个警察一小时的调查努力，终于找到了售出这些食品的地方，那是宾馆附近的一个大型商场。根据商场四楼的一个职员回忆，有个戴帽子的年轻人买了这些东西，他还买了钟表、电线、胶带，还有一个大的拉杆箱，然后乘坐电梯走了。

白景玉说："钟表、电线、胶带是用来制造定时炸弹的，那个大的拉杆箱说明他们要出远门。"

周兴兴说："高飞乘坐电梯离开商场，商场应该有监控录像。"

很快就取来了商场电梯的监控录像，在录像里果然看到高飞，他乘坐电梯离开宾馆，电梯门快开的时候，他拿出一张纸片看了一下，然后放回兜里。通过技术手段，将录像中的那张纸片放大一万倍，然后做画面清晰处理，得出一个鉴定结论——那是一张车票。然而车票上的字迹是模糊的，国内一流的鉴定专家和火车站售票员都看不清楚是从哪儿到哪儿的车票。

彭常通修改遗嘱，满华修改借据的签名，程若倩修改自己儿子户口本上的出生日期，在各种各样的犯罪中，常常涉及字迹的鉴定，警方会使用一些高科技分析仪器，例如薄层扫描仪可以检验出字迹书写时间的差值，VSC-2000文检仪可以鉴定字迹是否涂改，静电压痕显现仪是目前显现压痕字迹效果比较好的仪器。

周兴兴看着那个激光检测分析仪发呆，仔细思索着什么，鉴定专家正在做光谱分析和色彩对比，突然，周兴兴大喊一声："别动。"

他将分析仪的画面倒了过来，人们看到画面上那张车票显现出了两个字：鹿明。

白景玉立即通知鹿明县警方，在火车站严密布控。周兴兴查看了列车时刻表，火车将在晚上8点到达鹿明。此刻，高飞、大拇哥、丁不四三人已经在火车上了。

周兴兴问："我怎么最快过去？"

白景玉说："飞机。"

周兴兴说："我们应该请求空中支援。"

白景玉看着他："这个交给鹿明警方吧，他们已经在车站布下了天罗地网，跑不了的。"

周兴兴说："我要亲自抓到他们。"

白景玉说："好吧。"

晚上7点30分，一架迷彩直升机在鹿明火车站附近的麦田里降落，周兴兴下了直升机，迅速跑到火车站，出站口已经停着十几辆警车，四十多位全副武装的警察严阵以待，看来当地警方动用了全部的警力。鹿明县公安局长用对讲机向大家再次强调：

"大家都把眼睛睁大点，火车快要到站了，对方是三个人，一个青年人，一个老头，另一个很好认，是个侏儒。"

周兴兴走过去，说明了自己的身份，公安局长向他介绍说，月台上有二十名便衣警察，候车大厅人非常多，只安排了十名警员，他们的四十名主要警力埋伏在出站口，他们选择在出站口实施抓捕。

周兴兴对鹿明县公安局长说："那我去大厅等着。"

他走出几步，回头说道："他们还有个拉杆箱，红色的，那个侏儒很可能藏在拉杆箱里。"

后来证明，周兴兴的推理完全正确，大拇哥下了车，拉着箱子走出出站口，准备上出租车的时候，警方将其抓获，打开拉杆箱，丁不四果然藏在里面。

晚上8点整，火车到站了，大厅里的人们一拥而上，纷纷挤过去。有的举着接人的牌子，有的大声喊着别人的名字，现场嘈杂混乱，人声鼎沸。因为是终点站，下车的旅客非常多，摩肩接踵。周兴兴密切注意着每一个人，潮水般的人流中，走过一个戴围巾和帽子的女人，周兴兴觉得她的样子怪怪的，他的脑海里像播放电影似的闪过车票、拉杆箱、食品包装袋，想起在酒店房间发现的那几根长头发，心里突然咯噔一下——那长发很可能是假发上掉落下来的。

周兴兴大声喊："站住！"

那女人似乎没有听见，加快脚步。周兴兴追上去，一下就把她的头发抓下来了。不出所料，戴着的确实是假发，这个男扮女装的人就是高飞！

高飞趁势甩开周兴兴，大厅里的十位便衣警察围追过来，他们掏出枪，人们不知道发生了什么事，吓得惊慌而逃，拥挤成一片。高飞顺手抓住一个孩子，用枪顶着孩子的脑袋对警察说，别过来。一边说，一边退至墙角。警察迅速形成一个扇形的包围圈，步步逼近。

周兴兴说："放了他！"

高飞说："你怎么不放过我？"

孩子吓得瑟瑟发抖，说不出话来，他穿着校服，看上去是个中学生。不一会儿，孩子的父母从人群中挤过来，看到这个场面立刻大哭起来。然后，父母向高飞跪下了，眼泪汪汪地求他放过孩子。

周兴兴说："你跑不了的。"

高飞说："那我就找个伴。"

周兴兴说："这样吧，我和这孩子做个交换，你放了他，我做你的人质。"

高飞说："可以考虑。"

周兴兴说："你也有父母吧，要是还有点良心，你就答应。"

高飞说："我没有，我是在监狱里长大。"

周兴兴说："我也没有，我是在派出所长大。"

高飞说："好吧。"

高飞要求周兴兴转过身，双手举起来，慢慢往后退，周兴兴退到高飞身边的时候，高飞在后面猛然勒住他的脖子，将枪口顶住他的胸口。那个孩子吓得惊慌而逃。高飞问周兴兴是怎样找到他的，周兴兴简单地把过程说了一下。高飞笑起来，称赞周兴兴很聪明。鹿明警方向白景玉做了汇报，白景玉在电话里向鹿明警方下达命令，要确保周兴兴的人身安全，鹿明警方也不敢贸然出击，现场僵持不下。

高飞说："咱俩本来应该成为朋友的。"

周兴兴说："现在就是朋友了。"

说完之后，周兴兴突然按住了高飞的手。

高飞以为他想抢夺手枪，没想到周兴兴扣动了扳机。

子弹打穿了周兴兴的心脏，也射进了高飞的胸膛。

两个人倒了下去。

在倒下的过程中，周兴兴感到周围很安静，他再也听不到任何声音。他看到了天空，他想起小时候，那时他大概只有8岁，他一个人坐在河边，忧郁地扔着小石子，这么多年过去了，那些石子才纷纷落地。

## 图书在版编目（CIP）数据

十宗罪前传 / 蜘蛛著 .—长沙：湖南文艺出版社，2013.4
ISBN 978-7-5404-6092-1

Ⅰ.①十⋯　Ⅱ.①蜘⋯　Ⅲ.①长篇小说 – 中国 – 当代
Ⅳ.①I247.5

中国版本图书馆 CIP 数据核字（2013）第 055929 号

© 中南博集天卷文化传媒有限公司。本书版权受法律保护。未经权利人许可，任何人不得以任何方式使用本书包括正文、插图、封面、版式等任何部分内容，违者将受到法律制裁。

上架建议：文学 / 悬疑恐怖

## 十宗罪前传

| 作　　者： | 蜘　蛛 |
| --- | --- |
| 出 版 人： | 刘清华 |
| 责任编辑： | 薛　健　刘诗哲 |
| 监　　制： | 蔡明菲　潘　良 |
| 特约编辑： | 张建霞 |
| 版式设计： | 利　锐 |
| 封面设计： | 荆棘设计 |
| 出版发行： | 湖南文艺出版社 |
| | （长沙市雨花区东二环一段 508 号　邮编：410014） |
| 网　　址： | www.hnwy.net |
| 印　　刷： | 北京鹏润伟业印刷有限公司 |
| 经　　销： | 新华书店 |
| 开　　本： | 700mm × 1000mm　1/16 |
| 字　　数： | 224 千字 |
| 印　　张： | 15 |
| 版　　次： | 2013 年 4 月第 1 版 |
| 印　　次： | 2015 年 4 月第 4 次印刷 |
| 书　　号： | ISBN 978-7-5404-6092-1 |
| 定　　价： | 29.80 元 |

（若有质量问题，请致电质量监督电话：010-84409925）